相続の石

須田　秀生

東京図書出版

相続の石（主な登場人物）

五木家本家
亡父：正義
母：千鶴子
長男：猛人
長男妻：美知代
その長女：真知子
長男：喜久夫

五木家次男（故人）
：晴雄
次男妻：百合子
その長男：陽一
次男：真治

五木家三男：克己
三男妻：節子
その長男：真澄

沢田家（五木家長女）
主人：明夫
その妻：亜矢
長女：菊乃
長男：幸一郎
その妻：春菜
次女：志乃

明夫の上の妹夫婦
夫：佐藤慎一
妻：由美子
明夫の下の妹夫婦
夫：谷中敦司
妻：喜代子
明夫の親戚：槌田義宏
その妻：奈津子

明夫の友人：菊池源三
その妻：祥子
明夫の友人：栗原勝男

亜矢の友人：小岩涼子
その夫：武博
その姉：小岩光子
亜矢の友人：野々口郁江
その夫：清志

一

ひと月程前であれば、桜祭りで賑わったであろう角館の武家屋敷通りを、沢田明夫と亜矢、菊池源三と祥子の四人は、大型犬ケリーを連れて、ゆっくりと歩いていた。

六月十一日のちょうど昼になる時刻で、初夏の陽は真上にある。

青空は澄み渡り、道幅六間もある広い通りは新緑の葉桜が静かに揺れている。前方に武家屋敷が二つ三つ見えているが、観光客の姿はほとんど見えない。

全国には、武家屋敷として残っているものが二十カ所余りあると聞くが、ここ角館は桜の名所としても有名だ。

「まあ、素敵！　桜の季節だったら、どんなに良かったかしら」

「本当！　次に来る時は、絶対に満開の時にしましょうよ」

先頭を行く亜矢と祥子が、口々に歓声を上げた。

「そうなると、しかし、混むだろうねえ」

後方から、ケリーを連れた源三が口を挟んだ。

「混んだって全然平気よ、私たち。ね、亜矢さん」

「ええ。……でも、ケリーは大丈夫かしら？」

亜矢は振り返って、バーニーズマウンテンのケリーを見た。

「車の中で待っていてもらうしか、ないでしょう」

答えてから源三は、左手に持つ緑色のリードを軽く揺らし、

「ところで、お昼はどうする？」

と横に並ぶ明夫に聞いた。

「着いたばかりだから、一時間ほど観てからで、どうだろう？」

「了解。……しかし、この葉桜ってのも、なかなかだ。それに、何と言っても観光客が他に居ないというのがいい」

「確かに……」

通りに人影は見えない。陽が葉桜をキラキラと照らしているばかりで、並ぶ店もまた静かである。おそらく店番は居眠りでもしているのであろう。

明夫の脳裏に、広瀬旭荘の漢詩『夏初、桜祠に遊ぶ』が浮かんだ。

花開いて萬人集まり
花尽きて一人無し
但見る双黄鳥
緑陰深き處に呼ぶを

双黄鳥とは、つがいのウグイスのこと。ウグイスの影は見えないが緑陰ならばある。前方の葉桜の下では、ひとりの老女が竹箒を使っている。

やがて明夫たちは、黒板塀を塗っている職人を横目にしながら、武家屋敷「石黒家」に入った。明夫が入館料を払っている横で、源三は門を潜った大木の傍にケリーを繋いでいる。

茅葺きの母屋に入った亜矢は、広い土間と高い天井そして左側に続く部屋を見て、昔の我が家に戻ったような印象を受けた。高校生の頃まで住んでいたことや囲炉裏があったことなどを思い出しながら、土間を歩いて行くと、やはり囲炉裏もあった。囲炉裏を囲んで家族揃って食事をした子供の頃の情景が浮かんできた。

一方、明夫は先ず座敷に上がった。五、六名の観光客が係員の説明を聞いていた。明夫もしばらく耳を傾けた。

一千坪の敷地に約二百坪の石黒家は、かつては百五十石取りの上士の屋敷であり、今も末裔の人たちが住んでいるという。天井は高く部屋は広い。透かし彫りの欄間があり、冬が近づくと炭火を入れると聞く囲炉裏があり、林のように広い庭がある。

明夫が特に感慨を覚えたのは、奥の広い部屋に独り危坐して苔むした庭を眺めた時で、場所も時間も忘れて、己もまた画中の人と化したかのごとく、自然の美と静謐とに浸った。目を瞑る。微かな風の戦ぎが感じられる。いや、風の音だけではない。鳥のさえずりも耳に届いた。ホトトギスであろうか。

野鳥のさえずりや蟬の声を聞かなくなって久しい。蝶々やトンボの姿を見ることも滅多にない。かつては当たり前であった自然との共生を、いつの間にか忘れてしまっている。いや、どこかへやってしまっている。それで良いのだろうか。――と、どやどやと入って来た新たな観光客に明夫の瞑想は破られた。

路地を抜けたところにある稲庭うどん店で昼食となった。昼時を過ぎていたからだろう。ひっそりとしていたが、「いやあ、暑くなってきた」などと言って四人が現れたから、急に賑わいだ雰囲気となった。ケリーは店先で横になっている。

「桜祭りは、連休の頃ですか？」

祥子が注文を取りに来た店員に聞いた。

「四月中旬から五月の連休までです。……ええ、今年は天候にも恵まれましたから、お陰さまで大変な賑わいでした」

「綺麗だったでしょうね」

「是非、桜の季節に来てみて下さい。必ず喜んで頂けると思います」

店員は愛想良く、また得意げに言った。

「石黒家で黒塀を塗っている人が居たでしょう？　何を塗っているか聞いてみたら、柿渋を混ぜた墨ですって」

店員が引っ込むと祥子が言った。

「ほう？　柿渋ねえ」

源三が応えた。

「古くからの技法で防虫防腐効果があるんですって。何とか塗りと言ってたけど、亜矢さん、覚えてる？」

「柿渋塗りと言ったかしら……。あっ、渋墨塗りだわ」

「そう、そうよ。渋墨塗りよ」

などと話しているところへ、だし巻き玉子と稲庭うどんが来た。

食べ終わると明夫たちは再び武家屋敷「青柳家」などを見学してから、午後四時過ぎに乳頭温泉郷へと向かった。

生保内街道を北東に進み、生保内で分かれて北上し、小先建とある交差点を右折すると、やがて休暇村乳頭温泉郷に着いた。

休暇村はブナ林の中に立つ近代的な建造物で、広い駐車場には既に沢山の車が停まっていた。ケリーは車中泊となるので、出入りの少なそうな西隅に車を停めた。

明夫と源三が早速に大浴場に入ると、大きな窓ガラス越しにブナ林の新緑の若葉と白い木肌が、何処までも広がっている。

「これは素晴らしい。まさに森林浴だ」

広い湯船に入ると、明夫は感嘆した。

「白神山地のブナ林は最高だったが、こうして、眺めながらの温泉もまた最高だ」

源三もまた声を上げた。

源三は明夫の会社時代の先輩で、ミレニアムの年より二人で旧街道の旅を続けている。既に東海道と中仙道を完歩し、現在は奥州街道も十和田市の手前まで到達していた。両親の介護の為に、明夫が東京の会社を早期退職して故郷墨河に戻ってから中断していたが、二年前より旧街道の旅が再開され、しかも四人と一頭での青森の旅と変わっていた。これは奥州街道の旅に便利なこと、大型犬ケリーを宏大な自然の中で遊ばせられること、また明夫が伯父から譲り受けた青森の家の維持管理を兼ねられること、更には観光地巡りもできるということからで、今回で早くも五回目であった。

ブナの高木が天空から明夫たちを見下ろしている。湯気が雲のように漂って見える。新緑は手を伸ばせば届きそうなほどに間近い。

明夫は思わず手を差し伸べてみた。

夕食は一階レストランでのバイキングだ。大勢の宿泊客で混んでいたが、幸いに入って左手中央に空席のテーブルがあった。

早速に各自が皿を持って料理の並ぶテーブルを回る。

チャーシューがあり、角煮や牛すじの煮込み、ぶり大根にジャガイモとベーコンの煮ころがし、トマトとチキンの煮込み、刺身や冷奴があり、じゅんさいの酢の物があり、色とりどりの果物や野菜サラダが並ぶ。また、その場で地元産の野菜を揚げたり、魚を焼いたりするコーナーもある。

各自が戻って来た時には、テーブルの上は、色彩も鮮やかな様々な料理が、ところ狭しと並んだ。生ビールで乾杯し、美味しい料理に舌鼓を打つ。

「我々は幸せだねえ。温泉に入り、美味しいものを食べ、美味しい酒を飲む」

「いや、全く、全く。しかし、青森の家があって最高だ」

「遠いのが玉に瑕だが、後は別天地だからね」

男二人は、たちまちに生ビール二杯を飲み干すと、明夫は熱燗二合を、また源三は冷酒三点セットなるものを注文した。

熱燗はすぐに来た。やがて、若いウェイトレスがワゴンを押して来ると、源三の前にウッドトレイを置いた。そして、空の小グラス三つを並べると、その小グラスに冷酒を注ぎ始めた。

二つ目の小グラスに注いでいるウェイトレスに、源三はニコニコしながら聞いた。

「どれが一番美味しいかねえ」

「どれもみな美味しいです」

若いウェイトレスは笑顔で答えた。

「なるほど、それは楽しみだ。溢れるほど目一杯、注いでほしいねえ」

「え？　……は、はい」

若いウェイトレスは戸惑いながらも、三つ目のグラスに目一杯注ごうとした。

「おっとっと」

源三は、溢れ掛かった小グラスに素早く口を持っていった。

「まあ！」

若いウェイトレスはびっくりして声を上げた。

「うーむ。旨い！」

源三が満足げな顔で嬉しそうな声を上げたから、明夫たちは爆笑した。

「お酒のこととなると意地汚くなるから困るわ」

祥子が呆れたように口を挟んだ。

「うちの人もそうなの。どうしてかしら」

亜矢が明夫を見ながら同調した。

「それは美味いからさ」

「良かったわねえ、美味しくて。……亜矢さん、私たちは美味しいものをいっぱい食べましょう」

祥子は亜矢を誘いながら立ち上がった。

二

翌朝、明夫たちはブナ林の小道をケリーを連れて散策した。青空に映えるブナの木々とひんやりとした小道。時おり流れ来る朝靄に小道は消えては現れ、現れては消える。遠近から同じように散策する人たちの感嘆の声が聞こえた。また来ることがあるだろうかと思うと一層の感慨が湧き上がった。

やがて休暇村を後にすると、山間の鄙びた湯治場と言うべき黒湯温泉を巡ってから田沢湖のほとりに車を停めた。

黄金色に輝く『たつこ像』を眺めていると、亜矢の携帯に百合子から電話が掛かってきた。百合子は次兄故晴雄の妻である。

「青森は如何です？」

「ええ、ありがとう。とても楽しくやっています」

「それは良かったです。明後日帰って来られるのですよね。でも、少しでも早くお知らせしたくて。お義兄さんから賃貸料清算の手紙が届きました。ええ、そうです。昨年一年間の賃貸料の清算をしてくれました。最初お義兄さんからの手紙を貰った時には、もうびっくりしてしまって、恐くてしばらくは封も切れなかったんです。だって、あんなに酷いことをしてきたお義兄さんですもの。でも、放っておけないと勇気を出して開いてみたら、賃貸料の清算の手紙でしたから、ああ良かったと安心すると今度はすぐに亜矢さんにお知らせしたくて」

百合子の声は明るかった。

賃貸料とは亜矢の亡父五木正義名義の土地賃貸料（年に約八百万円）のことで、その賃貸料を法定相続割合に応じて長兄猛人が百合子たちに支払ってきたというのであった。

「まあ！　良かったわ、知らせて頂いて。お兄さんもやっと分かってくれたのね、私たちの言っていることを」

「私もそう思います。だから、これまで自分のものだと主張していた賃貸料を、法定相続割合に応じて分けてくれたのだと思うわ。これって、これから始まる調停に幸先が良いように思えるの。だって、お義兄さんも聞く耳を持ってくれたってことでしょ」

「ええ、そう思うわ。お兄さんもやっと分かってくれたのよ」

「再来週、お会いできるのが楽しみです。明夫さんに宜しくお伝え下さい」

ちょうど二週間後の土曜日には調停に当たっての心構えや情報交換などをする為に、沢田家に百合子と三兄克己夫婦が集まることになっていたのだ。

百合子との電話を終えると亜矢は、案内板を読んでいる明夫の傍へ駆け寄り、弾んだ声で賃貸料清算のことを話した。

「ほう？　なるほど。それは良かった。帰ってからゆっくりと確認しよう」

明夫は明るく応えてから、魚のエサを亜矢に手渡した。

既に源三と祥子が湖面に魚のエサを放り投げている。

亜矢も同じようにエサを湖面に放り投げた。バシャバシャと沢山の魚が寄って来た。大きな魚であった。

「クニマスではなくてウグイだと店の主人が言っていた。しかし、大きなウグイだね。この魚たちもたつこ姫の贈り物なのだろうね。美しい湖に悲しい伝説はよく似合う」

たつこ姫伝説を亜矢に説明しながら、明夫もまたエサを放り投げた。

亜矢たちが田沢湖のほとりに車を停めて、黄金色に輝く『たつこ像』を眺めている頃、五木克己は家の前の道の草刈りを始めていた。

例年、克己は草刈りを六月と十月との二回行っている。これまでは道の南面に沿った梅畑や杉林の草刈りも手伝っていた。昨年一月に父五木正義が他界して以降は遺産相続で揉めていたから、手出しをしていない。だが、遺産は全て自分のものだと勝手に決めつけている長兄猛人との無駄な争いを避けるためでもあった。猛人の顔は見たくもないが、母千鶴子はどうして居るだろうかとそればかりが心配だった。

三十数年も昔、長男猛人夫婦との同居生活八年目に、猛人の嫁美知代がこれ以上は義父正義たちとの同居は嫌だと言って、家を出るとか離婚するとかで大騒ぎとなったことがある。その時、正義は自分たちが出て行くと言って隠居を建てた。以来、亡くなるまで正義は母屋の敷居を跨いだことは一度もなかったのだ。

別居するとの話を聞いた時に、親の面倒も見ないとは何事かと言って克己は猛人を殴った。すると理由は何であれ、兄に手を上げるとは何事だ、謝って来いと母千鶴子に意見され、翌日克己は無念の思いで猛人に頭を下げた。そしてそれ以来、親の世話をしない猛人夫婦を見ても、克己は何も口出しをできなくなってしまったのだった。

正義が亡くなったのは昨年一月十五日で、その四カ月半後の初夏に遺産分割の話し合いが行われた。五木家母屋で行われた話し合いには、次兄故晴雄の妻百合子（二人の子供の代理人として）、克己、そして一番下の亜矢の三人が招集された。だが、母千鶴子の出席はなかった。認知症ぎみだからと猛人が同席させなかったのだ。

話し合いでは、猛人が一方的に、自分が如何に大変であったかを延々と話した後で、

「土地台帳による課税対象金額は約三億四、五千万円だ。後は通帳三つで合計百二十一万円あるだけだ。土地は先祖代々のものだから売るつもりはない。従って、現金百二十一万円を四人で分けることになる。俺は辞退するから、お前たち三人で分けろ」

と言った。母千鶴子の相続分について質問した時には、

「お袋は俺と同じだ。お袋のものは俺のもの。俺のものはお袋のものだ」

と理屈にもならないことを強弁したから、克己たちは驚き呆れるだけだった。

克己は現在住んでいる土地を貰っていること、また両親を見てきたわけではないことから、亜矢と百合子（の二人の子供）に遺産の幾らかを分けるのであれば、それで了承しようと考えていた。そして、もしそれで揉めるようであったなら間に入ろうとも考えていた。一方、亜矢と百合子は母千鶴子が遺産の半分を持つと言うのであれば自分たちの取り分には拘ってはいなかった。

ところが猛人は、このような克己たちの気持ちを知ろうともせず、ただ一方的な意見を押し付けてくるだけだったから、克己たちは首を縦に振らなかった。

二回目の話し合いも全く同じであった。

「俺が言いたかったのは、五木家の土地は死んだ親父の物ではなく、先祖代々の物だということだ。先祖代々守ってきたものを親父の代でお仕舞いにするわけにはいかんだろう。俺が相続したからと言っても、俺の物というわけではない。五木家全体の物だ。この点をよく考えてほしい。後は前回話した通りだ。了解してほしい」

猛人は同じ話を繰り返した。そして、克己たちが黙っていると、

「一人でも判を押さなければ、俺は家を出る。家を出る場合は、遺産は一銭もいらない！」

と言い放った。だが、猛人夫婦が家を出る事は勿論なかった。

しかし、この日を境に、克己たちは否応無く、長兄猛人との相続争いに巻き込まれることになってしまったのだ……。

克己は半分ほど草刈りを終えると、杉林を背にして道端にある切り株に腰を下ろした。高く伸びた杉が陽を遮っているから憩うには最適の場所だ。軍手を脱ぎ、帽子を取り、保護メガネを外し、顔の汗を拭った。幾度も拭ってから空を仰いだ。青空が目に沁みた。ゆったりと白雲が北東へ流れて行く。

子供の頃は、この道からも五木家本家が見えたが、今は梅畑や杉林で見えない。以前は見えないことを寂しく感じたが、今は見えないことに安堵している。

やがて、草刈りに戻ろうと立ち上がり掛けた時に、自宅前の道に人影が現れた。妻の節子だった。節子は克己の方に走って来た。

「克己さん！　お義兄さんから手紙が来たわ」

「そんなもの、後でいい」

「だって、お義兄さんからよ。何かあると思うじゃない」

「そうか……。まあ。そうだな」

克己は手紙を受け取ると封を切った。

「何なの？」

「まあ、待て。……、おっ、平成二十一年の土地賃貸料の清算をすると言ってきた。……もう振り込んだそうだ」

「まあ!?　一体どうしたのかしら。私たちに分けたくなくて、酷いことばかりしていたのに」

「うーむ。どうしてかは分からんが、何かあるに決まってる。兄貴たちが理由もなくこんなものを寄越すものか」

「何かって？」

「何かだ。そんなことより、亜矢に電話しろ。明夫さんなら分かる筈だ」

「亜矢さんたちは青森よ。明後日、月曜日の朝に帰って来ると言ってたわ」

「そうか。それなら電話は明後日でいい」

克己が再び作業に戻るべく、立ち上がった。と、突然に強い西風が吹き始め、杉の木々が大きく揺らいだ。

三

青森の旅を終えて、亜矢と明夫が墨河に戻ったのは月曜日の朝八時過ぎであった。

墨河では静かに雨が降り、郵便ポストには旅行雑誌二冊などと共に長兄猛人からの手紙が入っていた。

各部屋のカーテンを開け終えると、亜矢はソファーに座り、早速に手紙の封を切った。

手紙は一頁半のワープロ文書だった。平成二十一年分五木正義名義の土地の賃貸料の清算をすると最初に書かれ、十四名の賃借人とその賃貸料が記載されていた。その次の税金等諸経費には、固定資産税、市県民税、国民健康保険税（国保税）、個人事業税、所得税の各種税金などと共に河川占有料、護持会基金、布施、諸雑費（新聞代など）が載っていた。そして、次頁には賃貸料合計から亜矢たちも取得した市営北乃坂団地などの賃貸料と税金等諸経費を差し引き、法定相続分で割った金額を算出した後で、「上記金額を振り込みました。確認後同封の領収書に署名捺印をして、六月十九日までに返送願います」とあった。

「ああ、良かった。お兄さんが賃貸料の清算をきちんとしてくれたわ。それに、もう振り込んだともあるわ」

亜矢は胸を撫で下ろしながら、手紙を明夫に手渡した。

賃貸料は各共同相続人が法定相続分に応じて取得できるとの最高裁判決が下されている。それなのに、これまで猛人は賃貸料は自分のものだと主張して、勝手に相続人代表と名乗り、また亜矢たちが賃借人と会うことを妨害してきたのだ。だから、この賃貸料の清算の手紙は、ようやく猛人が亜矢たちの言い分を認め、法律に則った行動をしてきたものと思った亜矢は嬉しくて堪らなかった。

「どうです？　間違いないですよね」

「いや、残念だが、出鱈目の清算だよ」

さあっと目を通した明夫が言った。

「え?!　出鱈目の清算……？」

亜矢は一瞬、言葉を失った。

「……どういうことです？」

「人の心や言動は簡単に変わるものではないということだよ。これまで猛人さんは遺産も賃貸料も全て自分のものと決めつけて、さんざん理不尽なことをしてきた。これは亜矢が一番分かっていることだ。そんな猛人さんが、自分の意思で清算などするわけがない。賃貸料の清算をしておかなければ調停で不利になるとでも弁護士から言われたのだろう。そこで仕方なく清算することにしたが、少しでも多くを自分のものにする為に、お義父さんに関係があると思えるものを何でもかんでも入れ込んで賃貸料から差し引いている。だから、出鱈目の清算と言うのさ」

驚いた亜矢は、もう一度、猛人からの手紙を読み返した。疑問点は浮かんだが、はっきりとは分からなかった。

「護持会基金や布施は違うように思えるけど、その他の市県民税なども私たちも負担して当然だと思うわ」

「亜矢たちも負担すべきであるということでは、その通りだよ。でも、市県民税などはお義父さんの遺産であって、賃貸料とは全く関係がない。それに遺産については既に相続税申告で処理を終えている。そうだろう？」

賃貸料は遺産ではなく、法定果実（民法第八八条二項「物の使用の対価として受けるべき金銭その他の物を法定果実とする」）であることは、かつて説明を受けて亜矢も分かっていた。

「遺産なんですか？　市県民税などは」

「ああ。土地や銀行預金ばかりでなく、お義父さんが亡くなった為に支払われなかった市県民税なども遺産だ。これは被相続人に借金があった場合と同様で、相続人が支払う必要があるものだからね」

「そうなんですか？　私、何にも知らなくて……」

「猛人さんからすると、遺産であることは間違いないが、現実的に支払う必要があるのだから、相続人皆で分担するのは当然だと言いたいのだろう。だが、亜矢も覚えているだろうが、猛人さんはお義父さんが亡くなると勝手に葬儀代を引き出している。この葬儀代もまた遺産だ。相続人で負担するのであれば、この葬儀代から出せば良いだけのことだよ」

五木正義名義の農協口座の取引履歴明細表には、正義の死亡日の後に二百四十万円が引き出され、コメント欄には葬儀代とあったのだ。

「酷いわ。なんて酷いんでしょう、お兄さんは。私たちが分からないと思って、こんな酷いことをするなんて」

亜矢は悲しくてならなかった。

「いや、それ以上に卑劣なのは、所得税だよ」

「え!?」

次から次へと明らかになる猛人の虚偽に、亜矢は驚くことしかできなかった。

「平成二十一年の賃貸料は約七百八十万円で、所得税は百三十万円とあるだろう？　とんでもない出鱈目だよ」

「どうして、出鱈目と分かるのです？」

「その前に、所得税について確認しておこう。所得税は一月一日から十二月三十一日までの一年間に生じた所得に対して課税される。サラリーマンであれば会社で年末調整を行うので、通常は確定申告が不要となるが、我々の場合は確定申告が必要となる。亜矢もまた、この二月に不動産収入に関する確定申告を行ったばかりだからよく分かっているだろう。……さて、お義父さんの所得税だが、お義父さんは平成二十一年一月十五日に亡くなられている。一月十五日だよ。平成二十一年が始まって、たった十五日しか経っていない。分かるだろう？　これでは所得など有るわけはない。万が一、あったとしても微々たるものだ」

「あっ⁉　やっと分かったわ。そうだわ。だって私たちが確定申告をしたんですもの。ごめんなさい。こんなことも忘れていて。……でも、まだ分からないことがあるの。それならこの所得税は何なんですか？　出鱈目を書いて寄越したんですか？」

亜矢は、明夫の顔を凝視した。

「猛人さんの所得税だよ。猛人さんは教育長としての給与収入と賃貸料の全額を自分の収入として確定申告したのだろう。そうであれば百三十万円という税額も納得がいく」

正義は所得税の予定納税制度を利用していた。七月に第一期、十二月に第二期そして確定申告時に残額の所得税を納付する制度だ。従って正義死亡後の確定申告時に平成二十年分の所得税残額があることは分かっていたが、明夫はそのことには触れなかった。

「まあ⁉　お兄さんは、自分の所得税を私たちに払わせようとしたのね。酷い、酷いわ。どうしていつも、こんな卑劣なことばかりをするのかしら。お兄さんが私の長兄だなんて、恥ずかしいわ。恥ずかしくて堪らないわ」

自分の兄弟を、それも長兄を信じることのできない悲しさが胸に溢れて、亜矢は苦しかった。どうして私たちのことを分かってくれないのだろう。嘘を吐いてまで得をしたいなんて酷過ぎる。亜矢は自分の愚かさを、繰り返し悔やみ続けた。

電話が鳴った。克己の妻節子からだ。

「青森はどうでした？　……、こっちは雨の日が多くて、あまり天気は良くなかったの。……、ええ、そうなの。そのことで克己さんが電話を急かすもので……。お義兄さんがこんな手紙を寄越すのは何か訳があるに決まってると言うの。私も今頃になってどうしてと思う気持ちはあるけれど、克己さんは聞いてみろとうるさくて」

「まあ⁉　そうなの⁉　私は駄目ね。お兄さんが分かってくれたと思って単純に喜んだの。でも実際は、とんでもないことだったの」

亜矢は、明夫から聞いた虚偽の所得税について説明してから、やっと節子から聞かれた疑問に答えていないことに気付いた。

「ごめんなさい。所得税のことであまりに腹が立ったものだから……、お兄さんが、なぜ清算をしてきたかってことよねぇ。調停が始まるので、清算しておくようにと弁護士から言われたのだろうと明夫さんは言っていたわ。……ええ、そうよね、お兄さんが自分から清算なんてするわけがないわ……」

長電話になるだろうと思った明夫は書斎に上がるとパソコンに向かった。やはり多数のメールが溜まっている。返信メールを幾つか書いている時に大事なことに気付いた。

リビングに戻ると既に亜矢は電話を終えていた。

「節子さんに伝えたいことがあったが、まあ、後で亜矢から話してもらおう」

「何です？」

「領収書は返送しないように言ってほしい。また、返事は遅れるとのハガキを猛人さんに出すことも伝えてほしい。百合子さんにもだ。ハガキは亜矢の名前で出そう。後日返事を出すとも付け加えよう。そして、きちんとした返事は内容証明で出すことにする。猛人さんのことだから、亜矢たちからのハガキが来たというだけで馬鹿にされたと怒り出すに決まっている。そして、次に来る手紙は受け取るなと言いそうだからね」

外では静かに雨が降り続いている。庭石のすぐ横で、去年買ったコンカドールという大輪のユリの蕾が、だいぶ大きくなっていることに、亜矢は初めて気が付いた。

四

六月十六日水曜日、墨河市役所四〇一会議室では教育委員会の六月定例会が開かれていた。出席者は教育委員会の委員五名と担当部課長三名であった。教育長の五木猛人は委員長の左斜め前に座っている。

定例報告が終わり、二つ目の審議案件が始まっていた。

「お早うございます。教育総務課長の三浦でございます。墨河市立小中学校の管理運営に関する規則の一部改正について、ご説明を申し上げます。三枚おめくりいただきまして、八頁をご覧いただければと思います。提案理由でございますが、校長が教育上並びに学校運営上特に必要と認め、教育長の承認を受けた場合に、長期休業日の期間を延長できるようにするため、墨河市立小中学校の管理運営に関する規則の一部を改正致したく提案するものでございます……」

「延長の場合には、届け出ではなくて、教育長の承認を得て延長することができるということで良いですか」

説明を受けて、議長の教育委員長鎌田が教育総務課長に質問した。

「はい、そのようになっております」

「分かりました。他にはご質問等はございませんか」

五木猛人は審議の中で「教育長」という言葉が出てくる度に、むず痒い気持ちを未だに感じた。教育委員会のトップは委員長だが、実質的には教育長にすべて委任されている。会社に例えると、会長が委員長で社長が教育長と言った者があるが、まあ、そんなところだ。だから、教育長に報告を上げるであるとか、教育長の承認を受けるであるとか、様々な場面の中心に教育長が登場することになる。

「それでは、教委第七号議案については、原案のとおり承認してよろしいでしょうか。それでは原案のとおり承認します。ありがとうございました。以上で、公開案件の審議が終了致しました。それでは続きまして、非公開の案件の審議に移ります。関係部長以外の方はご退席下さい」

やがて会議が終わり、猛人が、教育長室に戻ったのは午前十一時半少し前だった。

席に着いて、しばらくパソコンメールを読んでいると、携帯が鳴った。美知代からだ。

「どうした？」

「会議は終わったの？　……良かった。いつも十一時半には終わると聞いていたから、早い方が良いと思って」

「何が」

「亜矢さんたちからハガキが来たわ。とんでもないわ」

「ハガキ？　一体、どんなことだ」

「賃貸料の清算の確認に時間が掛かるから、返事は遅くなるって書いてあるわ」

「何だと！」

「それから、返事は来週末までに寄越すとも書いてあるわ」

「ふざけた奴らだ。よし、分かった。次の手紙は受け取るな。……ああ、今日は早く帰る」

猛人は携帯を切ると、しかめっ面となった。亜矢たちのやり方が気に食わなかった。賃貸料の清算をしてやったのに、確認に時間が掛かるだと！　ふざけるな！　長男の俺を信用しないとは何事だ。生意気にも三人がぐるとなっているのが癪に障った。

五木家では親の遺産は長男が継ぐものと決まっている。財産は分けない。それが五木家代々のしきたりで、親父もそうだった。それを百も承知の上で亜矢たちは親父の財産を取ろうとする。いや、親父の財産じゃない。今は俺の財産だ。その俺の財産を亜矢たちは取ろうとしている。親父から土地や金を貰っていながら、まだ欲しいとは呆れ返る。第一、亜矢たちは親父たちに何をしたと言うのだ。何もしていない。親の世話をしたのは俺と美知代だ。その俺は何も貰っていない。それなのに、亜矢たちは俺の言うことに反対ばかりをして、話し合いに応じようともしない。そうこうしているうちに第三者の賃借人にも迷惑を掛け出した。相続に無関係な第三者にだ。こうなっては放っておくわけにはいかない。弁護士に相談して、この四月に家庭裁判所に調停を申し立てた。だいたい教育長の職にある俺が、遺産相続のことで調停を申し立てるなど、こんな馬鹿なことがあって良いものか。すべては亜矢たちが悪いのだ。話し合おうとせず、長男を信用せず、好き勝手なことばかりをしている……。

昼を告げるチャイムが鳴った。

猛人は苛立つ気持ちを抑えると、パソコンをログオフした。

その日、猛人が家に戻ったのは十八時半頃だ。

「ちょうど良かった。もうすぐ夕食の用意ができるわ。あっ、亜矢さんからのハガキはテーブルの上に置いといたわ」

居間に入って来た猛人に、台所に立つ美知代が言った。

「先に風呂に入る」

「お義母さんは、いつも決まった時間に食べるのよ」

「先に食べさせればいい」

「分かったわ。それじゃ、お風呂を入れてくるわね」

猛人はテーブルの上のハガキを持ち、奥の自分の部屋に入り、机に向かって座ってからハガキを読んだ。

前略

梅雨のような雨が降っておりますが、お母さんは元気でお過ごしでしょうか。私どもは十日ほど青森へ行っており、昨日に帰って参りました。

「平成二十一年分賃貸料の清算」の手紙が届いており、十九日までに云々とございますが、帰って来たばかりで色々と確認もできません。ご返事は翌週二十六日までのなるべく早いうちに致しますので宜しくお願いします。

なお、克己兄、百合子義姉も歩調を合わせていただきましたので、併せて宜しくお願いします。

草々

平成二十二年六月十五日

墨河市笹野六〇九の三

沢田　亜矢

猛人は腹が立って仕方がなかった。親父の遺産は五木家を継いだ長男の物である以上、賃貸料もまた五木家を継いだ者の物だ。それを今回は、百歩譲って亜矢たちにも分けたのだ。それなのに確認がどうのこうのと言ってきた。ごねれば取り分が増えるとでも思っているに違いない。こんな奴らの話など本来なら聞く必要さえ無いのだ……。

猛人は苦虫を噛み潰したような顔で、窓の外を見た。

十九時近いものの、裏の竹やぶは未だ明るい。竹やぶの先は椿の生け垣だが、ここ数年は手入れをしていないので、だいぶ鬱蒼としてきた。手入れをしなければと眺めているうちに、隠居を何とかしたいとの思いがまた強くなった。親父たちが住んでいたが、今は誰も住んでいない。それに古くて汚いから一日でも早く取り壊したい。そうすれば庭はもっと広く綺麗になる。第一に目障りだ。だが、親父の遺産でもあるから、相続が片付くまでは手を付けられないらしい。こんなバカなことがあって良いものか。亜矢たちのことを思うと、また腹が立ってきた。そうだ、信用できないのなら領収書の返送は結構だと、こっちもハガキを出そう。いや、沢田明夫と五木百合子は相続に関係のない人間だから口を出すなと言っておく必要もある。とりわけ明夫は出しゃばって余計なことばかりをしている……。

「あなた、お風呂が沸いたわ」

美知代が部屋に入って来た。

「分かった」

猛人は窓の外を見たまま答えた。

「どうかしたの？」

「いや」

美知代はそのまま部屋を出ようとして、足を止めた。

「亜矢さんたち、返事を寄越すかしら？」

「どうせ、なんだかんだと屁理屈を捏ね、難癖つけてくるに違いないさ。受け取るものか」

「大丈夫かしら」

「きちんと清算してやったんだ。何を心配することがある」

「そう言えば、そうね」

美知代は、そこで一旦切ってから続けた。

「ねえ、調停までに、何か用意するものあるかしら？」

「無いだろう」

「色々な書類とか領収証とか、隠居にはあると思うの。調べなくて、いい？」

「……そうだな。念のために調べてもらった方が良いだろう」

「そこで相談なんだけど」

「なんだ」

「隠居を取り壊したらどうかしら。嫌なの、使ってもないのに庭にデンとあるなんて」

猛人は、自分と同じことを考えていた美知代の顔を見ながら、夫婦とは結局は似た者同士なのだと思って、いささか気が晴れてきた。

「汚いし、それに目障りなの」

「俺も取り壊したいと思っている。だが、駄目なんだ」

「駄目って？」

「話し合いがついていないから、親父の遺産は勝手に始末できない。克己たちの同意が必要となるんだ」

「半分はあなた名義じゃないの。それでも駄目なの？」

「ああ」

「まあ!?　それなら、この家はどうなるの？　壊れても修理できないの？」

「それは大丈夫だ。弁護士が言うには、現状を維持する修理などの行為は、『保存行為』といって、勝手にできる。だが、改築などは克己たちの同意が必要になるらしい」

「そんなア!?　嫌よ、そんなの。私たちが何十年も住んでる家よ。私たちが改修をして、改築や増築もしてきた家よ。一生懸命やってきた家なのよ。それなのに克己さんや亜矢さんたちの同意が必要だなんて、とんでもないわ。それに、あなただって、相続が終わったら建て替えると言ってたじゃないの」

美知代は憤慨した。美知代にとって、住んでいるこの家が共有物だなどと考えることさえ、おぞましかった。そして、これではまるで克己や亜矢たちに借りていると同じことではないか、借家人と同じではないかとも考えたから、怒りは収まらなかった。

「いやよ、こんなの。とんでもないわ。克己さんや亜矢さんたちは親兄弟を一体なんだと思っているのかしら。自分たちの主張ばかりをして、こっちのことなんて、ちっとも考えようともしないんだから。家を守ってきたのは私たちじゃないの。お義父さんやお義母さんの世話をしてきたのは私たちじゃないの。それなのにこのままでは、いくら私たちが、お義母さんを新しい家に住まわせてあげたいと思ってもできないってことになるわ。とんでもないわよ。こっちは、お義母さんのことを思ってるわよ。何にも考えていないのは亜矢さんたちじゃないの。とんでもないわ。あーあ、あなたに兄弟なんて居なかったら良かったのに」

猛人は何も言わなかった。美知代の気持ちはよく分かっていたが、それ以上に、この侮辱をどのように晴らしてみせようかと考えていたのだ。長兄に逆らい、事を荒立て、何をしても文句を付けてくる。このような弟妹たちをどうして許せようか……。

俺は先祖が築いた財産を守り続けてきた。教師でありながら農業もきちんとやってきた。米を作り茶も作り、貸地の管理もしてきた。また親父たちの面倒を見てきた。親父の具合が悪いと知って雨の中を病院まで連れて行ったこともある。町内の役も親父はやらないから、みんな俺がやった。何十年もの間、何もかも俺はやってきた。これらを合算すれば膨大な金額になる筈だ。そして、これは親父に対する寄与だ。寄与分だ——。

「ねえ、あなた」

「あ、……ああ、なんだ」

「調停は大丈夫かしら？」

「大丈夫に決まってる。俺は親父の分までやってきたんだ。それなのに何一つ貰っていない。何もしていないくせに土地や金を貰ったのは克己たちだ。こんな理不尽なことが通ってたまるか」

猛人はそう言うと、やっと立ち上がった。

五

沢田家に亜矢の友人野々口郁江と小岩涼子、そして涼子の姉光子が遊びに来たのは、青森から帰って一週間後の午後であった。

顔を合わせるや亜矢は、先月二十三日の長男幸一郎の結婚式に列席して頂いた御礼を述べた。

「いえ、こちらこそ、お世話になりました。とても素敵な結婚式でした」

「本当。とてもお似合いのカップルだったわ」

「幸一郎君が高校時代のたくさんの友達と一緒に歌った、カンパイとか会えて良かったとか言う歌、とても良かったわ。やっぱり若いって素晴らしいわね」

梅雨空から細かな雨が降って薄暗かったが、リビングでは話に花が咲いている。

亜矢が冷たいお茶をいれた。結婚式の話から様々な話へと移り、どうした拍子にか遺産相続の話になった。

「その後、お兄さんの方からは何か言って来たの？」

「それが調停になったの」

「まあ！　調停に！」

「でも、良かったわよ、その方が。全く話し合いにならない以上は、調停しかないと思うわ」

遺産相続で長兄と揉めていることを、亜矢は涼子たち三人に話していた。他県での教員採用不正事件が話題に上った時に、墨河では亜矢の長兄猛人が教育長をやっているから大丈夫だわ、などと涼子たちは言ってくれた。けれども、とても肯定する気持ちにはなれなかった亜矢は、実はと言って、猛人と揉めていることを話したのだった。

「でも、調停に出ると思うだけで落ち着かないの。座っているだけだから簡単なことさ、と明夫さんは言うけれど、色々なことを考えてしまって心配ばかりしちゃうの」

「分かるわ。亜矢さんの気持ち」

光子が言った。

「調停って、どのくらい掛かるものなの？」

涼子が聞いた。

「さあ……？」

亜矢は調停の期間など考えたこともなかったから、答えられなかっただけでなく、重要なことは何一つ考えていないと思い知らされた。

「だめねえ、私って。余計なことを考えるばかりで、肝心なことは何も考えていないんですもの」

「誰でもみんな、そうよ。それに亜矢さんは明夫さんが居るから安心じゃないの」

その時、郁江の声が聞こえたかのように、明夫が二階から下りて来た。

明夫もまた結婚式の御礼を言ってから、『若者たち（映画版）』の鑑賞となった。

このテレビドラマが好きでよく観ていたと言う光子が、その映画版を持って来たのだった。両親を亡くした五人兄弟（四男一女）が、家族愛と葛藤、下積み労働者の悲哀、大学受験、大学紛争、恋愛などに悩みながらも逞しく生きていく姿を描いた青春映画である。

昭和四十年代の日本は高度経済成長第二期と呼ばれ、敗戦から二十余年を経た昭和四十三年には、西ドイツを抜いてGNP世界第二位となった。そして、東洋の奇跡とも言われるこの時代の一面を映したものが『若者たち』とも言えた。

時代がかったモノクロフィルムに、昔日の町や工場が重なり、銭湯や駄菓子屋が浮かび、同時代を生きた人たちの顔や生活が感慨とともに思い出される、と明夫は思った。また、人生に立ち向かう姿勢が現代とは違うとも思った。生きることに誰もが真剣であった。真剣でなければ生きていけない時代であった。人々が貧しく社会が貧しかった。だが、夢があった。助け合って一生懸命に働けば報われる時代でもあった。一方、現代はどうだろうか。店に物は溢れ、道路は舗装され、一人でも十分に生活できる便利な社会となった。しかし、職が無く夢も無い若者たちもまた溢れている。

明夫は様々なことを考えながら、映画に見入っていた。

雨は四日ほど降り続いた。

その日、亜矢は明夫のセーターを編み始めた。しかし、調停のことや母千鶴子のことで頭の中はいっぱいだった。千鶴子には昨年末の父正義の一周忌以来、もう半年も会っていなかった。家に訪ねて行くのでは長兄猛人夫婦に顔を合わせることとなり、何を言われるか分からなかった。また通っているデイサービスまで会いに行ったこともあったが、うちの人からは会わせないようにと言われていると素っ気なく断られた。これではもう亜矢にはどうしようもなかった。

幸一郎の新妻春菜から来週土曜日に来るという電話が入った時も、どうしているだろうか、元気だろうかと考えながらセーターを編んでいた。

「あら、ちょっと待って。その日は確か……」

亜矢はカレンダーを見て勘違いに気付いた。百合子たちが来るのは今週の土曜日で、もう明後日に迫っていた。

「ごめんなさい。勘違いをしてしまって。ええ、大丈夫。楽しみに待ってます。気をつけて来てね」

「はい。宜しくお願いします」

もう明後日なんだわと亜矢は独り呟いた。


その土曜日は、朝日が家の内外を目映く照らし、梅雨の晴れ間の好天となっていた。出窓のガクアジサイはピンクの花びらが煌めき、南面のガラス戸の前の咲き始めたばかりのラベンダーは朝のリビングにピッタリの香りを漂わせている。

午後一時を少し回った時に、百合子も克己も節子も涼し気な服装で現れた。

「今日は宜しくお願いします」

「いえ、こちらこそ。百合子さん、遠いところをご苦労様です」

「私は何にも分からないので、今日はよく教えて頂こうと思っています。明夫さん、宜しくお願いします」

リビングに全員が揃い、近況を話し合ってから、本題に入った。

明夫が各自に文書を配り、調停に関する一般的な知識や法律などを説明し幾つかの質問に答えてから、次に各自の特別受益の確認に移った。これは家庭裁判所から調停の知らせが届けられた時に、遺産分割に関する回答書が同封されていて、その回答項目の一つに、「被相続人から生前、不動産や金銭などを贈与された相続人がいますか（すなわち特別受益がありますか）」とあったからだ。

亜矢は明夫がマイホームを購入した時に貰った祝い金二百万円を申告し、克己は現在住んでいる地所を申告した。百合子は夫故晴雄がマイホームを購入した時に貰った祝い金二百万円を申告したけれども、晴雄が入院した時に父正義から頂いた見舞金五百万円は申告していないことを打ち明けた。

明夫は、自己申告するに当たって百合子から相談を受けたことを話し、とりあえず祝い金だけを申告するようにとアドバイスをしたことを付け加えて言った。

「この見舞金は額も額ですから、特別受益となる可能性が高いと思われます」

「やはり、そうですか」

百合子は小さく頷いた。

「お祝い事なら分かるけど、お見舞金も特別受益なの？　でも、貰いませんでしたと言ったら、どうなるのかしら」

亜矢が首を傾げながら尋ねた。

「いや、それは無理だね。お義父さんたちが見舞金をやらなかったなんて、一般的に考えて有り得ないことだよ」

「あっ……、そうでした」

「それよりも何よりも、兄貴たちが黙ってるわけがない。まして自分たちが持って行ったのだから、見舞金五百万円を渡したと、鬼の首でも取ったように言うだろうさ」

克己が断言した。

明夫もまた猛人は黙っていないだろうと思っていた。だが、見舞金は亡父正義のものであって、猛人のものではない。亡父正義は果たして、猛人と同じように考えるだろうか。いや、違うと明夫は考えた。

「こう考えるのは、どうでしょうか。晴雄さんは独立して一家を構えていましたが、親からしたらいつまで経っても自分の子供です。子供である晴雄さんが定年を前に、命に関わる病に侵されてしまった。お金が役立つのなら、なんとしても助けたいと思うのではないでしょうか。もし、お義父さんが生きていられたら、見舞金は特別受益なんてものじゃない。我が子の生死の為に使って何が特別受益だ、と言うのではないでしょうか」

「いや、全く明夫さんの言われる通りだ。親父なら、きっとそう言うに決まってる」

「そこで、克己さんにご相談ですが、見舞金に関しては特別受益と考えなくても構いませんか？」

「ええ、結構です」

克己は即答した。

「百合子さん、聞かれた通りです。見舞金は特別受益ではないと決まりました」

「でも、お義兄さんたちは知っています」

「私が言いたいのは、見舞金を特別受益として自己申告する必要はないということです」

「でも、お義兄さんたちは黙っていませんし、調停委員の人もきっと聞いてくると思うのですが」

「聞かれたら逆に、特別受益とはどのようなものなのかと聞いて下さい。調停委員が見舞金もある一定以上の金額は特別受益になると言ったら、その時に、見舞金は百万円でしたと答えて下さい」

「百万円ですか？　頂いたのは五百万円ですが」

「いえ、百万円です。猛人さんたちが見舞金を持って来たという事実、見舞金額を猛人さんたちが知っているという事実、それにお義父さんの気持ちがありますから、調停委員から聞かれたら、百万円貰ったことにしましょう。違うのは金額だけで、後はすべて事実ですから、どうなろうとおかしなことにはなりません」

「大丈夫でしょうか？」

百合子は不安そうな顔で聞いた。

「大丈夫です」

明夫は、キッパリと言った。

「猛人さんはお義父さんの通帳から大金を勝手に下ろしています。また定年退職した時に、百五十万円を借りたとも聞いています。けれども、知らぬ存ぜぬを押し通すでしょう。それにまた、自分が得することばかりを言ってくるに決まっています。百合子さんが見舞金を正直に話したとしても、猛人さんたちを喜ばせるだけです」

「はい。分かりました。ありがとうございます。それから、今一つお聞きして宜しいでしょうか？調停委員の人は、言っていることが本当かどうかを、どのようにして判断するのですか？」

「証拠の有る無しです。証拠があれば『言っていること』が事実として認められ、証拠が無ければ事実としては認められないでしょう。これが基本です。特に、自己に有利となる主張をする場合は、その主張する者が証拠を出す義務、いわゆる立証責任があります。ただし、調停は刑事事件と違って、両者の納得できるであろう調停案を見いだすことに有るわけですから、単純に証拠が無いからと言って、事実そのものも無かったものと決めつけるのではなく、どちらの言い分に信憑性があるかを判断することになると思われます」

「証拠が無くても認める場合があるということですか？」

「そうなりますね。けれども、有る事無い事を言ったり、憶測で物を言ったりすることは、結果として調停委員の心証を悪くする可能性が高いと考えた方が良いと思います」

「……」

「我々は調停に於いて得をしようとか、相手をやっつけようと考えているわけではありません。事実に則った調停が行われることを望んでいます。これは事実に則った調停こそが公平で公正な調停だと考えているからです。事実であれば認め、事実でなければ認めません。ですから猛人さんの主張が事実であれば認めますし、事実でなければ絶対に認めません。勿論、我々も決して嘘は吐かず、事実のみを述べましょう。晴雄さんの見舞金だけは例外です。その他は全て事実を述べましょう。このことが必ず事実を明らかにしてくれると思います。そして事実が明らかになれば、事実に則った調停が行われることは間違いありません」

「いや、全く明夫さんの言われる通りだ。俺たちは得をしようなどとは考えてもいない。事実が明らかになり、その結果として事実に則った調停が行われることが一番だ」

「私も克己さんと同じです。損得は全く考えていません」

克己と百合子の言葉を受けて、明夫は続けた。

「繰り返しになるかもしれませんが、調停に当たって、我々は二つのことを心掛けていきましょう。一つはお義母さんの権利を守ること、今一つは事実のみを正直に話すということです……」

最後に明夫は第一回調停に提出する文書を配ると、説明を加えた。

「一枚目は遺産目録の内容に対する質問事項です。二枚、三枚目は猛人さんからの賃貸料の清算に関しての質問です。克己さんから調停委員に提出して頂けますか」

賃貸料の清算に対する返事を内容証明で出したこと、猛人はその受け取りを拒否したことは既に説明してあった。

「分かりました」

「では、私の方からは以上です。何か質問などございますか？」

「すみません。私個人のことなのですが……」

「何でしょう」

「実は、弁護士でなくとも代理人になることができるらしいと聞きました。そのことで明夫さんにお願いがあるのです。私でも子供たちの代理人になることができるかどうかを、裁判所に聞いて頂けないでしょうか。私が聞いたのでは間違えてしまいそうで、自信がないのです。勝手なお願いで申し訳ないのですが」

「そうですか。分かりました。月曜日にでも早速聞いてみましょう」

「ありがとうございます」

やがて百合子や克己夫婦が帰ると、亜矢が言った。

「あなたが私の代理人になれないかしら」

「それは無理だと思うよ」

「私では何の役にも立たないけれど、あなたなら、克ちゃんも百合子さんもどんなに安心するか分からないわ。だから聞くだけでも聞いてほしいの」

「まあ、聞くだけは聞いてみよう」

六

松藤駅前繁華街の大通り沿いに五階建ての八宝本町ビルがある。

その二階にある相川喜多村法律事務所の一室で、猛人とその妻美知代が弁護士の相川総輔及び桐島市郎と向かい合って座っていた。

日曜日の午後二時半を回ったところで、右手の窓からは通りの反対側に並ぶビル群が見えている。

「すると、相手方次男は東京に勤めていて、数年で長野に転勤したのですね。うーむ、今から三十年前のことですか。そして、昭和五十四年九月に結婚して家を建てた時に、お父さんからの新築祝い金が六百万円ですね」

薄い髪を七三分けにした体格の良い六十歳前後と思われる相川弁護士は、箇条書きの文章が書かれたA４用紙から顔を上げた。

「そうです」

「平成十五年十月に見舞金が五百万円とありますが」

「会社の定期検診で食道ガンが見つかり、その治療の為に晴雄は東京の病院に入院しました。その時に、届けてほしいと父に言われて、美知代と一緒に電車で新宿まで行き、地下街の喫茶店で渡しました。金額も確認しています」

「その日は検査があると言うので、百合子さんとは新宿東口改札で落ち合いました。百合子さんは、わざわざ遠くから来てもらってと喜んでいましたし、お義父さんに宜しく言ってほしいと何度も言ってました。見舞金は紙袋に入れて渡しましたが、その厚みを見ても百万円でないのは分かる筈です」

美知代は猛人の言葉を補った。

「分かりました。これだけハッキリしているので問題ないでしょう。では次に、相手方三男ですが、現在住んでいる土地はお父さんから生前贈与を受けたものですね。昭和六十二年となっています」

「そうです。克己は警察官で、それまでは県内各所の駐在所勤務をしていたのですが、隣市に転勤が決まったこともあって、今の土地を貰ったのです」

「五木さんのお住まいからは近いのですか？」

相川弁護士は質問を変えた。

「歩いて十分とは掛かりません」

美知代が答えた。

「でも、克己さんたちは滅多に顔を出しません。どうしてかは知りませんが、盆や正月にちょっと顔を出すだけです。気持ちがあったら、田植えとか稲刈りとかには手伝うと思いますが、そんなことも全くありませんでした」

「克己たちは自分たちのことしか考えていないのだから、言ったところで仕方がない。調停が始まれば、全てがハッキリするさ」

「仲の良かった次男の方とは違って、話が合わなかったということですかな？」

「晴雄は二つ下でしたが、克己は六つ下、亜矢は八つも下なので、正直あまり話したことはなかったからでしょう、克己も亜矢も私のことを長兄とは思っていないようです。これは私が至らないせいでしょうが——」

「そんなことないわよ。あなたは家を継いで、お義父さんやお義母さんの世話をずっとしてきたし、田圃や畑もずっとやってきたわ。その上、教師という大変な職を務めているんですもの、できることではないわ。克己さんは近くに住んでいても手伝わないし、亜矢さんは東京だったから最初から何もしなかったわ。それなのに、あなたの大変さを全く理解しようとしないんですもの、どうしようもないわよ」

「分かりました。では、その相手方長女について伺いましょう。これによりますと、長女の夫が東京で家を建てた時に三百万円、隠居に来た時に三百万円、そして嫁入り道具一式五百万円ですね」

「はい」

「隠居に来た時に三百万円とありますが、時期や経緯などを教えて下さい」

　相川弁護士はテキパキと話を進めるが、その左横に座る桐島弁護士は時おり頷いたりメモを取ったりしているだけで、何も言わない。三十歳になったばかりと思える背の高い若者で、弁護士というよりも新任教師のようだと猛人には見えた。

「亜矢は結婚してからずっと東京に住んでいましたが、亜矢の夫沢田明夫の両親が入院したこともあって、四年半程前に墨河に戻って来ました。それからは頻繁に隠居に顔を出すようになりました。なぜそんなに来るのか理解できませんでしたが、家を新築すると聞いて分かりました。金を貰いに来てたのです。お袋は三百万円をやったとハッキリ言いました。東京で家を建てた時に貰っているのに、更に三百万円も貰いに来たというので驚いていると、急に家を建直すことになって、少し金が足りないと亜矢が言ったというのです。無かったらどうしようもないが、たまたま箪笥貯金があったから、それをやったというのです」

「四年半前に戻って来たと言いましたが、お金をやったのは、それからすぐのことですか？」

「どうだったかなあ」

猛人は美知代に聞いた。

「戻って来たのは十一月か十二月で、お金はその半年後の五月の連休の時だったと思います。毎週二回ほど来てたのが、その日から急に来なくなったから、どうしたのかと思って、お義母さんに聞いてみたら、家を建てるのに忙しくて来れないのだろうと言ったのを覚えてます。どうして今まではあんなに来ていたのかしら、などと聞いていくうちに、実はと言って、足りないからとお金を無心に来ていたのだと教えてくれたのです」

「なるほど、そうですか。相手方長女の夫沢田氏は、その時は退職していたのですか？」

「早期退職と聞いてます」

美知代が答えた。

「では最後に、嫁入り支度一式五百万円について説明をお願いします」

「亜矢は昭和四十九年十月に結婚式を挙げました。相手の沢田は高校の同級生です。沢田は東京の会社に勤めていましたから、生活用品一切が必要だろうとお袋が用意したもので、家財道具一式と亜矢の着物など様々です」

「箪笥や鏡台、食堂テーブルと椅子、冷蔵庫やミキサー、布団などなどでトラックにいっぱいでした」

猛人に次いで美知代が補った。

「分かりました。調停委員から質問があると思いますから、以上の特別受益を話して下さい。書面で提出するのは、その後となります。それから、話したことを証拠立てるものがあるかどうか、何でも構いませんので、一度調べてみて下さい。私の方では、相手方次男の家と三男の土地に関する登記事項証明書を取っておきます。さて、私の方からは以上ですが、何かございますか？」

「いえ」

「分かりました。あっ、今一つ、お聞きすることを忘れてました。ご両親が隠居に移られたのは、いつですか。また移られた理由などをお聞かせ下さい」

相川弁護士はペンを動かしながら尋ねた。

「父母が隠居に移ったのは五十六年の九月です。晴雄たちが家を建てた、そのちょうど二年後だったのでハッキリと覚えています。また隠居に移った理由は、六十五になったら隠居すると前々から言っていたからです。なぜ六十五歳なのかは分かりませんが、理由は隠居です」

「分かりました。ありがとうございました。それでは当日、裁判所でお会いしましょう」

猛人たちが弁護士事務所を出ると、向かいのビル横の公園に人だかりができていた。

「何かな？」

「何かしら？」

猛人はそのまま車に乗り込むとエンジンを掛けた。

「へんてこな衣装をした若者が、楽器を演奏するらしいわ」

公園の前を通り過ぎる時に美知代が言った。

「ストリートミュージシャンというやつか。許可は取ったんだろうな」

「許可が要るの？」

「当たり前だ。勝手にされたら騒音だ」

猛人は腹立たしげに言い放ったが、若者たちに腹を立てているのではなかった。いよいよ調停が始まると思うと無性に腹が立ってくるのだった。墨河市の教育長を任されている俺が遺産分割の調停を行っていると知れたら、世間はどう思うか。自分の家のことも纏められないのか、と笑うに決まっている。とんでもない。俺の面目はどうなるのだ。親父の跡を継いで五木家を守り農業をやり、また教員として教育一筋に生きてきた俺の面目は。それもこれも克己や亜矢たちが俺の言うことを聞かないからだ。何もしていない癖に好き勝手なことを言って要求だけする。そんなものが通るものか。俺は絶対に克己たちの好きなようにはさせるものか。

調停までは未だ三週間程あったが、準備は早いに越したことはない。既に賽は投げられたのだ。見ているがいい。堂々と黒白をつけてやる。猛人は前方を凝視しながら己の心に誓った。

七

「お早うございます。沢田と申しますが、調停に関することでお電話致しました。書記官の小山内哲二さんは居られますでしょうか？」

火曜日の朝九時を過ぎたばかりだった。

「しばらく、お待ち下さい」

若い女性の声が答えた。

明夫はリビングのソファーに腰を下ろしていた。窓寄りの籐椅子に座る亜矢と庭に咲く赤いバラの一群が一枚の写真画のように見える。バラの名前を思い出している時に、若い男性の声が答えた。

「替わりました。私が小山内ですが、どのようなご用件でしょうか？」

「私は沢田亜矢の夫で明夫と申します。七月二十一日に開かれます遺産分割調停委員会のことで、教えていただきたいことがありまして、お電話を致しました」

と明夫は言ってから、遺産分割申立並びに寄与分申立の事件番号を告げた。

「どのようなことでしょうか」

「調停期日通知書に、『弁護士でない者が代理人になるときは、裁判所の許可が必要』とありますが、例えば、どのような場合に、代理人となることができるでしょうか？」

「本人が病気や仕事の都合でどうしても出頭できない場合に、代理人が認められます」

「そうですか、本人が病気や仕事の都合で出頭できない場合ということですね。申請書の書式は裁判所で頂けますか」

「はい。またインターネットからでもダウンロードできます」

「分かりました。今一つ教えて下さい。今回の調停は、遺産である土地が百筆以上もあって、事実確認などでも大変だと思われます。少なくとも私の妻よりも私の方が事件の内容などにも正確に答えられますし、遺産の全容もよく承知しています。このような場合、私が調停の場に同席することは可能でしょうか？」

「いえ、調停にはご本人もしくは代理人の方以外は同席できません」

「黙って聞いているだけでも駄目なのですか」

「その通りです。それから、今回の調停ですが、確かに遺産額が大きいので、相続問題に詳しい弁護士の方に調停委員をお願いしました」

安心させようとしてか、書記官の小山内が付け加えた。

「やはり亜矢の代理人は無理だね。また、本人か代理人以外は調停に出席できないそうだ」

明夫は亜矢に言った。

「同席することも駄目なんですね」

電話でのやりとりを聞いていた亜矢は、肩を落とした。

「百合子さんに、今の話を伝えてほしい」

「え？　……は、はい」

「子供たちは仕事で忙しいのだから、百合子さんは問題なく代理人となれる。提出する書類があるので小山内書記官に電話するようにと」

「分かりました」

明夫はそのまま書斎に上がった。

机に向かい、しばらく遠山をぼんやりと眺めていたが、いつしか亜矢の長兄猛人のことを考えていた。


明夫が猛人と初めて会ったのは、亜矢と婚約をした翌年の正月三日であった。猛人は美知代と結婚していたが、次兄晴雄も三兄克己もまだ独身だった。明夫は正義の前に座らされて、正義の右に猛人、左に晴雄が並び、明夫の左右は克己と亜矢が座った。千鶴子と美知代は燗をつける為に台所と客間とを忙しく往復し、正義はほとんど酒を飲まず話もあまりしなかったが、幾度も酌をしてくれた。猛人は酒で顔を真っ赤にしながら教育に関して熱弁を振るい、生涯一教師であるべきとの持論も話してくれて、賑やかで楽しいひと時であったことと、猛人に好意を抱いたのを今もハッキリと覚えている。

しかし、猛人と親しく話したのはその時だけで、いつの間にかあまり話をしなくなり、増して正義と千鶴子が隠居に住むようになってからは、お盆と正月に挨拶に訪れても、美知代が玄関で応対するだけで上がって行くようにとも言われなかった。猛人と顔を合わせることは滅多になく、相手にされていないとも言えたが、それでも明夫たちは毎年の挨拶は欠かさなかった。

昨年一月十五日、亜矢たちの父五木正義が亡くなった時には、久し振りに猛人と話をする機会があったが、猛人は儀礼的に一言二言話すだけで、取り付く島もなかった。また葬儀後の七七忌と新盆では、明夫の挨拶を受けた猛人は「どうも」と言っただけで、すぐに他の招待客と話を始めた。このような猛人を見ては、亜矢の長兄とはいえ、あまりにも非常識であると明夫も思わざるを得なかった。だが、猛人の非常識さは、それだけに止まらなかった。遺産分割協議での言動、賃借人に対して代表相続人であると勝手に名乗っていたこと、母千鶴子を亜矢たちに会わせようとはしなかったこと、などなど非常識と言うよりも理不尽と言うべきことだ。

遺産相続問題での猛人の言動から、明夫は猛人の性格を「自己中心性」であると分析したこともあった。これは猛人が自分のことしか考えず、自分以外の他者の存在を認められない、極端に身勝手な性格であったからだ。そして自分の意見が通らないと分かるや、亜矢たちとは話し合わないと断言した。

このような猛人であったから、調停に於いても決して事実をありのままには言わず、有る事無い事を言ってくるに決まっていた。その結果、お互いの言い分は当然ながら食い違うことになる。そして、お互いの言い分以外に立証するものが無かった時には、第三者である調停委員には黒白のつけようがないことになる。このような場合、調停委員は両者の言い分の凡そ中間地点辺りに調停案を定めるであろうと明夫には思われた。それ以外に公平を保つ案はできようがないからだ。だが、猛人の言い分が偽と知っている亜矢たちにとっては、決して公平とは言えないどころか、これでは嘘を吐いた方が得をすることになってしまう。

では、このことを避ける為に何をすべきか！

猛人が自分の損得の為であれば平然と嘘を吐くことを、調停委員に明らかにする。これが明夫の考えていることだった。そして、幸いにこのことを立証できる物が手元にあった。猛人から届けられた賃貸料の清算の手紙である。

既に明夫は、きちんとした賃貸料の清算をするようにとの内容証明付き返信を、亜矢たち名義で送付してあった。手紙は受け取り拒否で戻って来たが、内容証明の場合には受け取り拒否をしても、その中に書かれている内容は相手に到達されたと見なされる。すなわち受け取ったと同様の効力があるものだ。

明夫はパソコン画面に向かうと、内容証明で送ったものを、表現は別として、ほぼそのままコピーして、「平成二十一年賃貸料の清算に関して」と題した文書を作成した。これで賃貸料の清算の正否の争いは、調停の場に移ることになる。

明夫は作業を終えると、小糠雨の降る窓の外を静かに眺めた。

週末には長男幸一郎とその新妻春菜が沢田家を訪れた。ひと月前の結婚式の写真を見ながら、また楽しい話で盛り上がった。

「ところで、旅行はいつ頃を予定しているのかね？」

明夫が、未だ行っていない二人の新婚旅行のことを聞いた。

「来週末から行くことに決めました。本当は帰ってから来ようと思ったけど、仕事が待ってるもので、今日来たんだ」

幸一郎は明るく応えた。

「忙しいのねえ。身体に気をつけてよ」

「大丈夫だよ」

「いつも遅いんでしょう？」

亜矢は春菜に聞いた。

「ええ」

「大変ねえ」

「いえ、慣れましたので」

「まあ！」

「忙しいくらいの方が良いさ。若い時は、どんなものでも血となり肉となる。ところで、どんな仕事かな」

「新商品販売の部署に配属されたので、もっか鋭意勉強中で、それもあって忙しくて」

「どんな新商品なんだね」

「幾つかあるけど、僕の担当はドキュメント管理システムの一つなんだ。機能や拡張性に優れている一方、アメリカのソフトなので、痒い所に手が届かなくて、その辺を補うのが僕たちの役割というわけです。ただ、グループ名が企画開発なので、営業に行っても不思議な顔をされることが多くて」

「確かに、名前だけ聞けば販売部隊とは思えないね」

「実は昨日、初めて訪問した会社からも、一体何をされているんですか？　と聞かれて困りました。こちらは販売しようと訪問しているんですから」

「なるほど、なるほど」

明夫は笑った。

「しかし、そのことがきっかけで、仕事とは違った話から入ることもできるだろう」

「ええ、そうでした。その名前になった経緯や、その名前にこだわった課長の話などをしているうちに、同じような人が居るものですねと言って、その会社の人も色々な話をしてくれて有り難かったです」

「それは良かった」

明夫と幸一郎が話をしている間に、亜矢は夕食の支度を始めた。春菜もすぐに立ち上がった。

「いいわよ。ゆっくり座っていて」

「いいえ、お手伝いさせて下さい」

亜矢の横に春菜が立った。

春菜はコップ、取り皿、お箸やポテトサラダなどを並べ、あさりの酒蒸しを亜矢は作った。

ビールで乾杯すると、続けて亜矢は手羽先に片栗粉をまぶして二度揚げると大皿に盛り、擂ったニンニクと刻んだパセリなどを入れたタレを掛けて、くし形切りのレモンを添えた。

「とても美味しいです」

春菜は喜んだ。明夫と幸一郎はビールを飲み、手羽先から揚げを食べ、話は尽きない。楽しい宵であった。

八

車から降りると、思わずムッとする熱風に亜矢は、「まあ！」と驚いた。

「まるでサウナに入ってるみたいだわね」

続いて降りた百合子が言った。

駐車場はほぼ満車で、わずかに生け垣のカイヅカイブキの緑が目に優しい。

「墨河とは違って、ビルばかりだからなあ」

運転席からゆっくりと外に出た克己が林立するビルを見上げた。

市役所や市公民館などが立ち並び、裁判所は五階建てだ。真夏日の陽が頭上から赫々と降り注いでいる。立っているだけで汗が流れ出た。

七月二十一日水曜日の午後一時になったばかりである。

ベージュのコットンハットを被った亜矢は、白い半袖の上に薄い紺色の上着を着ていた。百合子はグレーの半袖姿に、つば広の日よけ帽子、克己は白い半袖姿だ。亜矢たちは、それぞれが書類を入れたバッグを提げて、裁判所に向かって歩き始めた。

亡父五木正義の遺産分割申立並びに寄与分申立の第一回調停委員会が、ここ松藤市にある家庭裁判所に於いて午後一時半より、開かれることになっていた。

両開きの大きなガラスのドアを開けて中に入る。にわかに冷房の冷気が身体を包み込んだ。亜矢は、フーッと息を吐いた。身も心も生き返るほどに気持ち良かった。案内板に従ってエレベーターで三階に上がり受付に行くと、若い女事務員が第二待合室でお待ち下さいと言って右手を指し示した。

奥に細長い第二待合室は正面に小さな窓があり、右壁と奥に長椅子がL字の形で並んでいる。奥の椅子に五十前後の男性二名が座っていた。亜矢を挟んで三人は壁沿いの長椅子に座った。男性二名は話すこともなく黙って座っている。亜矢たちもまた言葉を交わさなかった。

部屋は涼しかったが、息苦しい思いを亜矢は感じていた。

やがて、中年の女性が呼びに来て二名の男性は出て行った。

「緊張するわね」

百合子が亜矢に言った。

「ええ」

「どんなことを聞かれるのかしら？」

「さあ……。でも、心配だわ」

「そうよね。心配よね」

そう言うと百合子は眉を顰めた。

克己は黙って腕を組んでいた。

時おり廊下を通る足音が聞こえた。しかし、人の話し声は聞こえない。時間の流れがあまりにも遅かった。

亜矢はぼんやりと正面の壁を見ながら、どんなことを聞かれるのかしらなどと考えていた。

ドアが開いた音で、亜矢は現実に戻った。

「五木さん、どうぞ」

五十代前後のすらりとした女性が、ドア口に立っていた。

克己が最初に立ち上がった。亜矢は深呼吸をするとその後に付いて第二待合室を出た。百合子は亜矢の後に続いた。

案内された調停室Bは十畳ほどの広さで、横長で大きなテーブルが中央を占めていた。右側には一間幅の窓があり、亜矢たちが入って行くと、正面に座る六十代半ばで黒メガネの男性が書類に落としていた目を上げた。角張った顔で口を一文字に結んでいたから、いかにも厳めしく思えた。先程の女性がその左横に座った。

亜矢たちは軽く目礼をしてから入口側の椅子に順番に座った。

男性調停委員が話を始めた。

「本年四月六日に、被相続人五木正義さんの遺産分割並びに寄与分に関する申し立てがありました。中立人は五木千鶴子さん並びに猛人さんです。これより第一回の調停委員会を始めるに当たって、相手方である皆さんの確認をさせていただきます。五木陽一さん、真治さんの代理人五木百合子さんは、どなたですか」

男性調停委員は多少甲高い声だったが、穏やかな口調だ。

「はい、私です」

亜矢の左横に座った百合子が答えた。

「次男である故晴雄さんの配偶者ですね」

「はい」

「三男五木克己さんは……」

「はい、私です」

克己は素早く答えた。

「長女沢田亜矢さんは？」

「はい、私です」

「分かりました。では、これから始めます。遺産分割の方法について、皆さんの希望はありますか？」

「法律に則って、法定相続分ずつお願いします」

克己が答えた。亜矢と百合子も同じように答えた。

「分かりました。さて、皆さんには遺産目録が届いていると思いますが、遺産はこれで良いですか？」

「これですべてかどうか我々にはわかりませんが、現時点での質問事項を纏めて来ました」

克己は用意してあった文書「遺産分割に関する回答内容の補足」二部を持って立ち上がった。これは調停の知らせと共に同封されていた遺産目録から幾つかの疑問点を見つけて羅列したものである。女性の調停委員が受け取るべく手を伸ばした。

「分かりました。一部は猛人さんに渡します。では、特別受益についてお聞きします。五木克己さんは特別受益がありますか？」

「家を建てるようにと、今から二十年以上前に親父から土地を貰いました。それだけです」

克己が答えるのを聞きながら、百合子は不安に襲われていた。百合子の自己申告は亡夫晴雄が家を建てた時の二百万円としてあった。しかし、実際には見舞金五百万円も頂いていたのだ……。

「沢田さんはどうですか？」

「お祝いとして、夫名義の家を建てた時に二百万円いただきました。自己申告の通りです」

「猛人さんは、新築時に三百万円、四年程前に五木家に来た時に三百万円、そして嫁入りの時に家財道具一式と着物などを大層買ってやったと言ってますが」

「とんでもないです。自己申告したものだけです」

亜矢は顔が火照るのを感じた。どうして長兄猛人は嘘を吐くのか。とんでもないという思いと、これから先はどうなるのだろうかという不安とで、亜矢は胸が苦しくなった。

「嫁入り時も無かったと言うのですか？」

「結納金で賄われたと思います」

「そうですか。……では、五木百合子さんはどうですか？」

名前を呼ばれて百合子の胸の鼓動は激しさを加えた。大きく息を吸い込んでから、明夫が教えてくれたように答えた。

「特別受益とはどのようなものでしょうか？」

「見舞金ならば十万円くらいは構いませんが、百万円を超えたら特別受益になります。猛人さんは新築時に六百万円をやったと言っています。また平成十五年十月八日には見舞金五百万円を渡したと言っています」

男性調停委員は文書に目を落としながら言った。

「自己申告しましたように新築の時に頂いたのは二百万円です。また見舞金は百万円いただきました」

「そうですか」

男性調停委員は女性調停委員を見て、

「中立人に確証を出してもらうしかないでしょうね」

と言ってから、しばらく何事か考えていたようであったが、

「皆さんは弁護士を頼まれないのですか？　これだけの遺産ですから、頼まれた方が良いと思いますよ」

と言った。

百合子が質問した。

「調停の時からお願いするのと、審判からお願いするのとでは、弁護士料はどうなりますか？」

「同じです」

男性調停委員は当然のように答えた。

「長男は自分の特別受益について、どう言ってますか？」

克己が聞いた。

「中立人は普通、自分には無いので申し立てるものです。何か知っていますか？」

「色々と聞いてます。次回、その内容を提出します」

「では、そうして下さい。……遺産分割協議の話し合いは行われたのですね」

「はい」

百合子が答えた。

「お義兄さんから戸籍謄本や印鑑証明書を送ってほしいとの電話がありました。その一週間後

にも住民票も欲しいと電話がありましたが、お義兄さんは話し合うつもりはなく、またお義母さんに半分を分けようとは考えていなかったようなので、どのようにするつもりかを聞いたことから、一回目の話し合いが決まりました」

百合子は、ここまで一気に話して、息を継いだ。

「一回目の話し合いは昨年五月三十日でした。現金が百二十一万円ある。これを四人で分けることになるが、俺は辞退する。お前たち三人で分けろ。土地は売らない。と、お義兄さんは言いました」

「今どき、すべてが自分のものというのは有り得ませんね」

女性調停委員が初めて言葉を発した。

「二回目の話し合いは」

克己が説明を始めた。

「その半月後の六月十三日で、長男が言ったことは、話は前回話した通り。一人でもハンコを押さなければ俺は家を出る。家を出る時は遺産は要らないと言っただけで、その後の話し合いはなかったです」

亜矢は二人の調停委員がどんな感想を述べるだろうかと興味を持っていた。ハンコを強要し、押さなければ家を出て行くと言った猛人の言動は、非常識極まりないことだ。当然、二人は驚いて何か言うに決まっている。どんな言葉だろうか。

しかし、調停委員は二人とも何も言わなかった。

亜矢たちも何も言わなかったから、沈黙の時間が生じた。

「ところで、皆さんは相続税はどうしましたか？」

男性調停委員が質問を転じた。

「支払いました」

亜矢が答えた。

「支払った？　幾ら支払いましたか？」

「六百万円弱です」

「皆さんもそうですか？」

「そうです」

「うーむ。六百万円弱ですね」

克己と百合子が同時に答えた。

「そうです」

再び亜矢が答えた。

「どのようにして、その金額を出されたのですか？」

「どのようにしてと言われましても……、相続税の申告に基づいただけです」

「皆さんが作られたのですね」

「そうです」

「そうですか……？」

男性調停委員は首を傾げたが、それ以上は何も言わなかった。しばらく書類をペラペラと捲っていたが、

「皆さんの方から、何か聞きたいことなどありますか？」

「母のことについてお聞きしたいのですが、成年後見人についてはどうなりますか？」

亜矢が質問した。

「先程、お母さんと話しましたが、ちゃんと受け答えができていたので、我々としては、それを信じるしかありません。お母さんは、私の物は全部長男にやると言ってました。もし、成年後見人を立てたいのならば、別の案件となりますから、書記官と相談して下さい」

「……」

「他にはありませんか？」

「地代に関して長男より書類が送られて来たものの、領収書も説明もないものでした。質問があるので書面にしました。回答をいただきたい」

克己はそう言うと、猛人からの手紙を添付した文書「平成二十一年賃貸料の清算について」を手渡すべく立ち上がった。女性の調停委員が同じように立ち上がって、テーブル越しに受け取り、男性調停委員に渡した。

男性調停委員は文書にチラッと目を通しただけだった。

「では、次回を決めたいと思います」

「あっ。すみません。今ひとつ聞きたいことがあります」

克己が手を上げて言った。

「何ですか」

「調停委員殿のお名前を教えていただきたいのですが」

「お答えできないことになっています」

男性調停委員の言葉は丁重だが、冷徹な響きがあった。

次回第二回調停日は、一カ月と十日後の九月一日水曜日の午後一時半からと決まった。

九

「疲れた」

「大変だった」

と言って、亜矢と百合子が沢田家に帰って来たのは、夕方四時を過ぎていた。

「緊張して、自分が何を答えたのかを覚えているのがやっとなの」

「本当よね。おかしなことを言ってはいけないと思うでしょう？　とても緊張したわ」

亜矢たちは座るのも、もどかしいように、明夫に話した。

「会えなかったけど、お母さんも来ていたみたいなの」

「亜矢さんが、成年後見人についてはどうなりますかと質問された時に、お母さんは、ちゃんと受け答えができていましたと男性調停委員の人が言ってました。そして、私の物は全部長男にやるとお義母さんは言ったそうです」

「お義母さんに関して、調停委員が言ったのは、それだけですか？」

「いいえ。ちゃんと受け答えができていましたと言った後に、我々は、それを信じるしかありませんと言いました。それから、もし、成年後見人を立てたいのなら別の案件となるので、書記官と相談して下さいとも言いました」

「別の案件ですか？」

明夫が聞いた。

「ええ、そう言われました」

「遺産分割調停とは別の案件ということですね」

「そのように受け取りました。そうですよね、亜矢さん？」

「ええ。今の調停とは別と言いました」

青しそジュースを運びながら、亜矢が答えた。

明夫はコップを受け取ると、「なるほど」と言って、青しそジュースを口に運んだ。まさに夏の飲み物だ。しその香りと淡い緑色が爽やかで、また、グラスの中の氷の音が涼しい。そのグラスを手に持ったまま、「成年後見人は別の案件になる」と言われたことを考えていると、遅れると言った克己節子夫婦が現れた。

「男の調停委員の名前、分かったよ」

明夫の真向かいに座るなり、克己が言った。

「え？　どうして分かったの？」

亜矢が驚いたように聞いた。

「最初は気付かなかったが、どうも見たことのある顔だと思ったんで名前を聞いてみたんだ。教えてはもらえなかったが、家に着く間際に最近テレビで見たことを思い出した」

「それで遅くなると言ったのね」

「ああ、そうだ。そこで番組表を見ていくと、いつも観ている番組の後に県内ニュースとして県弁護士会会長の話というのが載っていた。これを観たような記憶があったから、ネットで県弁護士会会長を検索してみたら、出て来たよ。間違いなく今日の男の調停委員だ。名前は杉村卓二郎となっていた」

「男の調停委員は県弁護士会会長ってこと？」

亜矢が驚いたように確認した。

「ああ、そうだ」

「調停が始まる前に、私が子供たちの代理人になれるかどうかを明夫さんに聞いて頂いたことがありますが、その時に書記官の人が、私たちの調停には相続問題に詳しい弁護士の方に調停委員をお願いしましたと言ったそうです。相続に詳しい弁護士が県弁護士会会長だったんですね」

「ああ。しかし」

と百合子に答えてから、克己は続けた。

「どうもあの調停委員は気に喰わん。兄貴のことを猛人さんと馴れ馴れしく呼んでただろう。二人とも高校が同じだから、或いは互いに知っているのかも知れない。それに、兄貴の特別受益を聞いたら、中立人は普通、自分には無いので申し立てるのだと答えた。まるで兄貴には特別受益は無いと最初から決めつけているような言い方だ」

「私も、おかしいと思いました。お義兄さんの肩を持ったような言い方にも聞こえました」

「いや、それはないでしょう。調停委員は公平公正ですから。それに未だ始まったばかりです。心配することはありません」

明夫は青しそジュースを飲みながら言った。

「ええ、そうでした。分かりました。……でも、克己さんや亜矢さんが一緒で良かったわ。私一人だったら、とても続けられそうにないわ」

「私もそうなの。ただ座っているだけでも息苦しいのに、嫁入りの時に家財道具一式をやった、新築の時には三百万円、実家に来た時に三百万円をやったなんて言われたもので、頭に血が上ってしまって、それからしばらくは、何も考えられなかったの」

亜矢は、鬱憤を吐き出した。

「私にも新築の時に六百万円と言ってたわ。とんでもないわ。でも、見舞金五百万円はその通りです。貰ったのは百万円ですと答えましたが、大丈夫でしょうか。きっと色々なことを言ってくると思います」

「大丈夫です。前にも話しましたように、五百万円という証拠は何処にもありませんから、心配は無用です」

明夫はキッパリと言った。

「それはよく分かっていますが、嘘を吐くのが苦しいんです」

百合子は困ったような顔で言った。

「嘘も方便と考えた方が良いですよ。正直に言ったところで、お義父さんは喜ぶとは思いません。喜ぶのは猛人さんだけです」

「兄貴たちは嘘ばかり吐いてるんだ。気にすることはない」

「はい。分かりました」

この後、明夫は、改めて調停で話されたことを亜矢たちから聞いてから、長兄猛人の特別受益を次回の調停に出すことを確認して話を締めくくった。

克己夫婦と百合子が一時間ほどで帰ると、明夫は熱いお茶を飲みながら、改めて成年後見人のことを亜矢に尋ねた。

「成年後見人のことは別の案件となるので、書記官と相談して下さいと調停委員が言ったということだね」

「ええ、そうです」

亜矢は単純に答えた。

「どうやら、調停委員はお義母さんが認知症ではないと考えているらしいね」

「え!?……」

調停委員が、遺産分割調停とは別な案件になると言ったことは、成年後見人が必要となる当事者は居ないということ、すなわち、お義母さんは認知症ではないと言っていることに等しいと明夫には思われた。現に調停委員は、「お母さんは、ちゃんと受け答えができていたので、我々としては、それを信じるしかありません」と言ったという。だが、専門の医師でもないのに決めつけることなどできようがない筈だがと明夫は首を傾げた。男性調停委員は相続問題に詳しい弁護士で、しかも県弁護士会会長だという。これまでの判例や経験が、遺産分割調停とは別な案件であることを示しているのだろうか。いや、認知症か否かは個人の問題であって、だからこそ成年後見人制度があるのだ。明夫は自分の考えが同心円上をグルグル回っていることに気付いていた……。

「書記官の人に相談しますか？」

亜矢が心配そうに聞いた。

「いや、それでは別な案件となることを半ば認めたことになってしまう。まあ、しばらく放っておこう。必ずしも次回に答えなくてはならないものではないからね。それよりも、賃貸料の清算に関して、どのように回答してくるかを楽しみに待っていよう」

明夫には良い考えが浮かばなかったが、そのうちに良い考えが浮かぶかも知れないと楽観的

に考えてから、

「明後日は何時出発になるのかね」

と話を変えた。

明後日は親戚の槌田義宏とその妻奈津子に誘われて、西湖いやしの里へ出掛けることになっていた。

「七時に迎えに来てくれるそうです」

「それは有り難い。良い天気になってほしいね」

明夫は、ゆっくりと立ち上がった。


翌々日、槌田義宏が運転する車で、明夫たちは西湖いやしの里へ出掛けた。

明夫が助手席、亜矢と奈津子そして九十になる叔母の三人が後部座席に座った。

「亜矢さんたち、いやしの里は初めてですって?」

奈津子が聞いた。

「ええ。名前も知らなかったです。よく、行かれるんですか?」

「私は二度目。義宏さんは写真が趣味なので、毎週のように色々な場所へ行っているの。だから、よく知ってるわ」

「玄関の写真も、義宏さんが撮られたんですか?　素敵な写真なので、いつも見とれてました」

「良いかどうかは別として、一応は自分で気に入ったものを飾ってあるだけなんで」

義宏は照れたように答えた。

「義ちゃんはセンスあるよ。真っ赤に咲いた躑躅が幾何学的に並んだ風景とか、白樺を背景に色とりどりのユリが咲き誇っているものとか、その場所に行きたくなるからね」

「誉めてくれるのは嬉しいが、何も出ないよ」

義宏の一言で、爆笑となった。

やがて、車は中央自動車道に入った。平日だから空いている。

素晴らしく良い天気で、山間を縫うように走った後に広がる青空は、深呼吸したくなるほどに美しい。

「幸ちゃんたちは何処へ新婚旅行に行ったの？」

奈津子が亜矢に聞いた。幸一郎は亜矢の長男で、この五月に結婚したばかりだ。

「式の後は忙しくて行けなくて、やっと先週、ハワイへ行って来たばかりなの」

「まあ！　そうなの。でも、行けて良かったわ。仕事、仕事では大変ですもの」

「仕事で忙しいのなら幸せさ。今は若者が定職に就けなくて困っている時代だ」

義宏が口を挟んだ。

「ええ、本当。うちの人も同じことを言ってたわ」

亜矢が助手席の明夫を見ながら言った。

「同じ世代で、同じ長男だから、言うことが似てるのよ。ねえ、明夫さん」

「まあ、そうかも知れません」

奈津子に答えながら、明夫は苦笑した。

河口湖ＩＣで降りて、富士山を左手に見ながら国道一三九号線を走る。

やがて右折して西湖に向かい、道なりに走ると案内板が現れた。

西湖いやしの里は、切り開かれたように広い空間の中にあった。北に山を背負い、さんさんと降り注ぐ陽光を浴びて、茅葺きの古民家が雛壇状に並んでいる。幾本かの幟がゆったりと風に揺れ、遠近に観光客の姿が見える。

入場料を支払い、緩やかな坂をのんびりと上る。明夫と義宏が先に歩き、亜矢たちはその後ろから付いて行く。叔母は杖を突いている。

「おばさん、杖を突くんですか？」

「無くてもいいんだよ。だけど、持ってけと言うもんだから」

小柄な叔母は、しかし元気な足取りで歩いている。

「足は丈夫だから本当はいらないのよ。半年程前に、近所のおばあさんから、杖は便利でいいよと言われて、それで自分も欲しいと言って買ったの。でもその時だけで使わないから、今朝出掛けに義宏さんが持っていけと持たせたの」

「まあ、そうなの。でも、いいわねえ。こうして一緒に色々なところに連れていってもらえて」

亜矢は母千鶴子のことを思った。もう随分と会っていなかった。会えるものなら会いたかったが、長兄猛人とその妻美知代は、亜矢たちに千鶴子を会わせようとしなかった。どうしているかしら？　元気でいるかしら……？

「これは素晴らしい」

明夫は振り返ると歓声を上げた。青空を背景に富士の雄姿が真っ正面に見えた。眺めているだけで心が澄んでいくような、何処にいるかも忘れてしまいそうな、また遠い日の風景を思い出すような、そんな情感が溢れている。更に上り、とある古民家の縁側に座っての眺めもまた素晴らしい。茅葺き屋根を左右に従えて、富士は厳かに鎮座している。明夫は静かに眺めていた。天候に恵まれて暑いくらいだが、なんとも気持ちが良かった。

義宏は三脚を立ててカメラのファインダーを覗いている。

昼食は施設内にある蕎麦屋に入った。

囲炉裏端に座り、亜矢たち女性は天婦羅せいろ、明夫たちはせいろ大盛りを頼んだ。

「これは美味い」

明夫と義宏は舌鼓を打った。亜矢には少し蕎麦が硬く感じられたが、噛んでいるうちに美味しさが分かってきた。

「おばあちゃん、硬くない？　大丈夫？」

「いや、美味しいよ」

「良かったわ、美味しくて」

奈津子と叔母との会話が心温かい。

やがて、店を出て坂をしばらく下って行くと、「あら、大変」と言って奈津子が慌てて戻り、帰って来た時には、「杖」を持っていた。

「おばあちゃん、杖を忘れたわよ」

「あっ、いけない。ありがとう」

「駄目だよ。忘れちゃ」

義宏が言うと、

「だから、持って来ない方が良かったんだよ」

と叔母が言ったから、皆で大笑いとなった。

十

第二回目の調停は、九月一日水曜日午後一時より始まった。

調停室には男女二名の調停委員の前に、猛人とその代理人弁護士相川総輔、千鶴子とその代理人弁護士桐島市郎、更には美知代が千鶴子の横に座っていた。

相川弁護士が準備書面㈠を提出すると男性調停委員はペラペラと頁を終わりまで捲ってから二頁目に戻り、少しの時間読んでいた。

本文は三頁で、以下のような文言などが記述され、貸地一覧表と申告所得税（被相続人五木正義の申告所得税は十四万二千三百円、猛人の所得税は百十六万五千円）などの領収証書も添付されてあった。

相手方文書（平成二十一年賃貸料の清算について）に対する回答

一、賃貸料は提示されたものだけです。
二、賃借人一覧表は別紙のとおりです。
三、所得税は申立人猛人の所得税と被相続人正義の未払い所得税の合計額です。
四、申立人猛人の所得税は賃貸料収入を全て申立人猛人の収入として申告しているゆえの課税金額です。
五、申立人猛人としては平成二十一年賃貸料については同封の計算書で清算済みであると考えています。

「この準備書面とは別に、今回は調停申立時に提出された寄与分申立書を相手方に渡します。寄与分に対する相手方の反論は次回以降になるでしょう。それから、今回は相手方が申立人猛人さんの特別受益を出して来ることになっています」

猛人は男性調停委員の顔を見た。俺の特別受益だと？　そんなものは有るわけがない。克己や亜矢たちは親父から色々と貰っているが、俺は何も貰っていない。克己は今の土地を貰い、亜矢と晴雄は家を建てた時に援助してもらっている。いや、そればかりか亜矢は結婚の時に莫大な嫁入り道具などを買ってもらい、晴雄は見舞金として五百万円も貰っている。何も貰っていないのは俺だけだ。俺が何を貰ったと言ってくるつもりなのか。土地も家も何も貰っていない俺の特別受益は何だと言うのか……。

「何か付け加えたいことなど、ありますか？」

「いえ」

猛人が答えた。

「お母さんはどうですか？　何か言いたいことがありますか？」

「……」

「お義母さん、調停委員の先生が何か言いたいことがありますかって聞いてるけど、何も無いでしょ。ねえ、お義母さん」

美知代が通訳するように左隣に座っている千鶴子に言った。

「あ……？　ああ、何も無いよ」

「では、これで一旦終わります。相手方からの文書や次回調停日のことがありますから、先程の待合室でお待ち下さい」

猛人たちの待合室に女性調停委員が再び現れたのは、調停室を出てから約三十分後のことだった。

日程調整に時間が掛かったが、第三回調停日は約二カ月半後の十一月十日となった。また、弁護士との打ち合わせは三日後の四日土曜日十七時半と決めると、猛人たちはビルの裏口から駐車場に出た。

「ねえ、読んでいいかしら」

千鶴子を後部座席に乗せ、助手席に座った美知代が言った。

「何を」

「亜矢さんたちがどんなことを、あなたの特別受益として書いてきたのか、気になるのよ」

「家に戻ってからでいいだろう」

猛人もまた実際は気になって仕方がなかったが、歯牙にも掛けない素振りを見せた。

「受け取った時から、気になって仕方がないの。いいでしょ」

「ああ、分かった」

猛人は助手席の美知代を横目で見ながら、車をスタートさせた。右回りに出口に向かい、公道に出ようとした時だ。

「あなた、大変！　お義父さんの通帳から引き出したことが、特別受益となってるわ。二千二百万円よ！」

申立人長男の特別受益として、亡父正義名義の二つの農協預金通帳より引き出した金額が合計二千二百三十万円とあったのだ。

「なんだと！」

猛人が急にブレーキを踏んだから、後部座席の千鶴子は前の背もたれに身体をぶつけた。

「どうしたんだよ、猛人。あぶないぞ」

猛人は、しかし、千鶴子の声も耳に入らずに、美知代が広げて寄越した頁を凝視していた。


亜矢たちは第二回目の調停を終えると、姉のところに寄るという百合子と松藤駅で別れ、克己の車で帰路に就いた。

この日は質問らしい質問もなく、また時間も短かったけれども、やはり緊張していたのだろう、亜矢には疲労感があった。克己は猛人の特別受益について話していた。

「……お前たちは土地や金を貰っているが、俺は何も貰っていないなどと言いながら、一体どれだけの金を親父の通帳から引き出していたことか。俺たちにはバレないと思っていたのだろうが、とんでもない。天網恢々疎にして漏らさずだ。今頃、兄貴たちは目を白黒させているに違いない」

克己は山間の坂道を軽快に上りながら、言った。

「お兄さんは認めるかしら？」

「ハッキリした証拠があるんだ。認めるしかないさ」

「それでも認めなかったら」

「どんな屁理屈を捏ねてこようが、金を引き出していたのは間違いないことだ。嫌でも認めるさ」

克己はキッパリと言った。

亜矢が家に戻ったのは夕方四時になる頃だった。明夫に調停の様子を話してから、受け取った前回の回答となる準備書面㈠と猛人による寄与分申立書を手渡した。

明夫は準備書面㈠から読み始めた。

その横顔を見つめながら亜矢は、どんなことが書かれているのだろうか、明夫は何と言うのだろうかと考えていた。

「予想通り、他に賃貸料は無いと言ってきたよ」

素早く目を通した明夫は、準備書面㈠を亜矢に見せた。

「えっ?! でも、楊島角合からの入金があるわ。それに私たちがお父さんの通帳履歴を持っていることや、その履歴には楊島角合からの入金が載っていることを、お兄さんは当然知っているわ」

「いや、入金が載っていたからと言って、それが賃貸料だとは限らない。賃貸料と決めるには楊島角合との賃貸借契約書か、楊島角合からの賃借料支払証が必要となる。だが、我々には楊島角合が何処にあるのかも代表者が誰なのかも分かっていない」

亜矢は落胆した。そんな馬鹿なことが……と思った。通帳履歴が証拠とならないのでは、猛人の嘘を暴けないと思ったからだ。

「嘘と分かっていても、どうしようもないってことですか？」

「ごめん、ごめん。楊島角合では証拠が出せないと言いたかっただけなのさ。だが、心配は要らない。きちんと賃借料を支払っていることを証明してくれるところが別にある」

「え？　本当ですか？」

「ああ、東京電力だよ。……そう、東京電力。電柱用に土地の一部を貸しているだけなので借地人一覧表には載せなかったが、敷地料という名目で毎年十数万円の入金がある。これは賃貸料と同じものだから、東京電力から猛人さんに支払ったという証を入手すれば、猛人さんの虚偽は明らかになる。それに北面会と違って東京電力は公共性の高い大企業だから、きちんと対処してくれる筈だ」

　正義の死亡後、賃借人北面会に話し合いを申し込んだところ、猛人の横やりが入って、会うことを拒絶されたことがあったのだ。

　亜矢は、これで猛人の嘘を暴けると思うと嬉しかった。しかし、その一方で、どうして猛人は嘘ばかりを言うのだろうかと悲しかった。

「所得税は予想通り、ほとんどが猛人さん自身の所得税だ」

　明夫は続けた。

「賃貸料全額を自分の収入として申告したからだと言って、堂々と自分の所得税領収証書を添付してきたよ。教育長としての給与収入も含んでいるというのに呆れたものだ」

「私たちは市役所とムギノハラから貰っているわ。それなのに、お兄さんが全部を自分の収入として申告するなんて、おかしいわ」

「お義母さんの分を自分のものにする為だよ。賃貸料の全てを自分の収入として申告すると、お義母さんの賃貸料は大手を振って自分のものになる。お義母さんが何も言わないことを猛人さんは分かっているからね」

「お母さんが可哀想だわ。お兄さんを信じているのに……」

「放っておくと、お義母さんの相続分は全て猛人さんのものになってしまう恐れがある。亜矢たちは自分たちの為だけでなく、お義母さんの権利を守る為にも、事実を明らかにする必要があるんだ」

そう言うと明夫は準備書面㈠を亜矢に渡してから、寄与分申立書を手に取った。

申立書はたったの七頁で、しかも本文は二頁に過ぎない。残る五頁は寄与分申立に当たって必要な書類――被相続人、申立人及び相手方の名前や本籍住所や相続人関係図などの形式的なもの――と、戸籍謄本や住民票、不動産登記簿謄本、残高証明書、委任状などの書類一覧表(添付文書自体は無い)一頁が添付されている。

「これが寄与分申立書とはね。まるで小学生の作文だ」

読み終えると明夫は開口一番に言った。

「どんなことが書かれているのですか?」

「たった二頁だから、読んだ方が早い」

亜矢は受け取った寄与分申立書を読んでいった。

申立人猛人は被相続人の財産を維持する為に、また被相続人を助けて、自分の時間を削ってまで様々なことを数十年に亘って行ってきました。以下にその内容を記述致します。

一、五木家は江戸時代より約四百年続く旧家です。中立人猛人はこの五木家の長男として、先祖が築き上げた財産を次代に渡すのが自分の使命だと思って頑張ってきました。中学校の教員として教育に身を捧げるとともに、一生懸命に農業を守ってきました。相続税も膨大な金額になるので、中立人猛人の退職金を全部つぎ込んで財産を守ろうと思っていました。

二、五木家は代々農業で生計を立ててきました。被相続人もまた農業を営んでいましたが、被相続人は機械音痴でエンジンの付いている機械は全く扱えませんでしたので、中立人猛人が全ての農作業をやるようになりました。教員（現在は教育長）として勤めながら、四十年以上、土曜日曜祭日もなく米作りや草刈りをやり、また財産管理の仕事をやってきました。しかし、中立人猛人の兄弟の手伝いは一回もなく、特に相手方五木克己は実家近くに住んでいるというのに、米作りを手伝ったことさえ一度もありません。それでも中立人猛人は毎年兄弟に、米や茶、餅、竹の子などをあげてきました。また中立人千鶴子が六十歳くらいまでしか農作業をやらなかったので、中立人猛人の妻美知代も中立人猛人を手伝ってずっと一緒に農業をやってきました。

三、中立人猛人は両親の面倒（病院の世話、食事の用意、生活全般の世話）を長年ずっと見てきました。とりわけ被相続人の亡くなる二年前からは家を留守にできない程に気を配っていました。そして被相続人が亡くなった現在、中立人千鶴子の世話を毎日していました。

四、五木家は親戚付き合いが非常に多く、被相続人の兄弟が八人、中立人千鶴子の兄弟が六人、その子供（中立人猛人にとっては従兄弟）が各四人くらいずついますので合計五十数軒の付き合いです。しかも従兄弟の嫁の実家や従兄弟の子供とも付き合いがありますので、総計百軒近くになります。中立人猛人は平成十七年までは被相続人の預金通帳を預かっていませんでしたので、これらの家との冠婚葬祭などの付き合いは全て中立人猛人の給料でしてきました。

五、中立人猛人は寺の檀家総代なので、お布施などで毎年五万円から六万円掛かります。また、本堂などの改築では百万円単位での寄附が割り当てられます。その他、各種負担金や農機具代など、旧家ならではの出費も多いです。

以上

亜矢は読みながら腹が立って仕方が無かった。これでは父正義は何もしなかったと言っているに等しい。正義は口下手で、人付き合いは上手くなかったが、正直で実直で、かつ働き者であった。雨の日以外は毎日、外で働いていた。麦わら帽子を被り、茶色のシャツとズボンに長靴を履き、黒い袖カバーをした正義の姿が今でも目に浮かぶ。藁でズボンの裾を縛っていた姿も覚えている……。

「しかし、恥を知らないということは全く困ったものだ」

「え？　どういうことです？」

「明らかな虚偽をまた書いてきた」

「明らかな虚偽……ですか?!」

亜矢は驚きながら寄与分申立書をもう今一度読んでみた。しかし、亜矢には何も分からなかった。戸惑った顔をしていると、

「ここを読んでごらん。『申立人猛人は平成十七年までは被相続人の預金通帳を預かっていませんでしたので、これらの家との冠婚葬祭などの付き合いは全て申立人猛人の給料でしてきました』と書いてあるだろう？」

明夫が申立書四項目の後半部分を指差した。

「これは表現を変えると、平成十八年から被相続人の預金通帳を預かったので云々ということになる。すなわち、猛人さんは『平成十八年から』預かったと言っているが、我々は猛人さんの特別受益の中でお義父さんが通帳を任せたのは平成十六年七月からと明確に指摘してある」

「本当、本当だわ。それなのに、私って何を読んでいたのかしら。駄目だわ。……でもお兄さんは、私たちの主張を認めるかしら。いつだったか忘れたけれど、お兄さんは『自分が不利になるようなことは言わない』って言っていたの。そんなお兄さんですもの、認めるとは思えないわ」

「認めざるを得ないだろうね」

「どうしてですか？」

「通帳から突然ＡＴＭに変わった年月日が、全てだよ。猛人さんの主張する『平成十八年から』では、引き出し方は何ら変わらない。持ち主が替わったと見なす我々の論拠に、反論することは難しいだろうね」

明夫は、九分九厘の確率で猛人側が認めてくるだろうと考えていた。面子やプライドにこだわる猛人であったから、自分の言っていることが正しいと開き直ってくる可能性は高いが、弁護士は違うと見ていた。弁護士の役割は、依頼人の立場に立って依頼人の主張を相手に認めさせることにあるが、遮二無二突き進むのではない。柔軟かつ臨機応変に対応し、結果として依頼人の主張がより多く認められるように対処するのだ。局地戦で勝利しても本丸が落とされたのでは意味がない。相手の主張に理があると分かれば、無理に固執することはない筈と明夫は考えていた。

「しかし、本当に運が良かった。特別受益と入れ替えるように寄与分申立書を受け取ったのだからね」

十一

松藤駅前大通り沿い八宝本町ビル二階にある相川喜多村法律事務所の一室に、猛人とその妻美知代が並んで座っていた。

第二回調停の三日後の土曜日で、時刻は午後五時半を過ぎている。

調停の日は猛人もまた予定が詰まっていた為に、この日に相談すると決めてあったが、その時間を十分ほど過ぎても、まだ弁護士相川総輔は現れなかった。

「営業時間は六時までなんでしょう？」

黙っているのが嫌なのか、美知代が聞いた。

「ああ。それで半にしたんだ。まさか待たされるとは思いもしなかった」

「大丈夫かしら？」

「何が？」

「何がって――」

その時、美知代は近づく靴音を聞いた。

「お待たせしました」

体格の良い相川弁護士は猛人たちの前のソファーに、どっかりと腰を下ろした。

「相手方の出してきた特別受益について、どう思いますか」

相川は、早速に本題に入った。

「こんなのは皆、出鱈目ですよ」

「そうですか。二つあるうちの、最初の項目は証拠もないことなので、それで良いでしょうが、もう一方は少し考える必要があると思えますね」

亜矢たちが提出した猛人の特別受益は、一つが退職時に亡父正義から借りて返却していないという百五十万円で、このことは母千鶴子よりハッキリと聞いていると書かれていた。そして二つ目が正義名義の通帳から引き出した二千二百万円余りの金額だ。

「なぜですか？　あれもまた勝手な推測に過ぎません」

「五木さんが申し立てた寄与分の中に、通帳を預かったことが書いてありますね。平成十七年までは預かっていないということですから、預かったのは平成十八年からとなりますね。一方、相手方は平成十六年七月からと言ってます。これをどう思われますか？」

相川は広げた白いバインダーを見ながら、言った。

「相手方は出鱈目を言ってるに過ぎません」

「どういう経緯から、通帳を預かるようになったのですか？」

「年を取ったから預かってくれと親父たちが言ってきたのです。預かりたくはなかったが、何度も言われて仕方なく預かったわけです」

「相手方は、お母さんが通帳を無くしたり、同じおかずばかりを買ってきたりするようになったと言ってますが、これについてはどうですか？」

「通帳を無くしたのがいつ頃かはハッキリとは覚えてないですが、通帳を預かる少し前だったように思います。お袋が通帳をまた無くした。もう預けておくのは心配だから、預かってくれと親父に言われたのは覚えています。また、同じおかずばかりを買ってくるようになったのは、親父の亡くなる二年くらい前のことです。そうだな、美知代」

「ええ。私の顔を見てもいつも何も言わないお義父さんが、『幾ら言っても毎日同じおかずばかりを買ってくるんだ。悪いが、作ってくれないか』と言ったのでおかずだけ持って行くようにしたのです。お義父さんの亡くなる二年程前に間違いありません」

「分かりました。うーむ。さて、さて」

相川弁護士は腕を組むと何やら考えているらしく、天井を仰いだ。

「実は気になることがありましてね」

相川弁護士は猛人たちを交互に見た。

「今まで通帳で下ろしていたものが、ＡＴＭに変わったという点です。お母さんの年齢も年齢ですから、ＡＴＭに変わった時に持ち主が変わったという相手方の主張に合理性が見られると思うのですよ」

相川は、そこで一旦言葉を切った。

「そして次のことは考え過ぎかも知れませんが、当該口座の通帳はいつ再発行されたものかということです。五木さんも相手方も通帳を無くされた事実はあると言ってますから、再発行日がポイントになる可能性もあります。相手方の主張によると、平成十六年七月より以前に再発行されている筈で、一方、五木さんの言われるところによると、平成十七年の終わり頃か十八年に再発行されていることになると思われます」

猛人は黙っていた。

「以上が、私の気になるところなのでお話しした次第です」

「やっぱり、あなた、まずいわよ」

美知代が右横の猛人を見て言った。

「黙ってろ。話はする」

猛人は、目の前に置かれた茶碗を取ると冷めたお茶を、ぐいと飲んだ。

「実は……、通帳管理は妻に任せていたので妻から聞いて書いたのですが、相手方からの主張を見て確認したところ、どうやら私たちの方が勘違いをしていたようです。といって、今さら間違っていたとも言えないので、相手方の出鱈目で押し通そうと思っていたところです」

猛人は自分自身を納得させるかのように、ゆっくりと言った。

「分かりました。間違いは誰にでもあることです」

「そこで、ご相談なんですが、このまま相手方の出鱈目で押し通すことはできないでしょうか？」

「できるとも、できないとも言い切れないというところですかな」

「通帳の再発行日は分かるものですか？」

「再発行の手続きをしているでしょうから、調べると分かるのではないでしょうか」

「どうしたら良いと思われますか？」

「私なら、勘違いをしていたと認めますね。なぜなら、五木さんご自身も通帳を預かったことを記載していますし、ＡＴＭのこともありますから、勘違いで良いと思いますよ。こんなことで争ったところで、得る物はないですよ」

「よく分かりました。勘違いしていたことを認めます」

「それから、これはアドバイスですが、通帳を預かって以降に引き出した金額は大半が、五木家の維持などの為に使ったのでしょうから、その支出明細を作って次回出した方が良いでしょう」

「どんなものならば良いでしょうか？」

「農機具でもリフォームでも小遣い金でも、五木家の維持に必要なものなら何でも構いません。また、支出合計が引き出した額よりも多くなったら、その部分は寄与分となるでしょうな」

相川は悠然と説明をした。


猛人の車はネオン彩る繁華街を抜けて、墨河に向かう県道に入った。店の灯が、ぐっと減った。対向車も少なくなり、運転は楽になった。

「何を考えてる？」

猛人は、さっきから黙ったままの美知代に言った。

「ううん、別に。でも、良かったわ。色々と教えてもらって。克己さんたちが、通帳を預かった時期を当ててきた時はびっくりしたけど、やっぱり、弁護士は違うわね」

「当たり前だ。こっちは大金を出してる」

「支出明細はたくさん書いて出しましょうよ」

「家計簿とか色々つけているだろう？」

「ええ、大丈夫。それより、克己さんたちは弁護士を付けたのかしら？」

「相手方に弁護士が居るとは聞いていない。それに、付けようが付けまいが、そんなことはどうでも良い」

「まあ、そうね」

「それより克己たちは驚くぞ。引き出した金を特別受益だと言ってきたが、そんなものは消えて、寄与分に変わるんだからな。引き出した金より多く使った分は全て寄与分だ。俺たちは、それだけのことをしているんだから、当然だ」

「ええ、本当。良かったわ」

山間の道に入った。蛇のように細く曲がりくねった暗い道をヘッドライトが一直線に追い掛ける。

猛人は闇に目を凝らした。

十二

宏大な吹き抜けが売り物でもあるショッピングモールの四階回廊を沢田明夫は歩いていた。どの階も家族連れなどで溢れているが、この階だけは概して空いていた。宝石店やエステサロンなどの先にCDショップと本屋が見えている。

明夫は本屋で新刊本の棚を見てから、文庫本の棚に移った。やがて水上滝太郎の『大阪の宿』と漱石の『明暗』を買うと、通路に置かれたベンチに座ってペラペラと捲ってみた。どういうわけかこの頃、学生時代に読んだ小説がまた読みたくなって、漱石などは『三四郎』から順番に『道草』まで読み進んでいた。学生の時とはだいぶ読後の感想は違うが、なかなか楽しいものだった。

ふと階下に目をやると、三階レディースファッション街でショッピングをしている亜矢の姿が見えた。しばらく眺めていたが気付く様子はない。また文庫本に戻り、解説を読んでいると携帯が鳴った。亜矢からだった。

「これ、どうかしら？」

明夫がエスカレーターで下りて行くと、胸の辺りに服を当てながら鏡に向かっていた亜矢が言った。

「いいと思うよ」

若草色の薄いカーディガンだった。

「これは、どうかしら？」

今ひとつはマネキンの着ている藤紫色だ。

「ついでに、これも着てみたら？」

明夫はマネキンの横に飾られてある透かし編みの黒いセーターを指差した。

亜矢は三つを持って試着室に入った。それぞれを試着して、透かし編みのセーターに決めると、次に帽子店に入った。素材や色やデザインの異なる様々な帽子を見ているだけでも楽しい。やがて、帽子も決まると五階の食堂街に上がり、蕎麦屋に入った。混んでいたが、空きテーブルはあった。

明夫は生ビールにせいろ大盛り、亜矢は天婦羅せいろを注文した。

「……でも、良かったわ。透かし編みがこんなにも素敵なんて思ってもいなかったの。半袖の上に着てぴったりなの。あなたに見立ててもらって本当に良かったわ」

「見立てるって程ではないけどね。しかし、気に入ったのが見つかって良かった。そう言えば、去年は来なかったねえ。お義父さんが亡くなられてから色々なことが持ち上がり、来るどころではなかったからねえ」

「ええ。まるで悪い夢を見ているようだったわ。でも、あなたが居てくれたから、何とかここまで来れたと思うの」

「それほどでもないさ。見るに見かねてやったことだからね」

明夫は白い歯を見せた。


生ビールがすぐに運ばれて来た。

明夫は「お先に」と言って生ビールを口に運び、「旨い！」と喜んでから話を切り替えた。

「お義父さんはほとんど飲まれなかったけれど、何度も何度もお酌してくれてね。申し訳ないので自分で勝手にやらせていただきますからと言っても、どうぞどうぞとお酌をしてくれてね。嬉しかったねえ。またある時、お義父さんと二人で留守番をすることになって、お義父さんはあまり喋られない人だから、何を話したら良いだろうかと思っていたら、お義父さんが召集されて中国大陸に渡った時の話をしてくれてね。何時間でも話して尽きることが無いんだ。山岳を何百日も行軍したのだから、我々には想像できないくらいに大変だったと思うが、お義父さんの中では懐かしい思い出に変わっているようで、話していて、いかにも楽しそうでねえ」

「ええ、よく覚えているわ。お母さんと買い物に出掛けて、買い物だけでなく、知った人にも会って色々と長話をしてから戻った時にも、まだお父さんがあなたに話をしていたでしょう？普段、無口なお父さんがあんなに話をするなんてと、お母さんと二人で驚いたことを、よく覚えているわ。……お父さんは子供の頃から、口数が少なかったんですって。乳母日傘で育てられたから、何も言わなくても、やってもらえて、話す必要なんてなかったんだよと、お母さんは真面目な顔で言ってたわ」

「乳母日傘か……。昔は今と違って家督制度だったから、家を継いだ長男は、その家の財産一切も継いだからねえ。他の兄弟とは扱いが全く別だったのは当然だよ。そういう意味では、猛人さんもそうだったのではないだろうか」

「よく覚えていないの。第一、お兄さんとは八つも離れているので、私が小学生になった時はお兄さんは中学生で、小学生高学年の時には大学生だったから、家にはもう居なかったわ。ただ、長男は家を継ぐのだから、勝手なところに就職されたら困ると、学校の先生になるように言ったと聞いてるわ。お兄さんと違って晴雄兄さんは大学には進まずに工業高校を出て東京に就職したの。でも、頭は一番良かったって、お父さんがよく言ってたわ」

次男晴雄は猛人の二つ下、亜矢より六つ上であった。

「昔は長男と次男では扱いが違ったからねえ。猛人さんの時代では、大学への進学は非常に珍しかった筈だが、それでも長男には学問を身に付けさせて、教師というりっぱな職業に就いてほしいと考えたのだろうね」

「でも、お兄さんは家に戻るのが嫌だったらしくて、大学四年間を過ぎても帰って来なかったの。『どうしたんだ、猛人は。帰ってくるように伝えろ』とお父さんがお母さんに何度も言っていたのを覚えているわ」

猛人が家に帰って来たのは亜矢が高校一年の秋で、墨河市の中学校の教員となったのは翌春のことだ。既に次男晴雄と三男克己は家を出て働いていた。

「なるほどね。猛人さんは家に戻りたくなかった。しかし、長男だからと家に戻されて、やりたくないことをやらされた。一方、亜矢たち他の兄弟は家を離れて自由に暮らしている。こんな不公平なことがあるものかと考えたのかも知れないね」

「ええ。ある程度は分かるわ。でも晴雄兄さんも克ちゃんも就職すると家を出たのは、お兄さんが家を継ぐものと考えたからで、家に居たくなかったからではないわ」

「そうだろうね。戦後になって家制度は廃止されたと言っても、家中心から個人中心へと人々の意識が急に変わったわけではなく、現に今なお、長男が家を継ぐというのは一般的だ。しかし、色々な事情から長男が家を継がないこともあるだろう。その場合は兄弟が話し合って誰が家を継ぐかを決めることになる。このことはまた誰が親を見るかを決めることでもある。家は継ぐが、親の面倒は見ないというのでは家を継ぐ資格はないと言って良いだろう」

「ええ。お父さんお母さんのことを、もう少し気に掛けてくれていたら、相続のことでは何も言わなかったと思うの。でも実際は、そうではなかったわ。だから私、お父さんが可哀想でならないわ」

亜矢の脳裏では、亡父正義のことが頻りに思い出されていた。

五木家は江戸時代から二十一代続く旧家で、沢山の田畑山林を所有していた。正義は父平吉母絹の長子として大正六年に生まれた。跡取り息子であったから祖父母や両親に大切に育てられ、クメという小間使いの女が乳母のように世話をし、三人居た作男は正義を宝物のように扱った。自分が何もしなくとも、周りの人が色々としてくれたからか、正義は小さい頃から自分の主張は言わず、そもそも口数が少なかった。また我慢強く、いっこくな面もあったから、嫌なことがあると、何にも言わずに我を通した。膳に並ぶおかずが弟妹たちより多いとは知らずに食べていたが、ある時、そのことを弟たちが陰で言っているのを聞き、すると正義は、それ以後は弟妹たちと同じおかずだけを食べて、自分だけの特別なおかずは決して食べなかった。身体の具合が悪いのではないかと親たちは心配したが、正義は嫌いなものだからと食べなかった。クメばかりは、正義の意中を読み取り、

「坊ちゃんは五木家の当主になられる人です。五木家を守っていく人です。坊ちゃんが沢山食べて丈夫になってもらわなくては、お父様もお母様もおじい様もおばあ様も、譲二さん、三郎さん……（と言って、弟妹たちの名前を挙げ）も、いえ、私たち皆が困ってしまいます。路頭に迷うことになるかも知れません。ですから、坊ちゃん、皆様や私たちを助けると思って、沢山食べてください。お願いします」

と諭してから、正義は元のように食べるようになったのだと亜矢は祖母絹から聞いていた。

その当時は、村から中学校に進学する者はほとんど居なかったが、正義は七キロメートルほど離れた中学校に入学すると毎日歩いて通った。嵐や大雪の時は大変だったが、通うのが辛いと思ったことはないばかりか、逆に恥ずかしかったとも言った。

「夕方、帰って来る途中の田畑で、同級生などが何人も働いていてなあ。働いてないのは、わしばかりだから、恥ずかしくて堪らず、脇目も振らず、急ぎ足で通り抜けたものだ。学校で教えてもらったことがどれだけ役に立ったかは分からんが、中学校に通わせてもらったことに感

謝している」

十三

正義が、隣町の農家の次女千鶴子と結婚したのは昭和十六年八月で、大東亜戦争の始まる四カ月前のことだ。

その三年後に召集されて中国山東省に連れて行かれ、山岳地帯を転々とした。敵と遭遇することは少なく、食料と水の確保や設営の方が余程に大変だったという。終戦から約一年後の昭和二十一年八月一日に、正義は日本の土を踏むことができた。故郷に戻り、自分の家の前に立ったのは翌日の夕刻のこと。夕食の支度をしていた妻の千鶴子は、一人のむさ苦しい男が玄関先に立っていることは知っていたが、まさかその男が夫正義とは思いもしなかった。むさ苦しい男は顔中髯だらけで兵隊帽を被り、長い杖のような物を持ち、首から頭陀袋を掛けていた。家構えがりっぱであったからだろうか、これまでも同じように玄関先に立ち、物乞いをする兵隊帽の男は何人も居た。最初は夫正義が帰って来たものと飛び上がらんばかりに喜んだ千鶴子であったが、期待を裏切られ続けて、ただ単に、困っている人が何と多いことかと思いながら、笹の葉にお握り二つを載せて男の所に行き、「どうぞ」と差し出した。ところが男は受け取らずに、じっと千鶴子を見つめていた。千鶴子は、その男の顔を見ても、髯だらけの上に真っ黒であったから、まるで山賊みたいで恐いだけであった。だから早くに立ち去ってほしくて、「どうぞ」と再び声を掛けた。

「わしだよ」

千鶴子は言われた言葉が理解できなかった。男はそんな千鶴子を見て白い歯を見せた。

「わしだよ、千鶴子」

千鶴子は笑う男の目に夫正義を見た。

「あなた?!」

「変わりなかったようだな」

正義は、散歩にでも出掛けて帰って来ただけのような、素っ気ない様子で立っていた。

「家も何も変わっていないようだな。皆は元気か?」

千鶴子は、正義の言葉も耳に入らずに、家の中に向かって声を上げた。

「お義父さん! お義母さん! 正義さんが戻られました! 猛人! 晴雄! お父さんが帰って来たよ!」

舅の平吉がすぐさま出て来た。「帰って参りました」と正義が敬礼をすると、「ご苦労だった。達者でよかった」と平吉は感極まった声を発した。四歳の猛人と二歳の晴雄を連れて現れた姑の絹は、正義を見ると駆け寄り、手を取って、「良かった、良かった。よく帰って来てくれた」と言うや、人目も憚らずに泣いた。自分にも他人にも厳しく、また礼儀作法に厳しい絹は、大声を出したこともなく、増して人前で涙を見せることなど決してなかったから、千鶴子は呆然として絹の背中を見ていた。

「さあ、おまえたちのお父さんだよ。抱いてもらいなさい」

やがて、絹は猛人と晴雄に声を掛けたが、二人とも髯面の正義を恐がって後ずさりするばかりだった。

この日のことを、亜矢は母千鶴子から幾度も聞かされていた。そして必ず千鶴子は、「まるで山賊みたいで本当に恐かった」と付け加えることを忘れなかった。


正義は、再び田畑の農作業に精を出した。三男克己そして一番下の長女亜矢が生まれ、四人の子持ちとなって十年程後に父平吉から家督を譲られた。正義が四十五歳の時である。新しい民法の下では家督制度は廃止されていたが、誰も疑問に思う者は居なかった。

小さい頃の思い出で、亜矢がよく覚えているのは、家の前の広い庭で近所の子供たちといつも遊んだこと、囲炉裏を囲んで家族揃って楽しい食事をしたこと、祖母に祭りや親戚の家に連れて行ってもらい、オモチャやお菓子を買ってもらったことだ。中学校の頃までは家には現金収入が少なかったこともあって、お小遣いを貰ったことなどなかったのだ。農閑期に正義は工事の旗ふりをしたり、千鶴子は蚕の世話で臨時収入を得ていた。暮らし向きが少し楽になってきたのは、貸地が増えたからで、それは高校の頃だったような記憶があった。

亜矢が高校に入学した昭和四十年の年末、絹が亡くなり、翌々年には平吉が亡くなった。平吉の子供は、正義を筆頭に七人居た。住む土地を貰えないだろうかと四男が正義に言った。正義は分かったと応えると、五木家の近くの幾つかの土地を四男に示し、選ぶようにと言った。いずれも百坪を超える土地であった。他の兄弟からの要望は無かった。すると正義は、「何か困るようなことがあったら必ず相談に来てほしい。充分なことはできないと思うが、引き継いだ土地を売ることとくらいはできる」と珍しく弁じた。後日、義理の妹からその話を聞いた千鶴子は、これまで知らなかった正義の一面を見たようでとても嬉しかったと亜矢に話してくれたことがある。

古くなった家を建て直した二年後に長男猛人は美知代と結婚し、その更に三年後に、亜矢は明夫と結婚して東京に新居を構えた。亜矢と明夫は高校の同級生で共に墨河が故郷であったから、帰省する度に亜矢の実家にも顔を出した。父正義、母千鶴子はいつも温かく迎えてくれて、また猛人もその妻美知代も変わりなかった。正月には次男晴雄とその妻百合子、三男克己とその妻節子も揃って、賑やかに和気藹々と二間続きの客間での新年会が行われた。

このような楽しい時が、いつまでも続くように思われたが、思いもしないことが持ち上がった。

それは亜矢が結婚してから五年目の春のことで、猛人の嫁美知代がこれ以上は義父正義たちとの同居は嫌だと言って、家を出るとか離婚するとかで大騒ぎとなったのだ。一時は兄弟会議を開くまでになったが、正義は自分たちが出て行くと言って母屋の東側に隠居を建てた。その結果、四百余坪の敷地には五十坪の母屋と二十坪の隠居が立ち、その間に流れる小川がジェリコの壁のごときものとなった。以来、亡くなるまで正義は母屋の敷居を跨いだことは一度もなく、猛人夫婦もまた滅多に隠居に顔を出すことはなかった……。

せいろ大盛りと天婦羅せいろが運ばれて来た。

二杯目の生ビールも空になっていた明夫は、待っていたとばかりに箸を取った。亜矢は、カリッとした天婦羅とひんやりと冷たく美味しい蕎麦に舌鼓を打った。食べ終わると、再び話を戻した。

「亡くなったお父さんが今の私たちを見たら、どう思うかしら。兄弟で遺産を争っているんですもの、悲しむでしょうね。お父さんお母さんをきちんと見てくれていたなら、遺産のことは全てお兄さんに任せたと思うの。でも、お兄さんたちは自分たちのことしか考えていないわ。だから、克ちゃんも百合子さんも、お兄さんの言うことを信用していないわ」

「相手のことを思いやることはなく、親に感謝することもない。こんな人が教育者だというのだから、困ったものだ」

明夫は蕎麦湯を飲みながら言った。猛人は中学校の教員から校長を経て、現在は墨河市の教育長であった。

「私は最初は、お兄さんは優しい人だと思っていたわ。年が離れていることもあって、一緒に遊んだ記憶はないけど、いつも穏やかでユーモアがあって優しかったわ。そのお兄さんが変わったのは離婚騒動があってからだわ」

「猛人さんは、美知代さんから、親を取るか自分（自分と子供）を取るかの、いわゆる二者択一を迫られ、美知代さんを選んだのだろう。子は親から独立していくものだから、これは仕方のないことで、ここをもって猛人さんを非難することはできない。問題なのはその後の、お父さんたちに対する猛人さんの対応だよ。親は子供を育てる義務があり、子供は年老いた親の面倒を見る義務がある。お父さんは親として猛人さんを大学まで行かせた。我々の頃でさえ大学進学率は二十パーセント程度だったから、猛人さんの頃はその半分くらいだったろう。しかも田舎の墨河ではその数字はもっと下がる。そんな状況下での大学進学だ。お父さんはりっぱに猛人さんを育てたと言える。一方、猛人さんはお父さんたちの世話をしたと言えるだろうか？猛人さんは五木家を継いで母屋に住んでいる。これは親の面倒を見ることを宣言したと同じことだ。だが、自分たちの生活しか考えず、隠居に顔を出すことはほとんどなく、お父さんたちを気遣うことはなかった。正月とても顔を出さなかった程だ。これでは、ただ同じ敷地内に住んでいるというだけのことで親の面倒を見たことにはならない。勿論、亜矢たちも扶養義務を負っている。だが、五木家を継いだ猛人さんとは状況が全く違う。それに、猛人さんたちは亜矢たちが隠居に顔を出すことさえも嫌がって、良い顔をしなかったからね」

「お父さんお母さんに会いに行くだけなのに、どうして嫌がるのかしら。一緒に住んでいるのなら、お義姉さんたちの都合もあると思うけれど、隠居に顔を出すだけだわ。それに、年も年なので心配で顔を出さないでは居られないの」

正義は足がすっかり弱くなって外に出る事はなかったが、頭はハッキリしており自分の身の回りのことは自分でできた。一方、千鶴子は身体は健康であったが直近の物事をすぐに忘れてしまうのだった。このようなことからも、明夫たちが墨河に戻って来てからの亜矢は毎週のように隠居に顔を出していたのだ。

「嫉妬心からかも知れないね。自分たちが見ているのだから、余計なことはするなと言いたいのだろう。猛人さんたちが実際に見てくれていたら、感謝はしてもそれこそ余計なことはしないのだが」

「お母さんはどうしているかしら。一緒に暮らせたら、お母さんもきっと幸せだと思うの。でも、五木家しか自分の家はないと思っているでしょ、それに長男のお兄さんたちに見てもらうことしか考えたことはないの。だから、粗末にされても、ただじっと耐えているのよ。可哀想だわ」

「お義母さんは明るい人だから、きっと楽しく暮らしているよ。間違いないさ」

明夫は自分にも言い聞かせるように言った。

「それに、調停になったのだから、お義母さんに会わせてもらえるように調停委員から頼んでもらうことができる。猛人さんも調停委員の言葉であれば無下に断れないだろう」

「えっ……?! ええ、そうだわ。調停委員の人から頼んでもらえば、外聞を気にするお兄さんですもの、駄目とは言えない筈だわ」

いつの間にか明夫たちの両横は空席となっており、店内は落ち着いてきている。

「さあ、そろそろ行こうか。だいぶ、ゆっくりとした」

明夫は伝票を持って立ち上がった。店の壁時計は十三時半を僅かに回っている。

明夫が支払いを済ませて店を出ると、窓の近くで亜矢が携帯を掛けていた。

やがて、携帯を切った亜矢が明夫の傍に来て言った。

「都筑の叔父さんが昨日亡くなられたんですって。節子さんから連絡があったの」

都筑の叔父は正義のすぐ下の弟だ。

「昨日……？」

「ええ、昨日の夜七時半頃ですって」

「それなら、昨夜のうちに連絡があってもおかしくない筈だが」

「お兄さんたちからは何の連絡も無くて、友達からの電話で、ついさっき知ったんですって」

節子の友人の一人に都筑の叔父と同じ組内の人が居た。その友人から「ぶどう狩りに行って来たのでお土産を届けに行きたいけど、いつがいい？」と電話が掛かってきた。「叔父さんが亡くなられて忙しいと思うけど、早く食べた方が美味しいから」と言われて、節子は意味が取れなかった。聞き返すと、都筑の叔父が昨夜亡くなったのだという。通夜は明日午後六時からで、告別式は明後日午前十一時からとも教えてくれたという。

「弔問に行った方がいいんでしょう？」

「ああ。早い方が良いから、このまま克己さんのところへ行って、克己さんたちと一緒に弔問に出掛けよう」

「はい。電話をしておきます」

十四

月曜日の午前九時を過ぎると、明夫は東京電力松藤支社に敷地料に関して問い合わせた。

「お早うございます。御社に土地を貸しております五木正義に関することで、お電話致しました」

「いつもお世話になっております。どのようなことでございましょうか？」

若い女性の声だ。

「実は、昨年一月に五木正義が亡くなりました。私は正義の長女の夫で沢田明夫と申します。現在、遺産分割調停中でして、敷地料を明らかにしたいと思いましてお電話しました」

「お悔やみ申し上げます」

「ありがとうございます。なお、私は妻をはじめ四名の代理人となっております」

「承知致しました。敷地料と申されましたが、いつの敷地料でございましょうか？」

「平成二十年と二十一年の二年です。その前に、平成十九年までは毎年七月に入金されていた敷地料が、なぜか平成二十年は入金されていません。五木正義が亡くなったのは平成二十一年一月ですから、平成二十一年に振り込みが為されなかったというのであれば、まだ分かるのですが、これはどういうことでしょうか？」

「五木正義様の平成二十年の敷地料が入金されていない理由ですね。承知致しました。すぐ調べさせていただきますが、多少のお時間が掛かりますので、調べ次第、こちらからお電話させていただきたいと思いますが、宜しいでしょうか？」

「ええ、分かりました」

明夫は、電話番号を告げて電話を切った。

栗林と名乗る先程の女性から電話があったのは、十時半だった。

「遅くなりまして申し訳ありません。調べましたところ、平成十九年末に、五木正義様から猛人様に名義替えが為されております」

「名義替え、ですか？」

「はい」

「どのような理由からですか？」

「猛人様から、名義替えの申し出がありましたので、変更させていただきました。ですので、平成二十年以降は五木猛人様の口座に振り込みをさせていただいております」

そんな馬鹿な、と明夫は思った。土地の所有者でもない者が、勝手に名義変更などできようがない筈だ。

「そういうことでしたら、支払った証と名義替えに関する書類とを送っていただきたい」

「……個人情報のことでもございますので、上司と相談させて下さい」

「分かりました。いつ、回答をいただけますか？」

「明日午前中には、ご回答させていただきます」


翌日の十一時を過ぎて、待っていた電話が掛かってきた。

「東京電力松藤支社の方からです」

と、取り次いだ亜矢が不安そうに明夫に伝えた。

栗林担当者の上司と名乗る男性で、極めて丁重な物言いであった。

「ご回答が遅くなりまして、誠に申し訳ございません。実は、お話を伺いましてから、色々と名義替えの時の書類を捜しましたが、見つけることができませんでした。誠に申し訳ありませんが、どのようにしたら宜しいでしょうか？」

「困りましたね」

「申し訳ございません」

名義替えのような大事な書類が無くなるなど、明夫には想像もできなかったが、事実、「無い」と言うのであれば仕方なかった。

「では、支払った証を送っていただくとともに、名義替えに関して、分かる範囲で経緯などの説明をいただきたいと思います。私が相続人四名の代理人である証を先ずお送り致します」

「承知致しました。届けられました書類を拝見致しましてから、適切に対処させていただきますので、宜しくお願い致します」

明夫は受話器を置くと、窓外の景色を眺めた。青空に遠い山々が映えて美しい。山々を眺めながら、東京電力とのやりとりを思い返していた。どのような事情があったのかは知らないが、結果として法に抵触する可能性もあり得る東京電力は、問い合わせの電話を受けて、さぞや驚いたに違いない。しかも、名義替えの文書を無くしたのだから、言い訳の言葉もないだろう。だが、名義替えを認めたことを隠さず正直に話したことには好感を持てた。


「東京電力からの電話は、どうでしたか？」

明夫が二階からリビングに下りて行くと亜矢が尋ねた。

「名義替えの文書が見つからないとかで、大いに恐縮していたよ」

明夫はソファーに腰を下ろした。亜矢はいつものように窓際の籐椅子に座っていた。

「そんなことって、あるんですか？」

「普通は有り得ないが、まあ、無いと言うんだから仕方がない。こちらから相続人である書類などを送り、その後で猛人さんに支払った証を送ってくることになっている。心配は要らない。間違いなく送って寄越すよ」

「ああ、良かった。ご苦労様でした。でも、お兄さんは認めるかしら？」

「認めるしかないだろうね」

「そうよね。でも良かった。これで調停委員の人もお兄さんが嘘つきだと思うでしょうね」

「それはどうかな」

「だって、他に賃貸料は有りませんかと聞いて、無いって回答があったんですもの、嘘つき以外の何物でもないわ」

調停前に猛人から届いた賃貸料の清算に対して、明夫は、きちんとした清算をするようにと調停前に内容証明付き手紙を送付し、また第一回調停委員会に同様の文書を提出した。この中には、「記載されている他に賃貸料はありませんか」との質問もあり、それに対して猛人からは、「賃貸料は記載したものだけです」との回答書がひと月前の第二回調停委員会に出されていたのだ。

「忘れていたなどと言ってくるに決まっている。忘れていたとか、勘違いだったと言ってこられたのでは、それ以上に追及するのは難しい。調停委員も嘘を吐いているとまでは、思わないだろうね」

「そうなんですか？」

がっかりしたように亜矢が言った。

「それに賃貸料の清算それ自体は調停とは関係がないからね」

「でも……」

「猛人さんのことだから、調停の中でも有る事無い事を言ってくるに違いない。だが、そのうちに筋が通らなくなるだろう。と言うのも、事実は一つだが嘘の場合は複数ある分かれ道と同じで本人でも訳が分からなくなるものさ。猛人さんは既に二回、お義父さんの通帳を預かった年月と賃貸料を誤魔化している。次にまた同じようなことがあれば、流石に調停委員も疑うだろう。……必ずその時が来る。だから我々は見逃す事無くその時を待っていれば良い」

明夫がキッパリと言い切った。

明夫は昼食の後、二階の書斎へ上がると東京電力への文書を作成した。茶封筒に住所と宛名を書き、封をすると、散歩がてら出掛けて来ると言って外に出た。

郵便局の窓口で茶封筒を出すと、市立図書館に向かった。

洒落た造りの図書館は内に入ると意外に明るく、それもあってか利用者がいつも多かった。ここ半年ばかり来ていなかったことから、しばらく新刊書の棚を眺めてから、奥の方へと足を進めた。

何を読もうかと思いながら各棚を見て行くうちに、近松門左衛門の名前に惹かれて、その中の一つを手に取った。『曾根崎心中』が巻頭にあった。ペラペラと捲ってから、「観音めぐり」の冒頭を読んでみた。言葉のリズムが心地よく、正確な意味は分からなくとも目で追っていくうちに、知らず知らず声は出さずに口ずさんでいた。

その日、珍しく明夫は夕食の前に風呂に入った。ちょうど雨も降り出してきた。白い湯気と軒を打つ雨。単調な雨音が浄瑠璃の語りのようにも聞こえる。湯船に肩まで浸った。湯が少し溢れた。今日という日が過ぎ去っていくと明夫は思った。

十一月と暦が変わった木曜日の午後、亜矢の友人小岩涼子と野々口郁江そして涼子の姉光子が、沢田家に集まった。

庭石の横ではレッドレオナルドダビンチという赤いバラが、ルビーやガーネットを宙に撒いたかのように見事に咲き誇っている。

先週土曜日に涼子と光子が行って来た黒田兼造コンサートの話が話題となった。黒田兼造は関西を中心に活動しているシンガーソングライターで、涼子たちは二十年来のファンだという。

「黒田兼造って、私たちと同世代なの。高校生の頃から歌っているんですって」

土曜日の夜七時から京王八王子駅近くの『サワラビ』という喫茶店でコンサートは開かれた。黒田兼造はギターの弾き語りとトークで観客を魅了し、いつしか涼子たちは手拍子で熱く盛り上がった。

「カンボジアなどにも出掛けてコンサートを開くんですって。だから、外国の都市を題材にした歌も沢山あって素敵なの。ねえ？」

楽しそうに話す涼子は、光子に同意を求めた。

「街の情景やそこで暮らす人々の姿が浮かんでくるの。それに咽喉が渇いたと言ってビールを飲んで、ビールは僕のエジソン、いや違ったエンジンなんです、なんて言って笑わせてから、どんどん盛り上がるの。最後には、みんなで手拍子して、すごく楽しいわ」

光子もまた手振りも加えて話した。

黒田兼造コンサートの話で盛り上がっているところへ、明夫が二階から下りて来た。

「いらっしゃい。話に花が咲いていますね」

「お邪魔しています」

「黒田兼造というシンガーソングライターのコンサートの話で盛り上がっていたの。凄く楽しいんですって」

亜矢が明夫に話しながら、お茶の用意を始めた。

お茶を飲みながら、今度は明夫も加わって涼子たちの話を聞いた。

「私たちはコンサートの途中で帰ることを話してあったの。すると帰る時間が近づいた時に突然、兼造さんが私たちを紹介してくれたの」

涼子はその時の驚いた様子そのままに、嬉しいハプニングを話した。

「『皆さん、今夜は素敵な女性お二人をご紹介したいと思います。何十年も前より、この黒田兼造を贔屓にしてくれて、今回もわざわざ墨河から来てくれました小岩涼子さんとそのお姉さんの光子さんです』と言って、私たちを紹介してくれたの。もう、びっくりしたわ」

「皆が拍手してくれて、兼造さんは、手で私たちに立ち上がるように教えてくれて、立ち上がるとまた拍手なの」

「まあ！　良かったじゃない。とても素敵なハプニングだわ」

亜矢と郁江は目の前にその様子が見えるようだった。

「本当に、びっくりしたわ。でも、嬉しかったわ」

黒田兼造コンサートの話で盛り上がり、続いてムギノハラのイルミネーションが話題に上った。ムギノハラは、ホテルや温泉、レストランなどを擁する一大観光リゾートで、冬の時期はイルミネーションで有名であった。

「今週末から始まるけれど、今年は合掌造りの家のところまで延びるんですって」

涼子が言った。

「この前、久しぶりに行ってみたら、合掌造りまでの歩道の両側にも杭を立てて、光のケーブルを這わせていたわ」

光子が補足した。

「どうして合掌造りの家のところまでなの？」

亜矢が聞いた。

「もちろん、そこまでお客さんを誘導するためよ。寒い所を歩いて来て、暖かい囲炉裏を見たら、みんな寄りたくなるでしょ」

「確かに、そうねえ。イルミネーションを見てから、暖かい囲炉裏端に座って、美味しい温かいお料理を食べる。最高だわ」

郁江が喜んだ。

「本当ね。クリスマスの頃に行きましょうよ。明夫さんもどうですか？　美味しいお酒も出ますよ」

「それはいいですねえ」

明夫は涼子の誘いに喜んだ。

「武博さんや清志さんも呼んで、皆で行きましょうよ」

亜矢が言った。武博は涼子の夫、清志は郁江の夫だ。

「そうだわ。皆で行きましょう」

話はすぐに纏まった。

十五

第三回調停委員会は十一月十日水曜日であった。

亜矢たちは、「第三回調停への提出書」「平成二十一年賃貸料の清算について」「寄与分を定める調停申立書に対する反論」の三文書を提出し、「東京電力による平成二十一年度支払い内訳書」「東京電力への変更依頼書」を添付した。また受け取った文書は準備書面(二)であった。幸いに調停委員からの質問もほとんどなく、次回の日程を決めると解放された。

「節子さんが待ちくたびれているわね」

克己の後に付いて階段を下りながら、百合子が亜矢に言った。

亜矢と百合子そして節子の三人は、これから横浜のホテルに泊まる予定だった。色々と話したいこともあるし、調停のことを忘れて、ゆっくりしましょうということから、一泊の小旅行となったのだ。

「でも、良かったわ。三十分を五分回ったばかりで」

亜矢は時計を見て答えた。

「あら、本当。随分と経ったように思ったけど、違ったのね」

「私も時計を見て驚いたの。調停室に座っているだけで、とても緊張するでしょ。長い時間だったように思えてならないわ」

「本当よね」

などと話しながら駐車場に戻ると、節子もまた近くの店を見て回って戻ったばかりだと言う。

全員が車に乗り込んだ時に、

「お義母さんだわ」

と助手席に座った節子が言った。

「え？　何処？」

左手の先二十メートルほど離れた白い車に乗り込もうとしているのが、母千鶴子と猛人、そしてその妻美知代であった。

「弁護士が代理人になっているのに、お母さんも来るのね」

亜矢が言った。

「しかし、なんで長男の妻が付いて来るんだ」

克己が言い放った。

猛人が運転する白い車は、知ってか知らずか亜矢たちの近くを通って去って行った。

松藤駅まで克己に送ってもらうと、亜矢たちは電車で横浜に向かった。

調停のことを忘れて亜矢たちは、まるでこれから修学旅行に出掛ける女生徒になったような、はしゃいだ気分になって、何をしても楽しかった。車窓に流れる景色を少し見ただけで、後は話に花が咲いた。観ているテレビドラマの話があり、お互いの趣味の話があり、朝起きてから寝るまでの平凡な一日までもが話題の種となった。

幾度か乗り換えて、桜木町の駅に着いたのは四時半を少し回ったところ。百合子の案内で駅を出て左方面に向かうと、大きくて立派なビルの中に入って行った。三階のフロントでチェックインを済ませ、十七階に上がった。

「まあ、素敵！」

部屋に入るや、亜矢と節子が歓声を上げた。

大きな窓からは横浜港と様々な高層ビルが、まるで絵画のように美しく見えていた。大きな観覧車やランドマークタワーが見え、赤レンガ倉庫も見えた。百合子は横浜育ちであったから色々と詳しく、このホテルもとても良かったからと予約してくれたのだった。

しばらく外を眺めてから、ようやく腰を下ろすと、

「亜矢さん、お義兄さんからの今日の文書、読んだ？　とんでもないことが書いてあるの」

と百合子が聞いた。

「え?!」

「私も読むつもりはなかったの。でも、調停委員が何も言わずに、ずっと私たちが提出した文

書を読んでいたでしょう？　窓を見たりしても間が持てなくなって、渡されたお義兄さんの文書を読んでみたの。もちろん、少しだけ。それがとんでもないの。だから、もう、腹立たしくて……。電車に乗ってからは色々な話に夢中で忘れていたけど、ホテルで予約票を取り出そうとバッグを開けた時に、また思い出してしまったの」

「どんなことが書かれてあったの？」

いつも亜矢は、明夫に先に読んでもらってからでないと、とても恐くて読む勇気はなかった。でも、一人でないこともあって、百合子の言葉の先が気になってならなかった。

「前回、お義兄さんの特別受益を出したでしょう？　そうしたら、通帳から下ろした金額は認めると回答があったの」

「まあ!?　そうなの?!　良かったわ。ねえ、節子さん」

「ええ。でも、それなら、とんでもなくないわ」

「そこまではそうなの。でも、問題はこれからなの。お義兄さんは明細項目を延々と書いてきて、これこれに使った、これはすべて家の為であり、お義父さんの為に使った金だ、と言ってきたのよ。しかも、その合計が下ろした金額よりも六百万円も多かったの」

「まあ！」

亜矢たちが驚いていると、百合子はバッグを開けて準備書面㈡と標題のある文書を取り出した。亜矢が受け取った同じ文書は克己に預かってもらっていたので、三人が一つの文書に顔を寄せた。

「ほら、ここに書いてあるわ。『申立人猛人が通帳の管理を任されたのは平成十六年七月十日からである。相手方提出の年度別出金一覧表の平成十六年七月十日以降は認める』って。明夫さんが推測して下さった通りだわ」

「本当だわ」

「でも、明細表を見てみて」

百合子は数頁捲って、明細表のところを開いた。様々な名目と日付及び引き出した金額が七頁に亘って記載され、年毎の小計並びに総合計が出されてあった。それによると総合計は二千八百五十三万円。一方、通帳より引き出した金額として亜矢たちが明示した金額は二千二百三十万円。差引金額は六百二十三万円であり、これは申立人猛人の持ち出しであるから寄与分となるとのコメントも付いていた。

「とんでもないわ」

亜矢と節子は口を揃えて言った。

「台所屋根改修工事とか天井張り替えとか載っているけど、自分たちが住んでいる母屋の改修のことでしょ。そうよねえ。それなのに、お金を勝手に下ろして、家の為、お義父さんの為に使ったなんて、とんでもないわ」

百合子が記載されている箇所を指差して言った。

「寺への布施や祝儀そして松の手入れなどもあるわ。それに、お父さんお母さんへの毎月の小遣い三万円とあるけど嘘だわ。お父さんには箪笥預金があって、お兄さんたちから小遣いなど貰わないわ」

亡父正義は隠居に移ってからは百万円を超える箪笥預金をするようになった。そのことを亜矢が知ったのは墨河に戻って来た数年前のことで、頼まれた黒酢とニッキ飴を買って持って行くと、「ありがとうよ。おい、金をやってくれ」と正義が千鶴子に言った。

「お金は良いのよ。欲しいものがあったら、いつでも言って、買ってくるわ。それよりお母さんたち、何か買う時はお義姉さんにお金を貰うの？」

「いいや、金なら箪笥預金してあるさ。隠居に来てから、お父さんが現金を置いておけと言うものだから」

その日のことを思い出しながら、亜矢は腹が立って仕方が無かった。

「こんなことが認められるのかしら？」

節子が聞いた。

「嘘ばかりを書いてきて、認められたらおかしいわ。それに、お父さんやお母さんの為ではなくて、自分たちの好きなように使ったものですもの」

「亜矢さんの言う通りだと思うわ。でも、お義兄さんには弁護士が付いているわ。どうにもならないことを言ってくるかしら？」

百合子が不安そうに言った。

「本当ね」

亜矢もまた急に心配になった。だが、それだけでは無かった。他にはどんなことが書いてあるのかしらと心配になって、皆で本文の続きを読んでみると、亜矢たちの特別受益に関する記述があった。

一　次男故晴雄の特別受益

①昭和五十四年に長野市内に自宅を新築した際、被相続人より金六百万円の生前贈与を受けた。

②入院時、平成十五年十月八日に見舞金五百万円を貰った。

③被相続人の妹幸田亀代氏の話によると「兄正義は二千万円以上を晴雄に贈与した」とのことである。

二　三男克己の特別受益

①昭和六十二年に墨河市楊島六〇五番十（宅地二八八平方メートル）及び墨河市楊島六〇五番十一（雑種地二八五平方メートル）の生前贈与を受けている。

②楊島六〇五番十の時価は一千二百三十万八千円、楊島六〇五番十一の時価は五百八十七万二千円の合計一千八百十八万円である。

三　長女亜矢の特別受益

①昭和六十年に亜矢の夫が東京都美鈴市に自宅を新築した際、金三百万円の生前贈与を受けた。

②平成十九年五月連休に隠居にて再び金三百万円の生前贈与を受けた。

③昭和四十九年十月の婚姻時に嫁入り道具一式（当時の時価五百万円以上）として次の品物の生前贈与を受けた。
㋐総桐箪笥　三棹
㋑着物一式（留袖、小紋、喪服、訪問着等）
㋒家財道具（冷蔵庫、洗濯機、電子レンジ、鏡台など）
㋓布団一式（布団二組、客布団二組、座布団夏冬各十枚）

また、次男故晴雄の家の登記事項証明書や猛人の通帳のコピー数枚などが添付されていた。

読み終えた亜矢たちは、ただただ驚いて言葉もなかった。

十六

次の日、亜矢は横浜への小旅行から戻るや、

「とんでもないことが書いてあるの」

と言いながら、猛人からの準備文書㈡を明夫に手渡した。

「お父さんの通帳から引き下ろしたことは認めたわ。でも、それ以上の金額を家の為に使った

と言ってきたの。ううん、それだけじゃないの。私の特別受益として、家を建てた時と隠居に来た時に各三百万円、嫁入り支度に五百万円以上と言ってきたの。とんでもないわ、こんなこと。どうして、嘘ばかり言うのかしら」

「まあ、読んでみよう」

明夫は十頁程の文書を開いた。二頁目の中段に、相手方提出の「年度別出金一覧表」の平成十六年七月以降は認めるとあった。


「申立人猛人が通帳の管理を任されたのは平成十六年七月十日である。申立人猛人は平成十八年頃からだと思っていたが、実際に税金やお金の管理をしている妻美知代に確認すると、通帳を預かったのは平成十六年七月十日からであった。また、お金はすべて両親の世話や家の維持に充てられている。実際に必要であった金額は支出一覧表に記載したように二千八百万円を超える。通帳から引き下ろした合計金額は二千二百万円余りであり、差し引きした金額六百二十三万円は申立人猛人の持ち出しである。よって、この差引金額は申立人猛人の新たな寄与分として申し立てる」

とあった。通帳からの引き下ろしを認めざるを得なかった猛人が何とか挽回しようと支出一覧表を出してきたのだろう。だが、領収書の類いは添付されていない。明夫は明細項目の数行を一瞥したに過ぎない。

猛人は通帳管理も含めて妻に丸投げしているから勘違いをしてしまったと言い訳をしている

が、通帳の管理を任されている者の言葉ではない。また、亜矢の特別受益として挙げてきた内容も、嘘だらけであった。新築祝い金は三百万円ではなく二百万円であったし、隠居での三百万円は全くの出鱈目だ。そして当時の時価五百万円以上の嫁入り支度の項目を見て明夫は笑った。わざわざ『当時の時価』と断ってあることが笑えたのだ。正確な物価指数を調べないとハッキリしたことは言えないが、当時と現在とでは大学新卒者の給料から比較しても三倍から四倍の違いがある。すなわち当時の時価五百万円は現在の金額では一千五百万円から二千万円にはなるであろう。昔のことだからと適当に大風呂敷を広げてきたのだろうが、墓穴を掘っていることには気付いてはいない。

「調停委員の人は信じてしまわないかしら。お兄さんは教育長でしょ。まさか嘘を吐くなんて、考えてもいない筈だわ」

「一方の肩を持つ事はしないし、できないさ」

「でも、お兄さんは家のことに使ったと言って明細表を出してきたわ。菩提寺布施二万円とか母屋シロアリ工事十一万五千五百円とか北面会体育会祝儀一万円とか日付と共に細かく載ってるわ」

「領収書もない項目を幾ら並べても何の意味もないことだよ」

「でも……」

「文字と数字を羅列するだけなら小学生でもできる。そうだろう？　それに猛人さん名義で出した布施とか祝儀とかが寄与に当たるとは到底考えられないね。シロアリ工事もそうだ。それに、やったのが事実で金額も事実だったとしても、自分たちが住んでいる母屋のことで、お義父さんたちは住んでいない。寄与とは、お義父さんの為にすることであって、自分たちの為にすることではないからね。そんな表は忘れてしまって何の問題もない」

「そうなんですか。でも……」

亜矢には明夫の説明の半分も理解できなかったが、猛人の出してきた明細表には意味がないと聞いて、少しは安心することができた。だが、それでも亜矢は明細表の各項目を頭の中から追い出すことができなかった。どうしても心配が先に立ってしまうのだった。

「お兄さんの考えていることがまるで理解できないの。だから、次に何をしてくるのかと思うと心配でならないの。都筑の叔父さんのことだって、そうだわ。知らせてもくれないんですもの」

「どうしようもできないことを、考えても無駄だよ。ところで、三回忌の案内が来ているよ」

来月十二月十二日十一時からとの案内が、亜矢宛に来ていた。一周忌の時も亜矢だけ呼ばれただけで、明夫は蚊帳の外だった。

「嫌だわ、行きたくないわ。行っても何しに来たんだというような顔なんですもの」

「まあ、分からなくはないけれど、お父さんとお母さんに会いに来たと考えたら良い。克己さんも一緒だから心配は要らない」

明夫は気楽に答えた。

一方、猛人と美知代も同じように、亜矢たちが提出した三つの文書を読んで憤っていた。とりわけ猛人が怒ったのは「寄与分を定める調停申立書に対する反論」を読んだ時だ。反論は、猛人が寄与分申立書に記載した五つの項目それぞれに対して、倍以上の分量で書かれている。その冒頭を読んだだけで猛人は反論文書をぶん投げたかった。

「五木家の長男として、先祖が築いた財産を次代に渡すのが自分の使命」と思ったとあるが、そもそも中立人長男の考えは、旧民法の家督制度の考え方そのものと我々は思わざるを得ない。と言うのも、二回の話し合いでは、母千鶴子のことに一切触れること無く、土地は先祖代々のものだから売らないし分けないと（まるで自分のもののように）言い、預金が百二十一万円あるから、これをお前たち三人で分けろと言った。これは最初から遺産の全ては自分のものと決めて掛かっているから言えることであって、今の世の中は旧民法の時代と違うことを知っているのかどうかさえも疑わざるを得ない。家族に於ける個人の尊厳と男女平等を謳った憲法二四条並びにその考えを反映した今の民法を何と考えているのか。いやしくも、これが教育を職業としている者の言う事、する事であろうか。

「相続税も膨大な金額になるので、中立人猛人の退職金を全部つぎ込んで財産を守ろうと思っていました」に関して述べる。この文面だけを見ると、中立人長男の退職金を全部つぎ込む程に財産を守ろうとしているように読めるのであるが、その実は亡父正義の通帳から膨大な金額を下ろしているのは誰なのか。亡父正義の遺産を減らしはしても、維持することさえできなかったと言わざるを得ない。また家のことの一切を、預かった亡父正義の通帳から支払うのが当然のことのように言っているが、果たしてこれは独立した社会人のすることであろうか。

長兄を長兄とも思わず、また教育に身を捧げている者を馬鹿にした反論に、猛人は激しく憤った。

一方、美知代もまた、反論の中にある「正義の亡くなる半年前の出来事」を読んで、腹の中が煮えくり返った。

「『両親の面倒をずっと見て来ました』と申立人長男は言っているが、到底そうは思われない出来事に遭遇したことがある」と言って、二つの事例が挙げられていたのだ。

事例一　平成二十年七月二十四日㈭　夕方

長女沢田亜矢が隠居に顔を出すと父正義は昨日からおかずを貰っていないと言った。母千鶴子に聞いても覚えていない。冷蔵庫の中の残りもので食べたと言うので、見てみたら漬け物が少し残っているだけで他には何もなかった。驚いて母屋に顔を出したが申立人長男夫婦は不在であった。寿司を買って来て食べさせてから家に戻ったものの、翌朝のことが心配になって、夜七時半頃に三男五木克己の妻節子に電話をして朝食のお願いをした。その電話が終わるや申立人長男の妻から電話が入った。

家には居たけれど顔を合わせたくなくて出なかったのだと申立人長男の妻は言った。一昨日の朝、庭に除草剤を撒いたことや、頼んだ薬を病院に取りに行かなかったことで、正義から怒鳴られたのだと言う。あまりにも酷いことを言われたから、それならもう何もしないと決めておかずを持って行かなかった。毎朝、大変な思いをしておかずを作っているのに、分かろうともしないから、分からせる為におかずを持って行かなかったのだと言う。

亜矢は、自分には何もできないことが悲しかった。毎日、隠居に行く事はできない。それに何より長兄夫婦が見てくれている。余計なことはできなかった。幸いに中立人長男の妻が、明日からはおかずをきちんと届けるわ、と言ってくれた。それが、とても有り難かったけれども、この日に会いに行かなかったら、どうなっていたのだろうかとの思いを消し去ることはできなかった。

事例二　平成二十年十二月十三日(土)　昼頃

長女沢田亜矢が、父正義に頼まれた黒酢と甘納豆を持って隠居に立ち寄ったら、母千鶴子の左目の周りが黒ずんでいることに気付いた。どうしたのと聞くと、一昨日何処かで転んだらしいと正義が言った。近所の人が連れて来てくれたのだという。何処で転んだのかを聞いても千鶴子は分からないと言うばかり。メガネが少し壊れていた。新聞が見辛いと言うので同年三月に亜矢と行って作ったメガネだ。亜矢は母屋に行って中立人長男の妻に事情を話してから、千鶴子をメガネ屋に連れて行った。転んで少し目の周りにアザができたくらいの軽傷で良かったけれど、どうして中立人長男の妻は気付いてくれなかったのだろうかと、そればかりが亜矢には不思議に思われてならなかった。

「あなた、こんなことを言われて、とても黙ってられないわよ。とても庭の草取りまでは大変だから、実のなる木の近くは避けて除草剤を撒いたのに、目を三角にしてお義父さんが怒ったのよ。除草剤を撒くことがそんなに悪いことなの？　私はお義父さんたちの為に色々なことをしてるわ。朝夕のおかずを作ることだって、毎日のことで時間が決まってるから大変なのよ。少し遅れただけでも怒るんですもの。だから私は行きたい所へも行けずにいるのに、亜矢さんたちは一緒に住んでいないから分からないのよ。たまたま来ただけで、なんだかんだ言うなんておかしいわよ。とんでもないわ」

美知代は怒りでブルブルと手が震える程だった。

「よく分かっている。だから俺は、美知代は家を守って一生懸命頑張っているんだから、除草剤を撒いたくらいで怒鳴ることはないだろうと親父に言い聞かせてきた。それを亜矢たちが鬼の首を取ったように言ってくるのはお門違いだ」

「本当にそうだわ。あなたが分かってくれるから良いけれど、亜矢さんたちはとんでもないわ。お義母さんが転んだ時だって、そうよ。忙しいから隠居の玄関先におかずを置いたことが続いただけだわ。気付かないことだってあるわよ。どうして私だけが気付かないといけないの」

「ああ、そうだ。克己たちは事例にかこつけて、俺たちの悪口を言ってるんだ。とんでもない奴らだ。俺のことだって、そうだ。俺の考えは旧民法の家督制度の考え方そのものだとか、亡父正義の遺産を減らしはしても、維持することさえできなかったと言わざるを得ないだとか、言いたい放題だ。いや、それだけじゃない。ここを見てみろ。教育を職業としている者のすることであろうかと書いてきた。こっちには独立した社会人のすることであろうかと書いてある。これが一生懸命に五木家を守ってきた長兄に言う言葉か！　ふざけるな！」

猛人は大声を上げた。

「ねえ、あなた。やっぱり三回忌に呼ばない方が良かったのよ。親戚のみんなに、どんなことを言うか分からないわ」

「大丈夫だ。克己や亜矢たちの言うことなど誰も信じるものか」

「でも……、あら、あなた、お義母さんが帰って来たみたい」

デイサービスのマイクロバスが庭に停まる様子が、ガラス戸越しに見えた。

十七

亡父正義の三回忌は、あっさりと終わった。猛人たち家族を含めても列席者は二十名に満たず、法要は短く、その後のお斎もまた短かった。だが、亜矢はそれで良かったと思った。

亜矢と克己が菩提寺の本堂に上がって猛人に挨拶した時も、猛人は黙って頭を下げただけで一言も発しなかったものの、亜矢たちの後から親戚の一人が入って来ると態度をガラリと変えて大袈裟に迎えた。亜矢はこのような猛人を見ても予想していたこともあって驚きもしなかったが、千鶴子の傍に寄る事さえできなかったのには驚きとともに強い憤りを覚えた。千鶴子と会うことを楽しみに来たというのに、千鶴子の周りを猛人の子供たちが囲んで、明らかに亜矢たちを遠ざけていたのだ。また法要が終わった後のお斎での千鶴子の様子を見て、亜矢は大きな不安を感じた。千鶴子は周りの人たちと話す事もなく、ただ独り黙々と料理を食べていたからだ。

法要から帰ると亜矢は鬱憤や不安を明夫に話した。

「……お母さんは誰とも話さずに黙々と食べていたの。お兄さんやお義姉さんは子供たちとの話に夢中で、お母さんは放っておかれたから、周りに誰が居るかも分かっていないようだったわ。話し好きで誰とでも話すお母さんが独り黙って食べているなんて初めてのことだから、びっくりしてしまって……」

「うーむ」

「お兄さんやお義姉さんは葬儀や四十九日の時も自分たちの子供のことしか頭になかったわ。それなのに、お母さんを私たちに会わせない為に遠ざけて、その上で放っておくなんて、酷いわ。お母さんが可哀想だわ」

明夫は亜矢の気持ちがよく分かった。確かに亡父正義の葬儀の時や七七忌の時には、猛人と美知代は自分たちの子供ばかりを気に掛けて千鶴子に構うことは全くなかった。ひとりウロウロする千鶴子の傍に寄り、手を引いたのは亜矢だった。一年前の一周忌では明夫、節子と百合子は招かれず、亜矢と克己は招かれたものの、母千鶴子の周りを子供たちが囲んで居たから傍に近づくこともできなかった。ただ幸いだったのは、誰も日頃から千鶴子の世話をしているわけではなかったから幾度も千鶴子が放っておかれ、法要後のお斎の場所では亜矢たちと千鶴子とは同じテーブルに着くことができた。だが、席に着くや否や美知代がやって来ると、亜矢たちには何の断りもなく千鶴子を自分たちのテーブルへと連れて行ってしまった。

そしてこの日の三回忌では、千鶴子と会うことを完全に絶たれたのだった。

「お母さんの認知症が進んでしまったのかしら。心配だわ」

「気にし出したら、きりがない。亜矢や克己さんが一緒なら、きっと喜んで色々と話した筈だよ。元気な姿を見たのだから大丈夫さ」

明夫が明るく言った時に、亜矢に電話が掛かってきた。

明夫の父栄四郎は病院に入院する二年程前から物忘れが多くなったが、認知症とは思いもしなかった。ところが入院するやすぐに、近所の人の顔や名前を思い出せなくなり、入院していること自体が分からなかった。また退院してからは生まれた家に行くのだと言って何度も表に飛び出し、近所を歩き回り、他人の家に入ろうとさえした。

母いねの場合は退院後も、会話は極めてきちんとしていたので、まさか認知症とは誰も気付かなかった。ところが、鮭缶詰などを七つも八つも一度に開けてしまったり、同じ洗濯物に対して二度も三度も洗濯機を回したり、また水と間違えて灯油を庭に撒いてしまうこともあった。そのうち、寝ているベッドの隅に子供が来ていると話すようになり、子供にあげたいからお菓子を持って来てくれと言うようにもなった。ここに至って、ようやく明夫も母いねが認知症であることに気付いたのだ……。

一方、義母千鶴子の場合は、義父正義の葬儀以降は沢田家に泊まることもあって、千鶴子が認知症であることに明夫はすぐに気付いた。

勿論、認知症と言っても症状は一様ではない。だが、中核症状（認知症の人なら誰でも現れる症状）として、「記憶障害（昔のことや直近のことが記憶から抜け落ちてしまう障害）」「見当識障害（日時・場所の理解や方向感覚などが失われ、自分の置かれた状況が判断出来なくなる障害）」などがあることを、父母の介護の経験やネット上の様々な知識から知っていた。

千鶴子は正に直近の記憶がすっぽり抜け落ちていて、デイサービスには週に五回ほど通っていたが、全く覚えていないのだ。それに同じことを幾度も幾度も繰り返し聞いてきた。また、沢田家に来た時に、ここは何処だ？　と聞き、説明をすると納得したが、また思い出したように聞いてきた。このような千鶴子の言動を見て、明夫はすぐに認知症だと気付いていた。そして、父母が認知症だとはなかなか分からなかったものの、千鶴子の場合にはすぐに分かったから、誰でも千鶴子の言動を見たなら認知症だと気付くものと思っていた。

ところが、調停委員は違った。第一回調停委員会に於いて千鶴子の成年後見人選任のお願いをした時に、男の調停委員は、「お母さんと話しましたが、ちゃんと受け答えができていたので、我々としては、それを信じるしかありません。もし、成年後見人を立てたいのならば別の案件となりますから、書記官と相談して下さい」と言ったのだ。

書記官と相談したのでは、調停委員の言うところの別な案件であることを認めたものと見なされると考えた明夫は、しかし、次にどうすべきかの策を思い描くことができなかった。そこで、暫くはそのまま放っておくことにして、今日まで来てしまっていたのだった。

……千鶴子が認知症ではないと調停委員は思っているに違いないと明夫は改めて考えた。しかし、調停委員が、成年後見人を立てたいのならば別の案件になると言ったことがどうしても解せなかった。専門医とは違って、その方面に素人の調停委員には認知症か否かを判断する権限はない。それなのに千鶴子は認知症ではないと調停委員は決めつけている。このことが如何にも不可思議だったのだ。どうしてなのか？　これではまるで亜矢たちが嘘を吐いていると決めつけているようではないか。亜矢たちが嘘を吐いていると……？

突然、明夫の脳裏に電光が走った。


「……どうかしたのですか？　あなた」

「あっ？　……いや」

明夫は亜矢に言われて我に返った。

「びっくりしたわ。電話を終えて、声を掛けても何も言わないんですもの」

「知らないうちに考え事をしていたらしい。ところで、何か用でも？」

「大したことではないの。涼子ちゃんからの電話で、ムギノハラのイルミネーションを見に行く日が決まったの。クリスマスの次の日だけど構わないでしょ」

「ああ。それは楽しみだ。……あっ、ちょっと待って」

その場を去ろうとする亜矢に言った。

「お義母さんの成年後見人のことだけど、なぜ調停委員が別の案件になると言ったのか、やっと分かったよ」

亜矢は一瞬、ポカンとした様子であったが、すぐに明夫の言葉の意味を理解したようで、目を輝かせた。

「なぜです？　なぜ別の案件になると調停委員の人は言ったの？」

「我々は、とんだ思い込みをしていたんだ」

「とんだ思い込み？」

「ああ、そうなんだ。我々は猛人さんが嘘を吐くことばかりを考えていて、自分たちがどう思われているかについては、全く考えなかったからね」

「どういうことです？」

「調停委員は、我々が嘘を吐いていると考えたのだよ」

「え?!　私たちが嘘を!?　そんなことはないわ。第一、初めての調停で、調停委員は私たちのことを何も知っていないわ」

「そう。何も知らないからこそ、我々の方を疑ったのさ」

「どうしてなんです？　どうして私たちが嘘を吐いていると思ったのです？」

「お義母さんが本当に認知症であるなら、実の子供である克己さんや亜矢は成年後見人選任の申立ができる。それなのにどうして申立をしないのか。申立をしていないということは、実際には認知症ではないと分かっているからに違いない、とでも調停委員は考えたのだろう」

「でも、私たちはお母さんに会うことさえできないわ。それに、そのようなことを、お兄さんが認めるわけがないわ」

「それは分かっている。だが、調停委員には亜矢たちの事情は知りようがない。だから調停委員は、亜矢たちが嘘を吐いていると考えて、別の案件になると言ったのだろう」

ようやく亜矢も、明夫の言うことが理解できた。でも、それではこれからどうしたら良いのかしらと思うと、また不安になった。

「明日にでも早速に裁判所へ行ってくる」

明夫が明るい声で言った。

「書記官の人と会うのですか？」

「いや、成年後見人選任申立の手続きについて色々と確認をして来るだけさ。その上で、次回調停委員会に於いて猛人さんに申立の支援をお願いするつもりだ」

「でも、お兄さんは認めないわ」

「猛人さんが認めようが認めなかろうが関係はない。亜矢たちは申立をする用意があること、しかし、その為には猛人さんの協力が無ければできないということを、はっきりと意思表示をして、調停委員に分かってもらうことが重要なことなのさ。あっ、それから、亜矢には明日、お義母さんの戸籍抄本を取ってきてもらおう。準備は早い方が良いからね」

実際のところ戸籍抄本の入手は、猛人が協力を受け入れてからで十分であったが、それとは別に、明夫には確認したいことがあった。猛人なら間違いなく済ましてあるだろうこと、それを確認すべきと思い付いたのだった。


翌月曜日の朝、明夫は、五駅離れた松藤にある裁判所に出掛けた。

「成年後見人のことでご相談に来ました」

家庭裁判所三階の家事係受付で明夫が言うと、七三分けの四十前後の男性が応対してくれた。明夫は、妻亜矢の母親が認知症と思われること、並びに遺産分割の調停中であることを簡単に説明した。

「分かりました。そう致しますと、被相続人の配偶者すなわち奥様のお母様が認知症であるかも知れないと言われるのですね」

「はい、その通りです」

「まず最初にお話ししておきますが、当事者の方は成年後見人となることはできません。また、事案によって異なりますが、申立から成年後見等の開始までの一般的な期間は三、四カ月となります」

七三分けの男性は、そう言うと続いて、「成年後見申立必要書類チェックシート」をもとに、親族関係図、本人の戸籍謄本や住民票、本人の財産目録などとともに、本人の診断書が必要であることを説明した。

「チェックシートには色々な項目が記載されていますが、医師の診断書が必要ですので、先ず診断書を用意してから、次に他の項目を準備された方が良いかと思います」

「なるほど、分かりました。ありがとうございます。ところで、その診断書のことですが、母親は長男と同居しています。この長男が医師の診断を認めない場合はどうなるでしょうか」

「その場合は、裁判所ではどうすることもできません。調停委員会も同様です。弁護士と相談されて、そちらで対処するしか方法はありません」

「そうですか。裁判所でもどうしようもないのですか……。我々と長男とで解決するしかないということですね」

明夫は復唱するように言った。

「そういうことになります」

「分かりました。どうもありがとうございました」

確認すべきことを確認した明夫は、申請書一式を受け取ると礼を述べて部屋を出た。

次回の調停に提出する項目の一つは、これで決まったことになる。

更に明夫は、千鶴子の代理人弁護士に対しても幾つかの質問をすべきと考えた。どうもこれまでの対応を見ていると、とても千鶴子の代理人弁護士として、その役割を果たしているとは思われなかったからだ。

階段の方へ向かうと、前方から若い女性が歩いて来た。見覚えがあった。一年ほど前に、調停のことで相談した女性だった。明夫は黙礼をした。そんなことは忘れているだろう若い女性は、驚いたように大きな瞳で明夫を見ると、慌てて黙礼を返した。


明夫が玄関を開けるや、亜矢が飛んで来た。

「お帰りなさい」

「どうかしたのかな、慌てた様子で」

「お義姉さんがお母さんの養女になっていたの」

亜矢は急き込んで言った。

「やはりそうだったか」

「あなたは分かっていたの？」

「猛人さんのことだから、養女の件だけでなくお義母さんの遺言状も作成してあるだろうとは思っていたよ」

「お母さんの遺言状もですって?!」

「まあ、座ってから話そう」

明夫は靴を脱ぐと、リビングに入った。

亜矢はすぐさまお茶の支度をしながら、

「あなたにすぐに知らせなければと思って一人で慌ててたの。裁判所ではどうでした？」

「大いに参考になったよ。だが、その前に、抄本を見せてもらおう。養子縁組は調停申立の前後だと思えるが」

母千鶴子の戸籍抄本には、養子縁組の届出日は平成二十二年四月二十日とあった。調停申立日はその半月前の四月六日だ。

「思った通りに、調停申立の半月後となっている」

「お父さんがあんなに嫌っていたお義姉さんを養女にだなんて、本当に酷いわ。それに、お母さんは何も分かっていないわ。分かっていたらお父さんの遺志を尊重するにきまっているわ。克ちゃんや百合子さんにすぐ知らせます」

明夫はお茶を飲みながら、今年もあと僅かであることをなぜか感慨深く考えていた。

十八

思った以上に寒い夜だった。

亜矢はオーバーコートを着ていたが、それでも車から降りると震えた。一方、セーターの上にブレザー姿の明夫は平気な顔をしている。

「寒くないんですか？」

「それは寒いさ」

「オーバーを着てくれば良かったのに」

「面倒臭い」

亜矢と明夫は、道の両側に飾られた鳥や動物の形をしたイルミネーションを眺めながら足を運ぶ。ふと気付くと、いつの間にやら周りには人また人。やがて、待ち合わせたホテルの入口に着くと、既に全員が集まっていた。小岩涼子とその夫武博、野々口郁江とその夫清志、そして涼子の姉光子の五人だ。それぞれがオーバーコートなどを着ている。

「お待たせしました。遅れてすみません」

「ううん、そんなことないわよ。私たちが早く来たのよ」

涼子が、にこやかに言った。

「でも、寒いわね。こんなに寒いと思わなかったわ」

「本当。雪が降りそうだわ」

郁江が答えた。

「明夫さんは寒くないですか？」

イルミネーションのトンネルの方へ歩き始めると、前を歩く光子が振り返って聞いた。

「寒いですね」

「大丈夫ですか？」

「ええ。寒い程この後の熱燗が美味しいだろうと楽しみにしてますから」

明夫は笑った。

「まあ！」

「沢田さんも日本酒派ですか？　それは良かった。何と言っても日本酒が一番ですからね。野々口さんも日本酒でしたよね」

並んで歩きながら、小岩武博が言った。

「そうは飲まないですが、沢田さんと同じで特に冬の熱燗が好きですねぇ」

明夫たちは早くも酒を飲む話を始めている。一方、前を歩く亜矢たちは煌々と輝くイルミネーションのトンネルを歩きながら、店々を覗いている。木の彫刻を飾る店があり、ミサ曲が流れる楽器店がある。またホットドッグやおでんを売っている店もある。

幅六メートル、高さ三メートルの光のトンネルを三百メートル程歩くと出口となる。そして、その少し先に合掌造りのレストランはあった。

しばらく待った後で案内されたのは、ほぼ中央の囲炉裏。明夫たち男性は右側に固まって座り、亜矢たち女性はその横に座った。

亜矢たちが口々に寒かったを連発しているところへ、作務衣姿のウェイトレスが注文を取りに来た。

「我々は熱燗二合をまず二本。食べる方は皆で選んで」

武博がメニューを涼子たちに渡した。

「焼き野菜って、どうかしら」

「涼子ちゃんたちに任せるわよ」

亜矢が言った。

「あら、そう？　じゃあ、焼き野菜を五人前にカルビ、ハラミ、レバー……、タンも？　分かったわ、それからタンもそれぞれ三人前ずつ……」

周りの囲炉裏からは美味しそうな匂いが届いていた。飲み物を頼んでから涼子は、

「炭火を見ているだけで暖かくなるから良いわね」

と手をこすり合わせた。

「でも、沢山の人ね。一体、どこから来るのかしら」

「本当。今日はクリスマスも終わった日曜日でしょ。金曜や土曜日なら分かるけど凄い人の数ね」

光子もまた郁江と同様の感想を述べた。

「それでは、ご指名に預かりまして、乾杯の音頭をとらせていただきます」

清志が猪口を持ち上げた。

「この一年は大変お世話になりました。来年もまた宜しくお願い申し上げます。また、皆様の益々のご多幸とご健勝を祈って乾杯したいと思います。乾杯！」

酒が酌み交わされ、話が弾み、亜矢たちは『オペラ座の怪人』の話から、サラ・ブライトマンの公演を観に行ってきたという涼子と光子の話で盛り上がっていた。

一方、明夫たちは趣味の話をしていた。

「そうですか、松藤にある教室まで出掛けているんですか？」

清志は毎週火曜日の夜、松藤までギターの練習に出掛けているのだという。

「今より少しでも上手になりたいと思っているもので、行くのが楽しいんです。逆に一回でも休んでしまうと、元に戻るのに大袈裟に言うとひと月くらい掛かってしまうんですよ」

「野々口さんの趣味は高尚で偉いなあ。我々は囲碁だから」

武博が熱燗を清志に注ぎながら言った。

「いやいや、私らからすると、囲碁の方がよほど高尚ですよ。ねえ、沢田さん」

「高尚議の方は分かりませんが、どちらも良いですね」

と明夫が答えたから、皆で大笑いとなった。

「ところで、沢田さんは囲碁はされますか？」

武博が聞いた。

「下手なもので、多少程度です」

「今度是非、お手合わせ願いたいですね」

「こちらこそ宜しくお願いします」

「いやあ、これは楽しみができて良かった。……おっと、姉さん、熱燗お代わりお願いします。それから、おすすめは何かありますか？」

通り掛かったウェイトレスを武博が呼び止めた。

「皆さん、焼きバナナをとても喜ばれます。それとノドグロの一夜干しも人気があります」

「ほう……？　焼きバナナがあるそうですが、皆さんどうですか」

「皆で食べましょうよ。美味しそうだわ」

涼子が即座に答えた。

「それでは焼きバナナ四本にノドグロの一夜干しを貰いましょう」

亜矢たちの話題は途切れることがなく、今は「リリーレイン」で二月に開かれるパッチワーク展に移っていた。

「沢田さんは東京で勤めて居られたと郁江に聞いてますが、ご両親が入院されて墨河に戻って来られたそうですね」

清志が聞いた。

「ええ。早いもので墨河市民になってから、丸三年が経ちました」

「大変でしたねえ」

「まあ、正直大変でしたが、私も亜矢も中学高校の友人が居ましたから、その点幸いでした」

「涼子も亜矢さんが戻って来たというので喜んでました」

武博がそう言ってから、続けた。

「しかし、カミさんたちが仲の良い友達というのは良いもんですね。そのお陰で、我々もこうやって飲めるわけですから」

「いや、全くです」

「しかし、墨河も随分変わったでしょう？　昔は田圃や野原ばっかりだったのが、ビルが立ち、住宅が並んでいるんですからねえ」

「確かにそうですねえ。高速道路が近くを走ったり、新しい街ができたりと様変わりしまして驚きました。しかし、その一方で、古い考えの人が多いのにもびっくりしています」

「まあ、墨河は遅れていますからねえ」

ちょうど注文したノドグロの一夜干しとバナナが来た。バナナはアルミに包まれている。

「このまま焼くんですね？」

「はい。五分、六分すると皮から汁がブツブツ出てきますので、そうしましたら食べて下さい。皮は真っ黒になりますが非常に美味しいです。ただ熱いのでご注意下さい」

やがて焼き上がったバナナを口にすると、亜矢たちは美味しいと歓声を上げた。その喜ぶ様子を見ながら、明夫たちは酒を飲んでいた。

「……春に横浜で黒田兼造コンサートがあるの。三月十三日の日曜日なの」

「たまには私も行ってみたいけれど、やっぱり遠いから」

涼子の言葉に、郁江が残念そうに言った。

「そうよね。それに遅くなるから、どうしても泊まらないといけなくなるわね」

涼子の娘が横浜に住んでいるので、涼子と光子はそこに泊まるのだそうだ。

「墨河なら、皆で参加できるわ」

「そうねえ。でも、ねえ……」

大勢の客がそれぞれ囲炉裏を囲んで談笑している。囲炉裏は暖かく、酒は美味く、話は尽きない。夜は静かに更けていき、やがて一年も終わりを迎える。

旅館の寒燈独り眠らず
客心何事ぞ転た凄然
故郷今夜千里を思うならん
霜鬢明朝また一年

高適の『除夜の作』がなぜか脳裏に浮かんだ。こんな年の瀬も楽しいと思いつつ、明夫はグイと酒を呷った。

十九

二月二日は第四回調停委員会であった。

春のような暖かさであったから、昼食を終えると明夫は散歩に出掛けた。青空が気持ち良く、遠くの山々の冠雪が美しい。時おり吹いて来る風も穏やかだ。ぶらぶらと歩いているうちに友人栗原勝男に会いに行こうと考えた。中学高校と同窓の勝男は大学卒業後、市役所に勤めていたが、五十歳の時に辞めて今は農業をやっている。どうも公務員は自分の肌に合わないというのが理由で、明夫が墨河に戻って再会した時は、いわゆる晴耕雨読の生活だよと明るい顔で笑った。

沢田家から歩いて一時間ほどだから、散歩がてらにちょうど良い。まさか二月の初めだから畑に出ているわけはないと思いながらも、迂回して行くと、畑に麦わら帽子を被った姿があった。

「精が出るねぇ。何をしているんだい」

「やあ、これは——。コゴミの様子を見に来たのさ。早いものは月末に出荷できるんだ。もう少しで終わるよ」

勝男はビニールハウスの中を見て回っていた。

「こっちは散歩がてらだ。ゆっくりやってくれて構わないよ」

明夫は広い田畑とその彼方の山脈を眺めながら、勝男の作業が終わるのを待っていた。

やがて、作業を終えた勝男に連れられて、竹林に囲まれた彼の家に寄った。

「うちのは仕事で居ないが、ゆっくりしていってくれ」

お茶を入れながら勝男が言った。

「いや、これは悪いね。久しぶりに顔を見たくなったものだから」

「僕もちょうど明夫くんに会いたいと思っていたところだ。と言うのも、部屋の掃除をしていたら、懐かしいものが見つかってね」

そう言うと勝男は隣の部屋へ行き、戻って来た時には古ぼけた冊子のような物を持って来た。

「中学三年の時のクラス文集だよ」

標題に「ともしび」と書かれ、山泉中学校三年四組秋季文集とあった。

「これは、これは。よく取っておいたねえ」

「いやあ、あることすら忘れていたよ。年末の大掃除をしている時にたまたま見つけたんだ。読んでみたら、妙にあの頃が懐かしくなってね。明夫くんも載っていたから、見せてあげようと思っていたところさ」

捲られたページの上段に明夫の作文があった。夏休みの前に引っ越していった友人との思い出が書かれていたが、書いたことも、その友人のこともすっかり忘れていたから驚いた。

「驚いたねえ。中学校の頃のことが、すっかり抜け落ちているよ」

「みんなそうだよ。仕事に追われ、家庭を守るのに精一杯で、昔のことなど思い出す暇なんてなかったさ。それに明夫くんはずっと東京で生活してきた。中学校時代の友達に会うこともなかったろうから、余計にそうさ」

「なるほど、その通りだ。こっちに戻ってからは、明夫くんとか明夫ちゃんとか、名前で呼ばれることが多くなって、逆に今度は会社勤め時代がすっかりと消えそうだよ」

明夫は苦笑した。

墨河の生活に慣れると、確かに東京での生活、とりわけ会社時代の出来事を思い出すことも少なくなってきている。第二の人生という言葉がまさにピッタリであった。

「僕の農業も第二の人生さ」

と勝男は、明夫の心を読んだかのように言ってから続けた。

「親父の代で終わりだと決めていたので、まさか自分から農業に飛び込むとは思わなかったよ。だが、僕には向いていた。何と言っても自然との共生が最高だ。人間は驕っては駄目だよ」

「うーむ。その考えはよく分かる。人間もまた自然の中で生かされているんだからね。……そう言えば、子供の頃は、空が今以上に広く大きくて、また青くなかったかい？」

「ああ、そうだった。真っ青だったなあ。それに夕焼け空は見渡す限り真っ赤で、山も林も家もみんな真っ赤に染まっていたのを思い出すなあ……」

明夫と勝男は、いつしか子供の頃の話に入っていった。


同じ頃、亜矢たちは克己の車で五木家本家へ向かっていた。母千鶴子に会う為であった。

第四回調停委員会の終わり際に、

「お母さんに会わせてもらえないことは以前もお話ししましたが、どのようにしたら、お母さんに会うことができるでしょうか。調停委員の方から長兄に頼んでもらうことはできないでしょうか？」

と亜矢がお願いをした。

「では、猛人さんに聞いてみましょう。しばらくお待ちを願います」

男性調停委員が女性調停委員に頷いてみせると、女性調停委員は部屋を出て行った。女性調

停委員はすぐに戻って来て、

「家でならいつでも会わせるそうです」

と言った。

「お聞きの通りです。会いたい時には家を訪問すれば会わせてもらえるとのことです」

「ありがとうございます」

亜矢は嬉しくて思わず顔が綻んだ。そして、調停が終わると、早速に会いに行くことにしたのだ。克己宅で小休憩した後、亜矢と百合子そして節子を乗せて克己は五木家本家に向かった。

庭には猛人の白い車があった。その横に停めると、克己は全員が降りるのを待ってから、ゆっくりと玄関に向かって歩き出した。

克己の少し後から、亜矢たち三人は並ぶ格好で付いて行った。

克己が呼び鈴を鳴らそうとした時に引き戸が開いた。美知代が怒ったような顔で立っていた。

「何しに来たの?」

「いつでも会わせると言ったから、お袋に会いに来た」

「知らないわよ、そんなこと」

「兄貴を呼んでくれ」

「どうして私が克己さんの言うことを聞かないといけないの。知らないわよ、そんなこと」

克己は怒りが込み上げて来たが、ぐっと我慢すると猛人の名前を呼んだ。

「兄貴、兄貴! 話がある!」

「そんな大きな声を出さないでよ。ここは野中の一軒家じゃないんだから」

「それは悪かった。出て来ないから、耳が遠いかと思ったんだ」

亜矢はクスリと笑いそうになって、慌てて口元を引き締めた。と、前方の中廊下から猛人が歩いて来ていた。

「でかい声を出すな。お袋は寝てるんだ」

猛人の声は冷静だった。

「寝てる？」

「ああ、疲れたのだろう。帰って来るとすぐに寝たよ」

「寝ているのなら、会うことはできないだろうな」

「当たり前だ」

「分かった。今日は駄目なら、いつお袋に会いに来たらいいかを教えてほしい」

「いつ？　そんなことは俺に分かるか」

「デイサービスへ行っていることは聞いている。だから、帰って来る時間とか、行かない日とかを教えてくれたら、その時に会いに来る」

「そんな予定など俺は分からん」

「夜なら良いということか」

「良いわけないだろう。お袋は早く寝るし、俺たちの都合もある」

これでは会わせないと言っているのと同じだと亜矢は思った。家に来ればいつでも会わせると調停委員には言っておきながら、とんでもない返答だ。しかし、猛人は動じる様子もなかった。

「家に来れば、いつでも会わせると言った筈だ。嘘なのか」

「嘘であるものか。いつでもと言っても都合があるのは当然のことだ。それに俺はお袋がいつデイサービスへ行くとかそんなことは知らない。知らないのだから、どうしようもないだろう」

猛人は薄笑いを浮かべ、右横の美知代を見た。美知代もまた薄笑いを浮かべていた。その時、亜矢は猛人たちの考えていることが分かった。知っているのは美知代だから猛人自身は知らないと言っているのだ。そして美知代に聞いたならば、私は会わせるとは言っていないとでも言うに違いなかった。とんでもないわ、詭弁だわと思うと怒りが込み上げてきた。亜矢は横に並ぶ克己を見た。克己が怒り出すのではないかと思ったからだ。しかし、克己は抑えた口調で言った。

「ほう……、知らないか。いや、そうか。そうだった。こいつは聞いた俺が馬鹿だったよ。兄貴が親の世話をするわけがないからな。知らないのも当然だ」

「なんだと！　そんなことを言いに来たのか。帰れ！　お前たちの顔など見たくもない！　とっとと帰れ！」

猛人は声を荒げた。

「嘘ばかりの人間と話しても無駄だ。帰ろう」

克己は背を向けて歩き出した。亜矢は一瞬躊躇した。こんな馬鹿なと思ったが、しかし、他にどうしようもなかった。

「嘘を吐いているのは、どっちなのよ！」

美知代が亜矢たちの背に暴言を投げつけた。

「克己さんも亜矢さんも百合子さんもいっぱい貰っておきながら、貰っていないなんて平気で嘘を吐いて、恥ずかしくないの？　草葉の陰でお義父さんが泣いているわよ。親の面倒を見ないくせに、権利、権利って一人前のことを言って。世間の人が皆笑ってるわよ」

二十

その日、うっすらと西空を染めて夕陽が山の端に沈む頃に明夫は家に戻ったが、亜矢と百合子は未だ帰って居なかった。帰って来たのは夜のとばりもすっかり下りた午後六時半近くで、家に入るや、

「大変なことがあったの」

と二人が口々に言った。

「調停では文書を提出して、お兄さん側の文書を貰っただけだったから今日は本当に楽だった

の。それに何か質問等ありますかと調停委員に聞かれたので、お母さんに会わせてもらえないので、調停委員の人から会えるように頼んでもらえませんかとお願いしたら、家でならいつでも会わせるとお兄さんが言ったと言うの。嬉しくて、そういうことなら早速に会いに行きましょうとなって、節子さんも一緒に四人でお兄さんのところに行ったら、もう大変だったの」

亜矢が、猛人のところまで行ったことを一息で話すと、百合子がそれからの出来事を身振り手振りを入れて話した。

「……本当にお義兄さんは酷いんです。いつでも会わせると言いながら、なんだかんだ理屈を言って会わせてくれないんです。ねえ、亜矢さん」

「ええ。デイサービスからいつ戻るか分からないとか、行かない日はいつなのか知らないとか平気で言うの。それにお義姉さんはお義姉さんで、私たちの顔を見るなり、何しに来たのかってまるで喧嘩腰だったわ」

「でも、最後に克己さんが良いことを言ってくれました。兄貴が親の世話をするわけがないから、知らないのも当然だって、言ってくれたんです。私、聞いていて、本当にそうだわって心の中で手を叩いていたんです」

亜矢と百合子の話は夕食の後も続いたが、その話を聞きながら明夫は猛人からの二つの文書（「準備書面㈢」と「寄与分に関する相手方反論に対する再反論」）を読んでいった。

準備書面㈢には、東京電力敷地料に対して、「東京電力の敷地料を脱漏していたことは認める」とあった。明夫は続いて寄与分に関する再反論を読んだ。

一、五木家の財産は先祖が何百年もかけて営々と築いてきたもので、正義が作った財産はひとかけらもない。正義が五木家を継いだから正義名義になったに過ぎないのだ。それを勝手に法定相続分で分けようとは先祖に対する尊敬や感謝の心がなく、欲に目が眩んだ証拠だ。また遺産を分割せよと言っていながら、克己は「お袋の耳に入れないでくれ」と言った。亜矢もまた「お母さんには黙っていて。心配するから」と言った。分割しろと言いながらお袋には内緒にしろと言うのは、お袋が分割に反対するのが分かっているからのことだ。親の考えに反対することこそ、これ以上の親不孝はない。民法がどうのこうのと小賢しいことを言う前に、人の心や考えを先ず慮るべきだ。法律よりも人の心を大事にすることが最も大切なことだ。これが教育者としての私の考えだ。

二、通帳から引き下ろした金額のほとんどは一緒に住む為に古くなった家のリフォームに使ったもので親父の了解を得ている。無駄な金など使ってはいない。中立人猛人本人の為に使ったものは一銭もない。中立人猛人らの生活費は全て本人の給与で行っている。そして、一緒に住む為にトイレや洗面所を付けた両親の部屋を増築する予定で、図面まで作った。だが沢田亜矢が来た時に「そんなもの作らなくていい。施設に入れればいい」と言われたので設計士にその話をしたら、「娘さんが反対しているならやめた方がいい」と言われて増築を断念した。

三、農作業は秋起こし、春起こし、あらくれ、代かき、田植え、水回り、除草剤や肥料の散布、稲刈り、草刈りとある。このうち水回りだけは正義が七十歳の頃までやったが、それ以外の全ての作業は中立人猛人がやってきた。また田の草取りと田植えの補植は妻美知代がやった。大学を卒業して家に戻ってきてからの四十年以上は教員と農業の両立を余儀なくさせられた。こんな土日もないような生活は実際にやった人でなければ分からない。何億円の金を積まれても嫌なことだ。また正義は入院したのは数回に過ぎないが通風や高血圧が持病だから、中立人猛人は両親の様子を見るために毎日隠居に行き、美知代は毎朝血圧を測り薬を貰いに行った。夜中に具合が悪くなり病院に連れて行ったりしたことも二度や三度ではない。正義のことが心配だからと美知代はパート勤めを辞めたほどだ。そのうえ正義は機械や電気関係には極度のオンチで無精だったから、電球の交換一つせず、テレビが見えなくなったとか電話が聞こえなくなったとかガスコンロが使えなくなった等々、生活全般のこまごまとした世話は日常茶飯事のことだ。実際に親を見たことのない人には分からないことだが、私はこういうことを両親が隠居に住むようになってから延々と続けてきた。

四、事例一（平成二十年七月二十四日）の反論を記述する。

一昨日の二十二日の朝、美知代は正義から「薬を貰ってきてくれ」と頼まれたが薬袋を見ると三日分残っており、明後日（二十四日）には病院近くの店に出掛ける用事があったので、「明後日貰ってくるから」と言うと、「そうしてくれ」と言った。ところがその日の午前中に母千鶴子が勝手に貰いに行ってしまった。そのことを知らずに午後、庭の草取りをしていたら、正義が突然に「お前には病人の気持ちが分からないのか！」

と怒り出した。また「庭に除草剤を撒くな！」と言われたので、「花や木のところは撒いていない」と言うと、「庭に撒くようなら、畑にも撒いているに決まっている。出て行け！」と怒鳴っただけでなく常に傍に置いてある杖で美知代を打った。その時千鶴子は「何てことをするんだ。美知代に謝りな！」と正義を叱り、美知代には「出て行かないで」と取りすがって懇願した。

美知代はこのような仕打ちに耐えられなくて、本当に家を出ようと思ったが、猛人は教育長の仕事で九州へ二泊三日の出張中であったから、とにかく猛人が戻って来て相談してからと思い、出て行かなかった。二十四日の夕方に沢田亜矢が来たようであったが、美知代は何もしたくない誰とも会いたくなかったから黙っていた。日も暮れてくると、気持ちもだいぶ落ち着いてきて、することだけはしようと、いつもより遅くなったが、夕食の支度をして隠居に持って行くと、「亜矢が支度をしてくれて食べたからいらない」と言われた。美知代はすぐに亜矢に電話をして、事情を説明したが、亜矢は美知代を庇うどころか、食事を作らなかったと勝手に決めつけ、「親の面倒を見るのは長男の嫁の役目でしょ。それなのに頼まれていることさえもしないなんて」と強い口調で非難した。これまでは仲良くやってきたと思っていたから、亜矢の激しい口調に驚くとともに、長男の嫁の苦労を少しも理解してくれない悲しさに、その日から美知代は体調を崩してしまったほどだ。

以上が、実際に起こった事であって、相手方の言っていることは申立人猛人の寄与分を否定する為の言い掛かりだ。この話を母千鶴子に聞かせると、「とんでもないことだ、美知代はよくやってくれた」と言うとともに、「克己や亜矢はどうしてこんな出鱈目を言うのか」と非常に怒っている。

亜矢と百合子は準備書面㈢を読んでいた。

「やっぱり東京電力のことは認めてきたわ」

「本当ね。明夫さんが言われた通りで、お義兄さんは認めるしかなかったんだわ」

「通帳を預かった年月も嘘だったから、これで二つ目の嘘だわ」

「いや、三つ目だよ。特別受益は無いと猛人さんは言っていたが、二千万円を超える金額を下ろしたことを認めたのだからね」

寄与分に関する再反論を読み終えた明夫が亜矢の言葉を補った。

「あら、そうだったわ」

「明夫さんのお陰でお義兄さんの嘘が次々に明らかになるんですもの、本当に素晴らしいです。お義兄さんたちは慌ててるでしょうね」

「ええ、きっとそうよ。それに調停委員も驚いていると思うわ。最初はお兄さん寄りの立場に思えたけれども、少しずつ分かってきたのではないかしら」

「未だ始まったばかりだよ。ただ猛人さんの主張を鵜呑みにしてはいけないことだけは調停委員も分かってきただろうと思えるね。しかし、猛人さんは相変わらず有る事無い事を言ってきたよ。なにしろ、いかにお義父さんは何もしなかったか、いかに手が掛かったかということばかりで、知らない人がこれを読んだら、お義父さんは専業農家でありながら米作りも満足にやらず、また家では電球の交換さえもしない怠け者で、息子夫婦に面倒ばかり掛けていた、とんでもない父親ということになるだろうからね」

「そんな酷いことを⁉」

亜矢と百合子がほとんど同時に叫ぶように言った。

「しかし、愚かだと思うよ。嘘に嘘を重ねたところで、正しくはなりようがない。益々悪くなるだけなのだが」

明夫はそう言いながら、読み終えた文書を亜矢たちに渡した。

二十一

その夜、亜矢は夢を見た。それは夢の中でまた夢を見ているような奇妙な夢であった。

亜矢は実家に向かって車を走らせていた。通い慣れた道だった。国道を逸れて脇道に入り、やがて曲がりくねった道を緩やかに上ると、実家の石垣が見えて来た。なぜか亜矢はカシワの大木の前に車を停めた。その時に、石垣は苔むしていて、道は舗装されていないことに気付いたが、おかしいとも思わずに屋敷内に入った。藁葺きの家の前には、近所の子供たちと遊んだ広い遊び場があった。右側に馬小屋があり、その横に山羊も居た。

後から来た小さな女の子が、亜矢を追い抜いて家の中に入って行った。亜矢も付いて行った。家に入ると土間だった。暗すぎて周りは見えなかった。ようやく目が慣れてくると、広い土間の奥に台所らしきものがあることや、土間の左手に部屋が続き、手前には自在鉤と囲炉裏などが見えた。女の子は何処へ行ったのだろうかと思っていると、奥の部屋から人形を手に持った女の子が現れた。女の子の顔を見て亜矢は驚いた。知っている顔だった。写真アルバムに載っていた女の子だった。いや、四、五歳の時の亜矢自身だったのだ。小さな亜矢は、おかっぱ頭で、黒っぽい長ズボンを穿き、白いセーターを着ていた。

「こんにちは」

と言おうとした時に、小さな亜矢が後ろを振り返った。そして、誰かと話をしていたらしく、すぐにまた奥の部屋に消えて行った。

あまりにも意外な出来事に、亜矢は呆然と立ちつくした。やがて、どうしてこんなことが……と不思議に思いながらも、家の中を見回していると、背後から物音が聞こえた。振り返ると、戸口の向こうから農作業着の男女が歩いて来た。男は麦わら帽子を被り、茶色のシャツに黒の袖カバー、茶色のズボンに長靴を履いていた。女は手拭いを姉さん被りにし、茶色のシャツに黒の袖カバー、縞のモンペに長靴を履いていた。戸口を入って来た時に、二人が未だ若い父正義と母千鶴子であることに気付いた。

「お父さん！　お母さん！」

亜矢は叫んでいた。

しかし、父にも母にも聞こえなかったようで、父は麦わら帽子を戸口の横に掛け、母は台所へ向かった。すると、いつの間にか、小さな亜矢が母の傍に来て人形を見せた。母と小さな亜矢は楽しそうに話していた。

場面が変わった。夕食時らしく、自在鉤に掛けた鍋からは温かい湯気が立ちのぼり、家族全員が囲炉裏を囲んで座っていた。若い父正義が土間を正面に見る位置。若い父の右手に祖父平吉、祖母きぬ、そして小さな亜矢が座り、土間側には若い母千鶴子、その右側すなわち正義の左手には長兄猛人、次兄晴雄と三兄克己が座っていた。各自の前には箱膳が並べられている。若い父正義が箸を取り、祖父祖母が箸を取ってから、小さな亜矢は箸を取った。

「克己、どうしたんだ。立たされていたろう」

晴雄が左横の克己に言った。

「え？」

「体育が終わって克己の教室の前を通ったら、立たされていたぞ」

「何だ、克己。何かしたのか？」

若い母千鶴子が聞いた。

「消しゴムを借りただけだよ」

「そんなことで立たされるものか」

晴雄が口を挟んだ。

「だって、そうなんだもん。僕は悪くない。いつも僕から鉛筆を借りてるのに、省二くんは消しゴムを貸してくれないんだ。だから黙って借りたんだ。そうしたら、先生に言いつけるんだもの」

「それなら悪いのは克己じゃないか。他人のものを勝手に使うのは悪いことなんだよ。先生が怒るのも尤もだ。それより、どうして消しゴムを忘れたんだい」

「昨日は有ったんだ。宿題を終えてから、きちんと筆入れに入れたのを覚えている」

「だって、無かったんだろう？　何処かへ落としたのじゃないのかい？　もう一度捜してみよう。いいかい？」

「う、うん……」

若い母千鶴子の言葉に、克己は首を傾げながらも頷いた。

「あ?!」

「どうした、亜矢。何をこぼしたんだ？」

隣に座る祖母きぬが聞いた。

「大丈夫、こぼしていない」

小さな亜矢は答えながらも、もじもじした様子だった。それから上目でチラッと克己を見ると、すぐに下を向いて困ったような顔をしていた。亜矢には、小さな亜矢が何を考えているのかがなぜか分かるような気がした。昨日、克己が勉強している横で小さな亜矢は人形と遊んでいた。そして克己が外に遊びに行くと、小さな亜矢は筆入れを開けて鉛筆や消しゴムを手に取り、紙に人形の絵を描いてみたのだ。その後、きちんと筆入れに戻した。でも、筆入れに入ってなかったということは、忘れたのかもしれないと小さな亜矢は考えていた。もし忘れたのなら、悪いのは小さな亜矢であって、克己ではない。どうしよう、どうしよう……。亜矢には、小さな亜矢の困ってしまった心の声が聞こえていた。

また場面が変わった。小さな亜矢が外から帰って来ると、囲炉裏端に、祖父平吉と祖母きぬが座っていた。小さな亜矢は祖母の横にちょこんと座った。小さな亜矢はおばあちゃん子だったから、祖母の傍に居るのが好きだった。祖母は大きな飴玉をくれた。小さな亜矢の頬は飴玉で膨らんだ。小さな亜矢は、人形を取りに奥の部屋に行った。そして戻って来た時に、祖父の姿は見えず、祖母が囲炉裏端で横になっていた。小さな亜矢は、祖母が眠っているものと思っていた。祖母の横で人形と遊んでいるうちに、古くなった人形の足が取れてしまった。小さな亜矢は、祖母を起こそうとした。その声は聞こえなかったが、「おばあちゃん、お人形さんの足が取れちゃったの。ねえ、直して」と言っているようだった。

しかし、何度揺り動かしても祖母は起きなかった。小さな亜矢にも、どこかおかしいと分かったらしかった。

「おじいちゃん！　おじいちゃん！」

と小さな亜矢は叫んだ。

「お母ちゃん！　お母ちゃん！」

と小さな亜矢は泣きながら叫んだ。

「どうした、亜矢」

若い母千鶴子が戸口から入って来た。

「おばあちゃんが、おばあちゃんが……」

驚いた若い母千鶴子は祖母の傍らに駆け寄ると、二、三度声を掛けてから、

「亜矢、すぐにお父さんを呼んでおいで。裏の畑に居る」

亜矢は夢中で駆けた。涙で前がよく見えなかったけれど、精一杯駆けた。屋敷を出て、角を曲がり、また角を曲がる。畦道を走り、やっと裏の畑に居る若い父正義の姿を見つけた。

「おとうちゃん！　おとうちゃん！」

小さな亜矢は、若い父正義に走り寄った。

「どうした」

「おばあちゃんが、おばあちゃんが……」

小さな亜矢は、それだけ言うと、若い父正義の懐に飛び込んで、わーんと大声で泣いた……。

二十二

「では、次に移りましょう。相手方長女からの反論に対して、どう思われますか？」

弁護士相川総輔が猛人を見て、言った。

第四回調停委員会が行われた翌週の土曜日午前十一時半、相川喜多村法律事務所の一室に猛人と美知代は居た。

「そうですね……、お袋が何度も言っていたもので、その当時の金額と思ってました。ただ、現在の二千万円前後になると言われると、そこまでは多くないのも事実です」

猛人は苦虫を噛み潰したような顔で答えた。

長女亜矢の特別受益の一つとして、嫁入り道具一式（当時の時価五百万円以上）としたところ、「当時の時価五百万円以上とは（ちなみに結婚は昭和四十九年のことであるから）、消費者物価指数から見て現在では二千万円前後になるであろう。名古屋の嫁入りどころか、さぞや末代までの語り草となったことであろう」などという反論が書かれてきたのだ。

「分かりました。それでは勘違いであったことを言いましょう。誰にでもあることですから、何の支障もありません」

「分かりました。そのようにします」

勘違いで済むのならこんな楽なことはないと猛人は安堵した。

「では最後に、成年後見人申立のお願いが相手方から出ています。これに関しては、どのように考えますか？」

相川弁護士が猛人に尋ねた。

「お袋の物忘れは年齢から来るもので、認知症ではないので認めるつもりはありません。それで何か問題となるでしょうか」

「いや、問題はありません。それでは申立の必要はないということで宜しいですね」

「はい」

「では、今日の検討結果は次回調停前に相手方に送付しましょう。相手方に早く文書が届けば次回調停時にはその回答をもらえる可能性が高いでしょう。調停期間も短くて済むことになります」

「宜しくお願いします。ところでお聞きしたいことがあります」

「何ですかな」

「桐島先生への質問という項目がありますが、これはどのように回答されるお考えですか」

中立人千鶴子の代理人弁護士は桐島市郎であった。

「答える必要は認めません。勿論これは、桐島先生のお考えでもあります。偽弁護士とでも言いたいような質問であってみれば、まして答えるわけにはいきません」

相川は大きな身体を揺するように笑った。全く相川の言う通りだと猛人は頷いた。人を人とも思わないような亜矢たちの文書に腹が立って仕方がなかった猛人であったから、自分と同じような感情を弁護士もまた持っていたことを知って嬉しかった。

亜矢たちからの成年後見人申立に関する協力依頼と申立人母の代理人弁護士に対する質問は次のようなものだった。


成年後見人の申立について、家庭裁判所成年後見係に相談をしたところ、次のようなアドバイスをいただきました。

申立には色々な提出書類が必要となるものの、先ずは認知症の診断書を作成してもらった後で、次のステップ（申請内容記載や添付資料収集）に移る方が良いでしょうとのことでした。

このアドバイスを受けて、当方としましては早速に医師の診断を母千鶴子に受けさせたく思いますが、同居していいます申立人長男の同意が無くては勝手に母を連れ出すことはできません。

また、診断後も、申立に当たって、例えば年金額など教えていただきたいものがあります。

当方からの申立に当たっては、申立人長男の支援協力が是非とも必要となりますので、支援協力をして頂けますように、調停委員殿にお願いする次第です。宜しくお願い申し上げます。

なお、成年後見人申立に関する費用の一切は当方にて負担致します。

申立人母の代理人弁護士に対して以下を質問させて頂きます。

申立人母は何を申し立てているのでしょうか？

当方には、申立人長男の申し立てているものを、復唱しているとしか思われません。また申立人母は自分の取り分をすべて申立人長男にやるということのようですが、このことを主張したいのでしょうか？　当方は、申立人母が望むことであるならば、できる限りにおいて、希望通りにさせてあげたいと思っていますが、このことはできません。なぜならば、申立人母の行く末が心配でならないからです。

相手を信用した結果、路頭に迷うことになったというような事例を耳にすることも少なくありません。もし本当に、申立人長男にすべてをやる意思があるのならば、その旨の遺言書を作成したら良いのではないでしょうか。少なくとも生ある限りは亡父正義の残した財産を、しっかりと自分のものとしておいてほしいのです。これは、また亡父正義の遺志でもあることを信じて疑いません。

さて、このように考える当方から見て、申立人母の代理人弁護士は本当に母のことを考え、母の立場に立って、母を守ってくれているのでしょうか。と言いますのも、弁護士の使命と役割に関して日本弁護士連合会のホームページには、「依頼者の立場にたって『法的に守られるべき利益は何か』を模索し、依頼者の正当な利益を実現して紛争を解決するために活動します」と記載されていますが、本件に照らし合わせますと、代理人弁護士の為されていることが母の立場に立って、母の正当な利益を実現しようとしているとはとても思われません。

以上のことから以下の質問をさせていただきたく思います。簡潔かつ具体的な回答を宜しくお願いしたく思います。

一、母の立場に立つとは、どのようなことでしょうか？
二、母の正当な利益とは、どのようなことでしょうか？
三、当方に何を申し立てていられるのでしょうか？

以上三点です。具体的な回答をお願い致します。


「お袋の為だと言いながら、克己たちは自分たちが多く取ることしか考えていない。だから、お袋が全ての遺産は長男のものだと言っても承知しない。こんなバカなことはない。それにこんなことに巻き込まれるお袋が可哀想でならない。何とかできないものでしょうか」

「うーむ、確かにそうですね。お母さんは高齢ですし、自分の取り分は全て猛人さんにやるということですし、また調停から脱退したいと桐島先生に言われたこともあるそうですから、脱退を考えましょう。また、それと併せて譲渡証書を作成しましょう。勿論、これは桐島先生と合意の上にです」

「譲渡証書とはどういうものですか？　遺言書にはお袋の財産はすべて長男猛人に相続させると書かれてありますが」

猛人は首を傾げながら聞いた。既に、相川弁護士からのアドバイスを受けて、千鶴子の遺言書は作成してあった。また同時に養子縁組届を提出し、妻美知代は千鶴子の養女となっていた。

「遺言書はもちろん重要なものですが、譲渡証書は、お母さんの相続分全てを猛人さんに無償譲渡するという証書になります。遺言の場合には遺留分制度というものがあって、たとえ全財産を相続させると遺言書に書いてあっても、猛人さんの他の兄弟から遺留分減殺請求をされると、その請求すなわち遺留分が認められます」

「遺留分とは、どのようなものですか？」

「被相続人の兄弟姉妹以外の相続人が、相続財産の一定割合を取得しうる権利のことです。遺言書で書かれた内容よりも、この遺留分が優先されます」

「遺言書よりも優先されるのですか?!」

猛人は驚いた。遺言書さえあれば、全ての遺産が自分の物になると思っていたのだ。

「そうです」

「一定割合とは、どのくらいですか」

「法定相続分の半分に当たります。具体例で説明しましょう。猛人さんのご兄弟は、養女の奥さんを入れて五人となりますから、法定相続分は五分の一ずつとなります。そして遺留分はその半分ですから十分の一となります」

「次男は亡くなっていますが、その子供たちはどうなりますか？」

「次男の方と同じ割合ですから、次男の子供たちの合計は、やはり十分の一となります。この結果、遺言書に全てを相続させるとあったとしても、猛人さんご夫婦を除いた他の兄弟三人の遺留分合計は十分の三有ることになります」

相川は猛人たちの表情を見ながら、ゆっくりと説明した。

「そうなんですか」

「ところが、譲渡証書の場合、全財産を譲渡するとあれば、間違いなく全財産を受け取ることができるのです」

「そんなことができるのですか?!」

猛人は驚いて、思わず大きな声を出した。しかし、それが喜びの驚きであることは、目の輝きが雄弁に語っていた。

「できます」

相川は悠然と答えた。

「まあ！　良かったわ、あなた」

美知代もまた飛び上がらんばかりに喜んだ。

「譲渡証書を交わすことによって、猛人さんはお母さんの相続分のすべてを受け取り、一方、お母さんは調停から脱退することができます。……では、譲渡証書を作成することで宜しいですね」

「有り難うございます。宜しくお願いします」

「来週の土曜日ならば桐島先生の都合も良いということですので、今日と同じ十一時か、夕方五時以降でしたら大丈夫です」

猛人は茶色いブレザーの内ポケットから手帳を出した。

「十一時からでお願いします」

「分かりました。立会人はこちらで用意させていただきます」

「ありがとうございます」


相川喜多村法律事務所を出た猛人と美知代は、帰る途中で和風レストランに入った。混んでいたが、奥まった窓際のテーブルが空いていた。

「しかし、さすが弁護士は違うもんだなあ。餅は餅屋と言うが、やはり凄いものだ」

猛人は、置かれたお茶を一口飲んでから言った。

「ええ、本当。とっても良いことを教えてもらって本当に良かったわ」

「譲渡証書があると、お袋の相続分のすべてが手に入るというのだからな。俺の法定相続分が八分の一で、お袋が二分の一すなわち八分の四だから、合わせて八分の五が間違いなく俺の物となる」

「でも、八分の三も残ってるわ」

「分かっている。八分の三は課税台帳の金額で言うと一億六千万円を超える。一人当たり約五千四百万円だ。こんな大金を克己たちに渡すつもりなどない。この四十数年間、俺は教師と農業との二足の草鞋だった。美知代だって親父たちの面倒を見たりと、一日とて気の休まる時はなかった。一方、克己たちは何もしていない。それをお袋は分かっているから、自分の財産はすべて俺にやると言ってるんだ」

「ええ、本当だわ。もし、同じようなことを克己さんたちがしたのなら、私は一銭だって貰おうとは思わないわ」

「だが、調停になったからには、克己たちに一銭もやらないというわけにはいかない」

「それは分かるわ。問題は金額よ。一千万円だって、多過ぎるわ」

「だが、ある程度は仕方がないと思っている」

「ある程度って？」

「遺留分程度だ」

「遺留分程度……？」

「克己や亜矢の法定相続分は八分の一だから、教えてもらったことからすると、遺留分はその半分の十六分の一となる。すなわち五千四百万の半分の二千七百万ということだ」

「ええ、それは分かるけど。そんなに多くやることないわよ」

「まあ、聞け。親父の遺言書があったって、遺留分は克己たちに持っていかれる。ところがその遺言書さえ無いのだ。幾ら俺の寄与分や克己たちの特別受益を訴えたところで、遺留分より少なくすることはできそうにない」

「それは、そうかも知れないけど……。でも、嫌だわ」

「以前、克己たちと話をつける為に、北面会の土地を売ろうとしたことがある。覚えているだろう」

「ええ」

遺産分割の二度の話し合いが物別れに終わると、ある程度の金を克己たちにやって話をつけるしかないと猛人は思った。そこで数年前に売ってほしいと話があった北面会の土地を約一億円で売ることを考えて、克己たちに再々度の話し合いを申し込んだ。ところが、あっさりと克己たちに拒否された経緯があったのだ。

「あの時は北面会に売った金額を四等分するつもりだった。その場合は一人当たり二千五百万円だ。先程計算した遺留分二千七百万円より二百万円少ないだけだ。あの時に話し合いが纏まっていたと考えたら良いことだ。違うか？」

猛人は、半ば自分自身を納得させるように言った。

「え？ ……ええ、そうね」

「しかし、今の法律は絶対に間違っているよ。長男だろうが三男だろうが、男だろうが女だろうが、親の面倒を見ようが、何もしなかろうが、相続では同じだなんて、こんな馬鹿なことがあってたまるか！ 遺留分程度は仕方ないと諦めるが、それ以外は一円たりとも克己たちにはやらん！」

二十三

「はい、沢田です」

「お早うございます。春菜です」

「あら、お早うございます。どうかしたの？」

リビングの壁時計は午前八時少し前であった。

「はい。嬉しい事がありましたので、早速にご報告をと思いまして。昨日、病院に行って来ましたら、妊娠三カ月と言われました」

「まあ！　良かったわ。おめでとう。予定日はいつなの？」

「十月一日と言われました」

「後七カ月ね。楽しみだわ。身体に気を付けてね」

「ありがとうございます」

「幸一郎には、いつ話したの？」

「昨夜です。本当は昨日のうちにご報告をと思っていたのですが、帰って来たのが十時を回ってましたので」

「喜んだでしょう？」

「ええ、とても。でも、男なのか女なのか、なんて言うんです。まだ妊娠したと分かったばかりなのに」

「幸一郎らしいわ。子供みたいなところがあるから春菜さんも大変ね」

「そんなことないです」

「身体に気をつけてね。うちの人は今日は親戚のお葬式でもう出掛けたの。夕方、帰って来たら伝えるわ。きっと大喜びするわよ。春菜さんも身体には十分に注意してね」

「はい、ありがとうございます」

春菜との電話を終えると亜矢はウキウキした気分で、中断していた掃除を始めた。


翌三月二日、亜矢は明夫とともに松藤にある法務局に車を走らせた。

遺産の全公図を取る為であった。住宅地図のコピーはあったが、貸地以外はまるで分からなかったからで、遅かれ早かれ遺産分割案の提出を求められると考えた明夫が、出掛けようと急に言ったのだ。

前日とは打って変わって冷たい雨が降っている。夕方からは雪の予報であった。

「予定日は十月一日ですって。後七カ月だわ。楽しみだわ」

「幸一郎も複雑な心境だろうなあ」

「複雑な心境って？」

「親になるという実感が未だ無いのではと思えたのさ。これは自分の経験だが、夫婦になったという実感はすぐにあったが、子供が生まれるとか生まれたとかの実感はなかなか無かったんだ」

「まあ！　そうだったんですか？」

「親というものは子供にとってとても大きな存在だったから、こんな自分が親になって大丈夫だろうかと、そんなことが先ず頭に浮かんだものでね」

「男の人って、みんなそうかしら？　女の人は妊娠したと分かると、赤ちゃんのことがとても愛おしくなるの。どんな子かしら、男の子かしら女の子かしら、生まれたら何を着せてあげようかしらなどと考えながら、母親になることを実感するわ」

「なるほどね」

「あなたは、いつ父親だと実感したの？」

「うーむ……、そうだね。生まれたばかりの菊乃を実家で初めて抱いた時かもしれないね。あまりに小さくて触れるのも恐いぐらいだったけれど、抱き上げたら急に可愛さと愛おしさが湧き上がってきたのを覚えているよ」

やがて、車は大通りに入っていた。大きなビルが並び出し、車の往来も多くなっている。二つ目の信号を右折すると前方右側に法務局松藤支局の建物が見えてきた。

二階のフロアーは亜矢が想像していたよりも広く、また沢山の人で混んでいた。

明夫は受付で申請書（公図の写し）を数枚受け取ると、隣の申請書記入コーナーに移り、備え付けられてある住宅地図から該当の地図を取り出して席に着いた。少し離れたところでも紺の背広を着た中年男性が同じように地図を見ていた。明夫は用意してきた住所を地番に変換して記入し終えると申請書を受付に提出した。

やがて、二十数枚の公図を受け取ると亜矢たちは帰る途中で見つけた地中海料理店「シチリアーナ」に車を停めた。お昼少し前であったことから、二組の客が居るだけで空いている。窓際に座り、シーザーサラダ、牡蠣のアヒージョ（バゲット付）、米茄子のカポナータと生ビールを注文し終えると明夫が言った。

「法務局で取った公図を三部コピーしてほしい。克己さんと百合子さんに送り、残った一部で確認作業をしていこう」

「ええ、分かりました。確認は土地の場所や地目の確認ですね」

「ああ。調停も長丁場になるだろうが、最終的には遺産分割案が求められることになる。用意しておくに越した事はないからね」

生ビールが来た。お先にと言って、明夫はジョッキを持ち上げた。

「うーむ。美味い！」

「あなたが居てくれなかったら、私たちどうなっていたかしら。お兄さんの言ってることは嘘ばかりと分かっていても、私たちにはどうにもできないんですもの。お父さんが杖でお義姉さんを打ったとか、そのことで私がお義姉さんに酷い事を言ったとか、それに両親の部屋を増築する予定だったが、私がそんなもの作らなくていいと言ったから止めたとか、もうとんでもないことばかり。でも、私にはきちんと言い返せないでしょ、だから余計にむしゃくしゃしてしまうの。でも、あなたが作ってくれた反論を読むとむしゃくしゃした時の何倍もスッキリして、本当に嬉しいの」

亜矢は、その文書を思い出しながら、明夫との楽しい昼食の時を過ごした。

亡父正義の名誉の為にも、反駁すべき内容があるので、以下に記述する。

中立人長男は、「正義が、中立人長男の妻を杖で打った」と言っているが、これは全く考えられないことである。その論拠は、第一に、父正義は人を打つようなことはしないし、それ以上に、できない性格であること。第二に、杖で打ったことが事実であったなら大騒動になっていたに違いないことの二点である。

第一点を論じる。正義は物静かで寡黙な、余程のことでなければ大きな声を出すこともなく、人と争うことを好まない性格であった。また誠実そのもので、人の悪口を言うこともほとんど無い。当方が訪ねて行けば、いつでも千鶴子と共に温かく迎えてくれて、色々な話に、そうかそうかとニコニコ頷き、また当方の身体などを心配してくれた。

他方、明治人（実際は大正六年生まれ）の気骨もあり、頑固一徹で一度旋毛を曲げると並大抵な事では元に戻さない面もあった。だが、暴力に訴えること、弱い者を苛めることは男の恥と考えていたから、人に手を上げるようなこと、増してや杖で人を打つようなことは絶対にしないし、できない。正義は、そういう父親であった。

次の点を論じる。もし、正義が、中立人長男の妻を杖で打ったことが事実ならば、理由の如何を問わず、非は完全に正義にある。中立人長男の妻の性格からして、このような場合、黙って済ますことは決して有り得ない。いや、他の人であったとしても、決して許すことはできないであろう。ところが実際は、簡単に治まっている。

かつて中立人長男の妻は、三十年程前に正義との同居が嫌だと言って、家を出るとか離婚するとかの大騒動となり、正義と千鶴子とが別棟を建て別居することで治まった経緯がある。すなわち中立人長男の妻は自分の意見が通るまでは一切の妥協をすることはなかった。このような性格の中立人長男の妻が、杖で打たれて黙っているわけがないであろう。離婚問題同様に大騒ぎになったであろうことは想像に難くない。ところが、「杖で打たれたという日」の二日後(亜矢が隠居に行った日)の夕方には、(中立人長男の記述にあっても)まるで何事もなかったかのように夕食の支度をして持って行き、また普通の会話が交わされている。

さて、こんなに簡単に治まったということは何を意味するであろうか。杖で打つようなことは無かったと考えるより他はないであろう。

以上より、「正義が、中立人長男の妻を杖で打った」という事実は全く考えられないことを断言する。

二十四

亜矢たちが法務局へ公図を取りに行った日、百合子の住む都下桜野市では朝から雪となっていた。

午後になると小止みとなったので、百合子は厚着をして買い物に出掛けた。車の往来が多いこともあって道路にはほとんど雪は無かった。五分と歩かずにアーケード商店街に着くと、いつもより混雑しているように思われた。買い物をして、コーヒーショップで熱いキリマンジャロを飲み、帰る頃には再び雪が降っていた。

マンションに入ると、郵便受けにＡ４封筒が入っていた。百合子は即座に長兄猛人からの調停文書だと思った。間違いはなかった。差出人として代理人弁護士の名前があった。どうして自宅に直接寄越したのかしらと考えながら、エレベーターに乗った。早く調停をお仕舞いにしたいからだわと気付いたのは、リビングのソファーに座った時だった。

これまで調停委員会提出文書は、お互いに調停の場で交換する形で出し合っていた。それが今回のように相手から早めに届けられ、こちらが次回にその回答を出せば、確実に調停が一回早く進んだと同じことになる。猛人が調停を早く終えたがっていることが分かったが、これは百合子にとっても嬉しいことだった。百合子もまた遺産相続に関しては早く終わってほしいと最初から思っていたのだ。ただ、明夫に更に負担が掛かることに気付いて、申し訳ない気持ちが先に立った。

百合子は激しく降り始めた雪を、しばらくぼんやりと眺めてから、ようやく封筒を開き、準備書面㈣を手に取った。

先ず最初に、成年後見人について、「中立人五木千鶴子に関して成年後見人選任申立の必要はないと思料します。よって、相手方の協力要請には応じる事はできない」とあった。

続いて、中立人五木千鶴子の代理人弁護士に対する質問について、「答弁の必要を認めない。中立人五木千鶴子の遺産に対する考えは中立人五木猛人と同じである。すなわち五木家の財産は中立人五木猛人に大事に守ってもらいたい。その為に自分の遺産相続分の全てを中立人五木猛人に相続させる」とあった。

やはり、予想された通りだったと百合子は思った。しかし、こうまで金銭に執着する猛人夫婦の気持ちが全く理解できなかった。きちんと千鶴子の面倒を見てくれたのなら、百合子たちは千鶴子の取り分そのままが猛人の所有となることに反対はしない。ところが、猛人と美知代は、自分たちと同じように百合子たちも金の亡者だと思っているから、まさか百合子たちがそのようなことを考えているとは想像もしていないに違いなかった。正直が一番なのにと思った時に、冷たい手で首筋を触られたかのようにゾクッとした。亡夫晴雄の特別受益のことを思い出したのだ。忘れているわけではない。考え出すと気持ちが休まらないので、忘れるようにしていたのだ。

猛人からは毎回厳しい追及を受けていた。

亡夫晴雄の特別受益として、百合子は新築祝い金二百万円を自己申告し、晴雄がガン治療で入院した時に貰った見舞金は、調停委員からの質問に答えるかたちで百万円を頂いたと答えた。これに対して猛人は新築祝い金は六百万円で、見舞金は五百万円だと言ってきた。

新築祝い金は事実を申告していたので猛人が何を言ってきても動じることはなかったが、見舞金は猛人の言っていることが正しかったから、良心の呵責に苦しむこととなった。見舞金は百万円であったと回答すると、父正義から平成十五年九月二十二日に見舞金五百万円を預かったことから始まって、猛人と妻美知代が新宿駅東口で百合子と待ち合わせ、駅構内の喫茶店で見舞金を百合子に手渡したことまでを詳細に書いてきた。

そして、一旦百万円ずつ入金し、待ち合わせの前日に出金した証拠だとして、五つの通帳のコピーが添付されていた。更には長野の家を抵当に極度額五百万円のローンを県労働金庫から晴雄が借りていたことや、そのローンの完済を見舞金を頂いた翌日に行ったことなども、登記事項証明書を基に記述されていた。

百合子は驚いた。長野の家の登記を勝手に取られたこともあって、何もかもが猛人たちに知られてしまっていると思わざるを得なかったからだ。どうしよう、どうしたら良いのだろうかと、あたふたするばかりだった。百合子が一番心配したのは、猛人の書いてきたことは事実であったが、それを認めてしまうと見舞金が五百万円であると認めたことになってしまわないだろうか、ということだった。

百合子は、自分ではどうにもできないと分かると、すぐに明夫に電話を掛けた。そして、猛人の書いてきたことは全て事実であると言ってから、教育ローンを借りたこと、今のマンションを購入する為にその教育ローンを完済する必要があったことなどを説明した。

明夫は聞き終わると、何ら動じることなく言った。

「心配することはありません。ローンを借りたことも新宿駅で待ち合わせたこともまた完済したことも事実なら、その通り認めて何ら問題は起きません。違うのは見舞金額だけで、どちらの言い分が正しいかは領収書でもない限り分かりません。ですから、何も心配することはありません。それよりも今お住まいのマンションの売買契約書と現在の登記内容を送って下さい。

猛人さんたちも登記の方は既に取得しているでしょうから、私も確認しておきたいと思いますので」

百合子は、明夫の言葉に安堵すると、速やかに登記事項証明書を法務局で取ると、売買契約書とともに送った。そして、明夫が作成してくれたのが前回（第四回）の調停委員会提出文書であった。

当方が当該添付文書から読み取れることは、「申立人長男名義の五つの金融機関の預金通帳に、平成十五年九月二十二日もしくは二十三日に各百万円が入金され、十月七日に各百万円が出金されたことが記載されている」ということだけである。また、次男故晴雄の長野の家を抵当にして、ローンを借りたことと並びに完済したことを登記事項証明書を基に記述してあるが、これらのことがなぜ見舞金五百万円を渡した証拠になるのか全く理解に苦しむ。

李下に冠を正さずとの諺もあるので、ローンの件に関して経緯を簡単に説明する。

次男故晴雄の次男が大学進学するに当たって（長男は大学生）、平成十年二月三日に極度額五百万円のローンを借りた。平成十五年二月に次男故晴雄がガン治療の為に都内の病院に入院した。治療が長引くことが予想されたので、通院に便利なようにと都下桜野市にマンションを購入することとしたが、他にローンがあっては契約ができないことが分かり、残金を完済する必要があった。平成十五年十月八日に亡父正義からのお見舞金百万円を頂いた。その翌日、手元資金と合わせてローンを完済した。以上が経緯である。

更に一言述べておく。中立人長男が被相続人五木正義名義の通帳より二千二百三十万円を勝手に引き出したことを、当方は出金表（平成十四年二月より七年間）を示して明らかにし、中立人長男はこれを認めた。さて、中立人長男は平成十五年九月二十二日に被相続人五木正義より見舞金を預かったと言うが、この出金表を見て分かるように、預かったと言う日より一年前まで遡って合計しても出金額は三百二十万円にしかならない。どこに五百万円があったと言うのであろうか。

百合子は、このようなこれまでのやりとりを思い出しながら、いよいよ猛人が書いてきた亡夫晴雄の特別受益の項を読んだ。

相手方らは、「故晴雄が通院に便利なようにと都下桜野市にマンションを購入することとした。ところが他にローンがあっては契約ができないことが分かり、残金を完済する必要があった。平成十五年十月九日にローンを完済した」と主張しているが、晴雄の買ったマンションの登記簿謄本の甲区1番を見ると、契約日は平成十五年九月三十日となっている。完済するまでは契約ができないと言いながら、残金を完済する十日も前にマンションの契約をしている。これはどういうことであるのか。相手方らの主張は全く矛盾している。

なお、父正義より現金五百万円を預かった時、この金をどうして工面したのかなどと詮索することはできなかった。それ故に父正義がどのようにして五百万円を工面したかは全く分からない。

百合子は頭の中が真っ白になり、「相手方らの主張は全く矛盾している」との文章だけがグルグルと駆け回っていた。

二十五

「ここが市営住宅北乃坂団地なの」

亜矢は広場の横に車を停めた。広場の一画には砂場があり、ブランコやシーソーもあった。その広場の奥と右手に四軒長屋の平屋が立ち並んでいる。人影は見えなかった。

青空の下で、それらの長屋は時代に取り残された姿を見せている。

明夫は、公図を入れた薄いバインダーを持って、先に車から降りると辺りを見回した。

団地に面して広い道路が走り、少し離れたところにコンビニエンスストアが見えた。

「良いところだね」

「数年後には建て替える計画があるようなことを、以前お義姉さんが言ってたわ」

「なるほどね。しかし、もっと早くに建て替えても良いくらいだ。ちょっとした地震でも危ない感じがする。……団地の約七割がお義父さんの土地で、他には南に少し離れたところに自用地が三つある。そっちも見てみよう」

明夫は広げた公図を指で示しながら言った。公図には猛人が調停申立の時に提出した遺産目録、及びその後の貸地一覧表を基に、故五木正義所有の土地を水色で囲んであった。更に貸地にはピンクの附箋が貼られ、自用地は、宅地、田、畑、山林、原野、その他の六つに色鉛筆で区別されている。

団地の南面には個別の家が十数軒建っている。明夫たちはその前を歩きながら、目的の場所を探した。自用地の一つは、その中の奥まった所にある空き地だった。

「どうして、ここだけ、こんなふうになってしまったのだろう」

明夫は空き地に立ち、首を傾げた。日当たりは良かったが、ここまで通る道路がなかったのだ。

「本当ね。こんなに広いのに」

空き地は百坪ほどあった。

「まあ、場所と現状を確認するのが目的だから、次へ行こう」

明夫と亜矢は残りの二つの場所を確認してから、北面会まで歩いて行った。

北面会は広い敷地を高い塀で囲んでいた。門の正面に病院のような建物が立ち、その他にも二つの別棟が建っている。明夫たちは立ち止まることはなかったが、三台のマイクロバスと遠いところに集団の人影が見えた。

東側に回ると、道を挟んで一般住宅が並んでいた。道幅は狭く、車のすれ違いはできそうになかった。

「あら、おかしいわ。この畑は北面会で使っているみたい。あそこにトラクターが見えるけど、北面会って書いてあるわ」

亜矢は、北面会の隣にある畑を指差した。塀に寄せるようにトラクターが置かれてある。

「そうだね」

明夫は公図を広げた。

「間違いない。ここは北面会に貸していないね」

「でも、どうして使っているのかしら」

「実際は分からないが、形としてはお義父さんの名代として、猛人さんが無料で貸したのだろう」

「それで、良いんですか？」

「土地の所有者が良いと言ったのなら一向に構わないさ。我々は土地の現況を見に来ただけだからね」

亜矢は十分に納得していないようであったが、明夫は先に足を運んだ。

亜矢たちは北乃坂団地や北面会などの貸地を見て回ると、次に篠咲山の麓へ車を走らせた。

篠咲山は若葉山の東に位置し、山裾が連なっている。この山裾から篠咲山への山道の手前にも自用地があった。更には篠咲山の一画（どの辺りかは分からないが）は、故五木正義他数名の共同所有となっていた。

亜矢は子供の頃に幾度か連れて来られたことがあると言い、梅林の前で車を停めた。三百坪ほどの梅林が目的の自用地で、それなりに管理されているらしく、どの梅の木も枝は低く切り揃えられている。

「昔は半分が畑で、残りは椿が植えられていたの。おばあちゃんに連れられてよく来たから、すっかり変わってしまったけれど、やっぱり懐かしいわ」

「実家からここまでだと、歩いてどのくらい掛かるのかねえ」

「あなたの足なら二十分くらいだと思うわ。あっ、それから、向こうにベーカリーカフェのお店が見えるでしょ？」

亜矢は、実家に向かう農道の先を指差した。

「あの横にも畑があったの。今は駐車場のようになってるわ」

「ほう。それならちょうど良い。その店で軽い昼食としよう」


午後、亜矢たちが家に戻って来て間もなく、百合子から電話が入った。

亜矢と百合子は、しばらく色々と話をしていたが、やがて、

「あなたに相談があるそうです」

と亜矢が明夫に電話を渡した。

「替わりました。明夫です」

「百合子です。お忙しいところを、いつもすみません。今日は色々なところを回って見てくださったそうですね。ありがとうございます。私は何もしない上に、いつもご相談させてもらうばかりですみません」

「いえ、実際に見て回ると知らないことが分かって、結構面白いものです。ところで、どのようなことですか？」

「すみません。準備書面㈣が昨日届いたのですが、見舞金に関するところで、『完済するまでは契約ができないと言いながら、残金を完済する十日も前にマンションの契約をしている。これはどういうことであるのか。相手方らの主張は全く矛盾している』と言っていますが、私には矛盾していることさえも理解できません。ただ驚くだけで、どうしたら良いのか分からないのです」

「分かりました。ちょっと待って下さい」

明夫は手元にあった準備書面㈣を広げた。

「ああ、ここですね。これは猛人さん側の勘違いです。なので、分からなくて当然です」

「は？　どういうことでしょうか？」

「猛人さん側が勘違いしているだけで矛盾では無いということです」

「矛盾では無いのですか？」

「ええ。只の勘違いです。問題のところを読んでみます。『マンションを購入することとしたが、他にローンがあっては契約ができないことが分かり、残金を完済する必要があった』と私は書きました。ここでの契約はローン契約のことです。ですから正確に表現すると、『マンションを購入することとしたが、他にローン（契約）があっては（新たなローン）契約ができないことが分かり、（既存ローンの）残金を完済する必要があった』ということになります。ところが猛人さんは新たなローン契約のことを売買契約のことだと勝手に思っているようです。ですから、十月九日のローン完済の前には契約できない筈の売買契約が九月三十日に為されているので、説明と合わない、矛盾だと言ってきたのだと思います」

「そうなんですか、ああ、良かったです。矛盾という言葉だけで慌ててしまって、済みませんでした」

「いや、私の書き方が不十分であったことも確かです。二重ローンが一般には認められないことや、売買契約は手付金を支払うだけで簡単に結べること等は当然分かっているものと考えていたので、不十分な書き方をしてしまいました」

「売買契約は手付金だけで、できるのですか」

「ええ、そうです。実際に今のマンションの場合、送って頂いた売買契約書によると、……三十万円程となっています」

明夫は、ピンクのバインダーを開きながら答えた。

「そうなんですか。私は、何も分からなくて」

「誰でもそんなものですよ。ところで、百合子さんにお願いがあります。この売買契約書の契約日は五月九日ですが、登記簿には九月三十日となっています。これがどうも不思議なので、マンションを管理している会社に直接聞いてみたいと思います。そこで、管理会社の電話番号を教えてもらいたいのと、最初に百合子さんから管理会社に電話をして、私沢田が売買契約のことで電話を入れることを伝えてほしいのです」

「はい、分かりました。すぐに管理会社に電話をしまして、それから折り返しご連絡致します」

安堵した様子で、百合子の声は明るかった。


「沢田と申します。初めてお電話を致します」

「あっ、つい先程五木様からお電話を頂きまして、お話は伺っております。売買契約のことでお聞きになりたいことがお有りだと聞いておりますが、どのようなことでしょうか」

「早速にありがとうございます。実は、マンションの売買契約書は平成十五年五月九日の日付で交わされていますが、登記簿には同年九月三十日となっています。これは、どのように考えたら宜しいのでしょうか」

「承知致しました。沢田様が言われましたように売買契約は平成十五年五月九日で間違いございませんが、その時点では未だ当該マンションができておりませんでした。実際にマンションが出来上がって登記致しましたのが同年九月三十日でして、登記された物件に対して売買契約を行ったものと見なされるわけですから、登記以前の契約の場合には登記した日付をもって売買契約をしたものと、させて頂いております。なお、これは当社だけのことではなく、他の会社でも同じようにされているケースが多いかと思います」

「よく分かりました。丁寧に教えて頂き、ありがとうございました」

翌日、明夫は作成済みであった第五回調停委員会への提出文書に、見舞金に関する項目を加えた。だが、義母千鶴子の成年後見人選任申立については触れなかった。亜矢たちは成年後見人を望んでいること、猛人は認知症検査を拒否したこと、この二つが明確になった以上は暫く静観していても問題は起きないだろうと考えたからだ。

明夫は、作成した提出文書を持ってリビングに下りた。

亜矢が待っていたかのように紅茶をいれ、チーズケーキを皿に載せて来た。

「ケーキ屋さんの前を通ったら、急に食べたくなったの」

「なるほど」

明夫は早速に食べ始めた。亜矢はフルーツケーキを食べている。

「どうですか？　文書の方は？」

「ああ、できあがったよ」

明夫は文書を持ち上げて見せた。

「後で読んでおいてほしい。問題なければ、克己さん百合子さんに送ろう」

「はい。……あら、雪だわ」

窓の外では粉雪がチラチラ舞っていた。

二十六

三月十六日、第五回調停委員会が開かれた。

亜矢たちは第五回調停委員会への提出文書を提出した。

ペラペラと数枚を捲ってから、男性調停委員は亜矢たちに四枚の紙を寄越した。

一枚目は「相続分譲渡届出書（脱退届）」で、五木千鶴子の住所氏名と実印が押されてある。

二枚目は「相続分譲渡証書」で、「甲は乙に対し、本日、被相続人亡五木正義（本籍××県墨河市楊島五〇一）の相続について、甲の相続分全部を無償譲渡し、乙はこれを譲り受けた」とあり、甲に五木千鶴子、乙に五木猛人の住所氏名と実印が押されてある。三、四枚目は両人の印鑑登録証明書であった。

亜矢たちの手元に渡ったことを確認してから、男性調停委員はおもむろに言った。

「この譲渡に対する皆さんの回答としては、譲渡を認めるか、認めずに裁判所に訴えるかのどちらかとなりますので、次回に回答をお願いします」

「譲渡を認めるというのは、どういうことですか？」

克己が尋ねた。

「お渡しした譲渡証書に記載されている通りのことで、お母さんの相続分の全てを、猛人さんに無償譲渡するという内容ですから、皆さんが認めると、お母さんの相続分は無くなり猛人さんがお母さんの分も相続することとなります」

「認めなければ、どうなりますか？」

「最初にお話ししたように、認めない場合は皆さんが裁判所に訴えて下さい」

「裁判所に訴えるようにと言われましたが」

と百合子が質問した。

「私たちは裁判所の中で調停をしていただいております。書記官の人とご相談したら良いのでしょうか？」

「いえ、地方裁判所に訴えることになります。……この調停は家庭裁判所に申し立てられた遺産分割申立を受けて行われているものです。譲渡の無効を争う場合は地方裁判所となります。ですから、認めない場合は地方裁判所に訴えて下さい」

百合子は驚いて亜矢の方を向いた。

亜矢もまた驚いた顔で百合子を見た。

「それから次回ですが、遺産分割案を提出して下さい。皆さんから先に出された方が良いでしょう。この件で何か質問はありますか」

亜矢は家に戻るや、「大変なことになったの」と言って、相続分譲渡証書を明夫に手渡しながら、調停委員会で言われたことを、まるで急き立てられるかのように一息に話した。

この譲渡を認めるか、認めない場合には裁判所に訴えるかのどちらかになること、その回答を次回の調停委員会にすること、また譲渡の無効を争う裁判所は家庭裁判所ではなく地方裁判所となることなどだ。

そして、亜矢たち三人は譲渡に反対であることも説明した。

明夫は譲渡証書をしばらく見つめていたが、やがて亜矢の言ったことを一度一つ一つ確認してから、

「他には特に何もなかったんだね」

と聞いた。

亜矢は、すぐには答えられなかった。男性調停員の顔を思い浮かべた時に、調停の終わりに言われた言葉を思い出した。

「ごめんなさい。次回に遺産分割案を出して下さいと言われました。皆さんから先に出された方が良いでしょうとも」

明夫は小さく頷いてから言った。

「分かった。譲渡証書のことは、しばらく考えてみよう」

「訴えるしか、無いんですか？」

「それも含めて考えてみる。しかし、一難去ってまた一難とはね」

明夫は笑ってみせてから、ゆっくりと書斎に上がって行った。

庭では紅白の可憐な梅の花が愛らしく咲いている。また右手の畑との境の辺りにはレンギョ

ウの黄色い花が咲き誇っている。

亜矢は籐椅子に座ったまま、裁判になったらどうなるのかと考えていた。裁判が調停と違うことは分かっていたが、どう違うのかはよく分からなかった。どんなことを聞かれるのかしら、難しい質問をされたらどうしようなどと考えているうちに、或る裁判ドラマを思い出した。色々な質問をされて上手く答えられない主人公が最後には無実の罪を着せられてしまう内容だった。亜矢は思わず身震いをした。

今の調停に出席することでさえも心身ともに疲れ切っている。それなのに、これから新たな裁判に向き合うことなど到底できない。そう考えると、もう亜矢は心配で居ても立ってもいられなかった。明夫にこの気持ちを伝えなければと、思わず籐椅子から立ち上がりかけて、やっと思いとどまった。「譲渡証書のことは、しばらく考えてみよう」と明夫が言った言葉を思い出したのだ。

亜矢は、無理にも心を落ち着かせようとした。自分では何もできないけれども、きっと明夫は良い知恵を出してくれる。信じて待っていることだけが自分にできること。亜矢は何度も自分に言い聞かせた。


翌朝、明夫は二階の書斎でモーツァルトを聞きながら、パソコンに向かっていた。

ブレインによるホルン協奏曲集だ。朝には協奏曲がよく合う。第一番第一楽章冒頭のメロディーが流れるや一瞬にしてモーツァルトの世界が広がる。肩肘張ることなく、媚びることなく、飾ることなく、水が高きより低きに流れるように、音楽が流れる。何処かで聞いたようなメロディーでありながら、何度聞いても聞き飽きることがない。ホルンの響きが心地良かった。オーケストラも独奏楽器も互いに出しゃばることはない。いつしか、朝もやの森の小道を歩いている気分になる。

ネット新聞を幾つか読んでから、改めて相続分譲渡証書について考えてみることにした。昨日、調停から帰って来た亜矢が「大変なことになったの」と言った。そして相続分譲渡証書などを手渡した。話を聞くと、母千鶴子の相続分を全て猛人に無償譲渡するということで、確かに証書にはそのように書かれていた。一瞥して明夫は驚いた。無償譲渡という手段があるとは夢にも思っていなかったのだ。まさに青天の霹靂と言えるものであったから、「しばらく考えてみよう」と答えるのが精一杯であった。

その日は何もしなかった。予想もしない出来事に遭遇した時には、なるべく思考を止めるのが、いつもの明夫のやり方であった。

そして、一夜明けたこの日、明夫は改めて相続分譲渡証書について考えてみることにした。インターネットで『民法』の条項を検索すると、無償譲渡の語句はなかったが贈与はあった。贈与は無償譲渡契約のことであるから、第五四九条から第五五四条までの贈与の節を読んでいった。第五四九条には「贈与は、当事者の一方が自己の財産を無償で相手方に与える意思を表示し、相手方が受諾をすることによって、その効力を生ずる」とある。

亜矢たちに渡された相続分譲渡証書は、まさにこの条文を満たしている。これはどうにもできないことかも知れないとの不安が脳裏を横切った。だが、何とかしなければ、亜矢たちが求めている母千鶴子の権利を守ることができない。裁判所に申し立て、譲渡証書の無効を示す以外に道は無いのだろうか。

どうしたら良いのだろうかと考えながら顔を上げると、冠雪の山々が目に入った。しばらく眺め続けた。「知者は水を楽しみ、仁者は山を楽しむ」という孔子の言葉が浮かんだ。分かるような気がした。さてさてどうしたものかと思った時に、認めないからと言ってなぜ亜矢たちが裁判所に訴える必要があるのかという素朴な疑問が湧いた。お互いの主張が異なり、かつ話し合いでは決着がつかない場合には、今回のように裁判所に訴えることになる。だが、それはどちらが訴えても良いのであって、むしろ、自分の主張を速やかに相手方に認めさせたいと考える方が訴えるのが一般的であろう。

明夫は冠雪の山を眺めながら、ではどうして調停委員は亜矢たちに訴えるように言ったのだろうと首を傾げながら、譲渡証書の作成日を改めて確認した。平成二十三年二月二十五日とあった。亜矢たちが成年後見人選任申立の支援願いを提出したのは前回第四回調停で二月二日であったから、支援願いを受けてから猛人側が慌てて作成したことは明らかだった。

それを知りつつ調停委員は、亜矢たちに認めるか訴えるかと言ってきた。相変わらず猛人の肩を持っているのだろうか。しかし、このようなものが認められるとしたら、そもそも遺留分が存在する意味が無くなってしまう。

明夫は次に、民法の遺留分に関する条項を開いた。

第一〇三〇条に、「贈与は、相続開始前の一年間にしたものに限り、前条（これは遺留分の算定）の規定によってその価額を算入する。当事者双方が遺留分権利者に損害を加えることを知って贈与をしたときは、一年前の日より前にしたものについても、同様とする」とあった。

明夫はしばらく条項を見つめていたが、やがて県弁護士会松藤支部に電話を掛けて弁護士相談（有料）を申し込んだ。

一週間後のその当日、裁判所敷地内にある松藤支部一階の窓口で受け付けると、あまり待つ事もなく相談室に案内された。

弁護士小早川誠一は恰幅の良い老紳士であり、横にアシスタントの若い女性が座っていた。明夫が経緯を述べた後で、譲渡証書は認めるつもりはないこと、また裁判所に訴えるつもりもないが、それで問題はないかを問うと、その前に調停委員は譲渡を認めたのかねと言った。

「まずはその確認が先だ。調停委員は自分たちがなるべく責任を負わないようにするだろうから、認めたとは言わない筈だ。調停委員が認めていなければ、別にあなたたちが訴える必要はない。譲渡証書を認めさせたければ提出した方が訴えることになるだろう」

「分かりました。更にお伺いしますが、遺留分に関して、民法一〇三〇条に、当事者双方が遺留分権利者に損害を加えることを知って贈与した時は、贈与の減殺を請求できると読みとれますが、それで宜しいでしょうか？　また、このことは母親が死亡した時に行うということで宜しいでしょうか？」

「どちらもその通り」

「分かりました。では、最後にお伺いしたいのですが、母親の代理人弁護士たる立場の人が、全てを長男に譲渡するなどというのは、母親の弁護士として如何なものかと思いますが、先生のご経験ご見識からは、どのように思われますでしょうか？」

「母親の代理人なら、全部を譲渡するとは言わんよなあ。ひょっとして長男の代理人弁護士と同じ事務所かな？」

「ええ」

「これは、これは」

小早川弁護士は笑った。

「調停委員も、母親は自分の取り分を持っていた方が良いと考えているだろう。あなたは非常に論理的だが、どこかで落としどころを提案することが肝要だ。そして大事なことは調停委員を味方に付けること。あなたならできるでしょう」

二十七

若葉山が間近く見える程に、空は何処までも青く澄み渡っていた。山は眠りから覚め、野には若草が萌え、すっかり春の気配で満ち溢れている。

四月五日の午前十時を回った頃、明夫は克己と共に茶畑の剪定に汗を流していた。

亡き義父五木正義名義の土地は多数あり、この茶畑やその並びの杉林、竹林、梅林も昔は三反の田圃だったところだ。遺産相続で揉めていたから、これまでは手出しをしてこなかったが、近隣の住民が散策で通ること、茶畑でさえ三年近く放置されていること、また昨年秋の台風で杉の大木二十数本が倒れてしまったこと、それに何と言っても克己宅のすぐ傍であったから、放ってもおけずに明夫と克己で維持管理を始めることにしたのだ。克己はこの三月で再就職した会社を退職したので、このこともまた作業には具合が良かった。週に一度、天気の良い日に作業をすることとして、この日がその最初の日であった。

弧状型仕立てで十三列並んでいる茶畑は、蔦が幾重にも絡まり、草の他に竹や笹も生えて、茶の木が埋もれているような状態だった。先ず覆っている蔦を払い、列が現れてから、竹や笹を根元から切っていった。お昼前に、亜矢が来た時には、やっと二列を綺麗にしたばかりであった。


ちょうど昼食を食べ終わった時に、チャイムが鳴った。玄関に出た節子が戻って来ると、

「境界線の現況を調べさせてもらいたいと業者の方が挨拶に来ました」

と克己に言った。

「来月末に楊島区の地籍調査が始まるというので、説明会が半月程前にあったの。今日、亜矢

さんたちが来られた時に、その話をしようと思っていたところなの」

克己の後ろ姿を見ながら、節子が事情を亜矢たちに話した。

「地籍調査って？」

「土地の境界線を決めて、境界の位置や土地の面積を測量する調査なんですって。この結果が新しい土地情報となって登記所で管理されるんですって」

「そうなの？　そう言えば法務局で公図を取ったけれど、この辺りの土地を確認しようとしてもよく分からない場所が多かったわ。古すぎるのね」

亜矢は、ひと月程前に法務局に行ったことなどを思い出していた。

「ええ、そうなんですって。だから、現在の土地を調査測量して新しい地籍を作るそうなの」

「だいぶ掛かるわけ？」

「私たちが立ち会うのは来月末の一回だけと克己さんが言ってたわ」

そんな話をしているところに克己が戻って来た。

「半月前に地籍調査の説明会があって、新たな土地登記簿を作るので敷地内に入らせてほしいと言われていたんだ。事前に色々と調査するらしい。勝手に入ってくれて良いんだが、律儀に挨拶に来たらしい」

「説明会には久志ちゃんや貴美雄ちゃんも一緒だったんでしょう」

久志も貴美雄も亜矢や克己の幼なじみだ。

「ああ。久志ちゃんは俺の横で、前の方に貴美雄ちゃんが居た。兄貴も来てた」

「お兄さんがどうして？」

「親父の土地の立ち会いだろう」

「お兄さんだけが、どうしてかしら」

「俺も変だなとは思ったが、兄貴とは話すのも嫌だから黙っていた。一番前に独りで座ってたよ。調査で一番揉めるのが土地の境界線なので、地権者は立ち会う決まりになっているらしい。立ち会えない場合は委任状を出してくれと言うので、この土地は三人の名義になっているから、真澄は委任状を出すことになる」

「そこまできちんとした確認が必要なら、お義父さんの土地には、克己さんや亜矢にも案内がある筈ですが、おかしいですね」

明夫が首を傾げた。

「本当ですよね。私もおかしいと思っていました」

節子が言った。

「克己さん、確認されたらどうでしょうか。幸い、市役所関係の人が来てますし、良い機会だと思いますが」

「うーむ……。そうですね、話してみましょう」

克己は外に出て行った。戻ったのは二十分程過ぎた頃だろうか。作業着を着た男と一緒であった。

「市役所の担当者が来ていると言うので、呼んでもらっていたんだ」

男は地籍調査課の田端と名乗った。節子がお茶などを出すのを待って克己が聞いた。

「五木正義は俺の親父で、土地は親父名義のままです。今回の調査のことは長兄猛人に案内があったらしいですが、俺や妹の亜矢にはありません。どうしてでしょう。親父の土地は誰か一人が立ち会えば、それでいいんですか?」

「いえ、そのようなことはありません。地権者には立ち会って頂く必要がございます。実は、猛人さんにお送りした案内状に、他の相続人の方へのご連絡をお願いしましたので、聞いていられるかと思っていました」

「聞いていません」

「申し訳ありません。それでは明日にでも、猛人さんにお送りしたのと同じ内容のものを届けさせていただきます。こちらに二通お持ちして宜しいですか?」

「ええ。親父の相続人はお袋と長男猛人、そして俺と妹の亜矢、その他に亡くなった次男の子供二人がいるが、この二人は俺と亜矢とで代表することになると思います」

「承知致しました」


明夫と克己は茶畑の作業に戻った。その後ろ姿が生け垣の陰に消えていくのを眺めながら、亜矢は月末に青森に出掛けることを節子に話した。

「三十日に出て、九日の朝に帰って来る予定なの。連休なのでずらしたかったけど都合がつかなかったの」

「調停が十一日ですものね。毎年のことなので大変でしょう？」

「もう少し近くなら良かったと思うけど、でも、まるで別天地なので気分転換になるの。それに色々なところへ出掛けて泊まるのも楽しみだわ。こんど一緒に行きましょうよ。あっ、それから、分割案がもうすぐ出来上がるので、来週末に集まってもらいたいそうです。百合子さんにも話しました」

「来週末なら大丈夫です。いつも明夫さんに色々と作ってもらうばかりで済みません」

「ううん、そんなことないわ」

などと話しているうちに、話はまた地籍調査のことに戻った。

「良かったわ。地籍調査の人が来た時に、明夫さんと亜矢さんが居てくれて。そうでなかったら、お義兄さんにだけ案内があった訳が分からなかったわ」

節子は紅茶を用意しながら言った。

「でも、お兄さんは酷いわ。調停と地籍調査とは別なのに私たちに連絡しないなんて」

「お義兄さんは調停になっていることが気に入らないんですよ。だから、都筑の叔父さんが亡くなった時も教えてくれなかったわ」

正義の弟都筑茂が亡くなったのは半年程前のことだが、五木家本家にその連絡が入った後も、猛人は亜矢たちには知らせて寄越さなかったのだ。

「ええ、本当。何で俺が連絡しなくてはいけないのだと言いたいんだわ、きっと」

「私もそう思います。それにお義兄さんは有る事無い事を言ってくるでしょ。だから、克己さんは読むのを嫌がって、お義兄さんからの文書が来ても、お前読めと言って私に寄越すの。読まないと駄目でしょと言っても、明夫さんがきちんと対応してくれるから、俺は何も心配していないんだって澄ましてるの」

「まあ⁉」

「私たちは何もできなくて、何もかも明夫さんにやって頂いて本当に申し訳ないです」

「ううん、そんなことないわ。それに明夫さんは調停は初めてでも、現状を確認したり分析したり、その結果などを纏めたりするのが仕事だったんですって。だから、このようなことは大したことではないと言ってるの」

明夫は会社勤めの頃には、顧客の情報システム開発のプロジェクトマネージャーを数多く務め、様々なトラブル対処や顧客折衝を担ってきた。特許権侵害で訴えると現れた企業や難癖を付けて対価を支払おうとしない顧客とやりあったこともあり、また泥沼化した開発プロジェクトを立て直したことも一度や二度ではない。このような明夫の仕事をその当時の亜矢は知る由もなく、遺産相続の問題が起きてから知ったのであったが、実際の仕事の内容は未だに亜矢には理解できなかった。しかし、驚くような分析や的確な指摘そして理路整然とした文書を読むと、明夫がして来た仕事の大変さが分かるような気がしたのだった。

「早く調停が終わると良いわねえ」

「本当。でも、今度が六回目でしょ。まだまだ先は長いと思うわ」

調停が始まって未だ九カ月にもなっていないことに気付くと、亜矢は思わず溜め息をついた。

二十八

「お義母さん、お義母さん」

美知代が買い物から帰って来てからも、なかなか義母千鶴子は顔を見せなかったので、リビングの横の部屋の前まで行くと、呼んでから襖を開けた。千鶴子の姿はなかった。

「おかしいわね」

美知代は呟きながら庭に出てみた。庭にも見えなかった。九十歳を超えた千鶴子は、この頃は滅多に庭に出ることもなく、増してや一人で屋敷外に行くことなどなかった。二年前に義父正義が亡くなってから同居するようになった千鶴子は、始めの頃は勝手に出掛けて、何処かの道端でぼんやり座っているのを近所の人が見つけて家に連れて来てくれたことが二度あった。聞いてみると、家に帰ろうと思ったが何処にいるのか分からなくなったのだと千鶴子は言った。近所の人に連れて来てもらうなど、みっともないと猛人が怒って、それからは一人で外に出さないようにしていた。幸いデイサービスに週六回行かせることができたので、千鶴子の様子を見ることはそう大変なことではなかった。

しかし、この日に限って千鶴子の姿が家にも庭にも見えなかったから、美知代は慌てて屋敷から道に出てみた。左右を見たが人も車も見えない。家の周りを反時計回りに歩いてみた。近所の人たち以外は滅多に通らない道なので、人に会うことはなく車も通らない。何処へ行ったのかしらと考えているうちに、義弟克己の家に行ったのではと思い付いた。

その頃、克己の家では節子が洗濯物を取り込もうと玄関を出たところだった。正面のアカメ生け垣の陰に誰か居るような気がしたが、そのまま洗濯物を取り込んでいると、その人影が現れた。茶色の手編みチョッキを着た白髪の後ろ姿を見て、それが義母千鶴子であることに気付いて驚いた。

千鶴子は節子に気付く様子もなく、きょろきょろと辺りを見回している。

「お義母さん⁉」

節子が駆け寄った。

「ああ、節子さん。そうか、ここが克己の家だったのか。なんだか見覚えがあるような気もしてたんだ」

千鶴子は節子を見て安堵したように言った。

「一人で来られたんですか？」

「うーむ、歩いてるうちに、よく分からなくなってね」

節子は千鶴子に上がってもらい、お茶を出すとすぐに亜矢に電話を掛けた。だが、不在であった。どうしたのかしらと首を傾げた時に、亜矢たちは青森へ出掛けていることを思い出した。せっかくお義母さんが来ているのに、なんてことかしら、どんなに残念がるか分からないわと思いながら振り返ると、千鶴子はお茶を飲みながら、ぼんやりと庭を眺めている。その髪の毛は肩の辺りまで伸びていた。

「ここは良いところだねえ。日当たりが良くて」

「お義母さん、だいぶ髪が伸びましたね」

「え？　なんだって？」

「髪の毛です。髪の毛がだいぶ伸びましたね」

「おっ、ああ、そうだった。髪の毛が伸び過ぎたので切ってもらおうと思っていたんだ。節子さん、切ってくれるかねえ」

「はい。わかりました」

節子は奥の部屋に行き、仕舞っておいたカットクロスやハサミなどを持って来た。子供たちが小学校の頃までは節子が散髪をしていたし、千鶴子の髪も何度か刈ったことがあった。節子は千鶴子の後ろを通って掃き出し窓を大きく開けると、濡れ縁に座布団を敷いた。

「お義母さん、こちらに来て下さい」

節子は千鶴子を内向きに座らせると自分はサンダルを履いて庭に下りた。まだ陽は十分に高い。

「ちょうど今頃は毎年お義母さんと茶摘みをしましたねえ」

節子は千鶴子の髪を櫛で梳かしながら、亜矢だけでなく克己もまた今日に限って旅行に出掛けていることが残念でならなかった。千鶴子もまた亜矢や克己に会えなくてどんなに残念だろう。

「茶摘み……？　じゃあ今は五月かい？」

「ええ。五月二日です」

「そうかい。日にちをすぐに忘れてしまうんだ。五月とは知らなかったよ。そうかい」

「佐和子叔母さんたちも手伝いに来てくれて賑やかでしたねえ」

「ああ、そうだった。思い出すなあ。佐和子たちも来てくれて、色んなことを喋りながら摘んで楽しかったよ。最初のうちは佐和子は茶摘みなんて嫌だと言ってたんだが、まあ来てみろ、青空の下での茶摘みも良いもんだぞと言って、無理に誘ったんだ。何しろ指先が器用で裁縫で小遣い稼ぎをしているくらいだから、家の中ばかりに居るのが好きで出不精なんだが、実際に茶摘みをしたら喜んで、こんどは毎年呼んでくれと言ったくらいだよ。そのうちに指先が器用だから誰よりも速く茶を摘むようになってなあ。驚いたよ」

節子は真っ白くなった千鶴子の髪を切りながら、昔の思い出話を楽しく聞いていた。いつもこんなふうであったなら、どんなに良いだろうに……。

「克己は仕事か？」

「今日は日帰り旅行に行きました。仕事は三月いっぱいで辞めたんです」

「辞めた？　警察を辞めたのか」

「いえ、警察は二年前に辞めて別の会社に勤めていたんですが、もう十分働いたって、そこも辞めたんです」

「ほう？　そうかい」

「今はお茶畑や杉林などを綺麗にしてます。明夫さんや亜矢さんも手伝ってくれて」

「亜矢も東京から来るのかい？」

「亜矢さんたちは墨河に戻って来ています」

「墨河に戻ってる？　おっ、そうなのか。亜矢に会いたいなあ。だいぶ会ってないと思うんだが……。どうも頭がごちゃごちゃしていてよく分からないんだ」

やがて整髪を終えると千鶴子は、美知代が心配しているから帰ると言った。

節子は五木家の屋敷の前で車を停めた。ちょうど道の反対側にカシワの大木が花を付けていた。

「お義母さん、カシワの花が咲いてます」

「おっ、何処だ……？　おお、本当だ。そうか、もう五月か？」

車から降りた千鶴子はしばらく立ち止まって見上げた。

「お父さんに葉を採ってもらおう。子供たちは皆柏餅が好きだからなあ。お父さんは何処だ？そうか、畑か？」

「お義母さん、お義父さんはもう亡くなりました」

「亡くなった？　誰が？　……お父さんが？　そうだったか？　うーむ……」

五木家の屋敷内に入ると玄関先に美知代が立っていた。

「お義母さん、何処に行ってたの。心配したわよ」

玄関の五メートルほど手前まで行くと、その場に立ったままで美知代が言った。節子には何も言わなかった。節子は黙礼をした。

「それでは、お義母さん。私、ここで失礼します」

「そうかい。節子さん、ありがとう」

「失礼します」

節子は美知代に声を掛けたが、美知代は怒ったような顔で黙っている。しかし屋敷内から出ようとした時に、美知代の大きな声が聞こえて来た。

「お義母さん、髪を切ったの？　私がするって言ったのに、どうして勝手なことをするのよ！まるで私が何にもしないように思われてしまうわ。駄目よ、克己さんのところへなんか行ったら！」

節子は驚いて後ろを振り向いた。だが、玄関の中に入ったのだろう、二人の姿は見えなかった。美知代が一方的に話していた。千鶴子の声はしない。節子に髪を刈ってもらったことを美知代が怒っているらしいと分かったが、どうしてこんなことで怒るのだろうかと節子には理解できなかった。キレイになって良かったねと喜ぶのが普通ではないだろうか。いつもこんなふうに怒られているのだろうか。そう考えると節子は、いたたまれない思いだった。また美知代の声が大きくなった。節子は耳を塞ぐようにして、車の中に駆け込んだ。

玄関の開く音がすると、美知代は中廊下を走るように迎えに出た。

「お疲れさま。どうだったの？」

「ああ、学校関係者ばかりだよ」

猛人は先に中廊下を歩きながら答えた。

「明日の告別式も出るんでしょう？」

「現役の校長だからな」

ゴールデンウィークは十連休の会社も多いが、教育長の猛人には関係ない。カレンダー通りの勤務の後、通夜に参列したのだった。

「大変なことがあったのよ。お義母さんが克己さんのところへ行ってたの」

猛人がリビングに入ると美知代が言った。

「なに?!　克己のところへ？」

「ちょっと買い物に出掛けて、帰って来たら居なかったの。慌てて家の周りを歩いてみたけど居ないから、もしかしたらと思ったら、案の定お義母さんが節子さんに連れられて帰って来たのよ」

「家の中に居てさえ、自分の部屋が分からなくなるくらいのお袋だ。一人で克己のところまで行くわけがない」

「ええ、私もそう思うわ。でも……」

「まあ、そんなことはどうでも良い。それよりも一人では絶対に外に出すな。近所に見つかったら格好悪い。出掛ける場合は鍵でも掛けておけばいい」

「ええ、分かったわ。……御飯食べるでしょ」

「どうしようかな。あまり腹は減ってない」

「食べた方が良いわよ」

「先に風呂にする」

猛人は書斎に鞄を置いてから風呂に入った。湯船に浸りながら、美知代の話や出席した通夜のことなどを考えていた。亡くなった墨河中学の校長は酒もあまり飲まず、タバコも吸わず、メタボでもなかった。それでも俺より十歳も若い五十八歳で死んでしまった。人の寿命とはこういうものか。先のことは誰にも分からない。分かっていることは自分の命は自分で守るしかないということだ。いや、寿命だけではない。物事すべて頼りになるのは自分だけだ。俺も七十に近づいているが昔の世代と違ってまだまだ若い。しかも、やりがいの有る仕事を持ち、社会的信用は高く、地域の皆からも頼りにされている。正に順風満帆の人生だ。そう考えると猛人はゆったりとした気分となった。だがすぐに、その気分を掻き消すように、嫌な物が湧き上がって来た。遺産相続だ。猛人は湯で顔を拭った。調停が思ったような進展を見せていないことが余計に苛立たせた。克己たちは証拠がないことを幸いに平気で嘘を吐いておきながら、俺には証拠を出せと喚いている。ふざけるな！　だが、どちらの主張が正しいかは調停委員会が決めることだ。社会に貢献をし、五木家を継ぎ、親の面倒を見てきたのは俺であって、克己や亜矢たちではない。何もしていない奴らの言い分が通って堪るものか！

猛人は湯気の立ち上る天井を見上げると大きく息を吸い込んだ。

二十九

亜矢たちが青森から帰って来た日の午後、節子が沢田家に来て、母千鶴子が家に来たことを話した。

「洗濯物を取り入れようと庭に出た時に、お義母さんが垣根の傍に居られたんです。最初は誰か人が居るとは思っても、まさかお義母さんとは思わなかったので、私、もうびっくりして……」

節子は、克己家に母千鶴子が突然に現れた時のことから始めて、髪を刈ってほしいと言ったこと、髪を切ってあげたこと、亜矢に会いたいと言っていたことなどを、ほとんど一息に話した。そして、義姉美知代が千鶴子を怒っていたことを最後に付け加えた。

亜矢は、母千鶴子が元気で変わりがなかったと聞かされて嬉しかった。節子に髪を切ってもらい、また昔の話もできて楽しかったことだろう。会えなかったのは残念でならなかったが、それだけでも良かったと思った。だが、千鶴子に対する美知代の仕打ちを聞くと、どうしてもっと優しくしてくれないのだろうかと悲しくてならなかった。

美知代が五木家に嫁いで来たのは、亜矢が幼稚園の教諭となった翌年のことなので、亜矢は明夫と結婚するまでの約三年間を美知代と同じ屋根の下で暮らした。二歳年上の美知代は気さくで、また五木家に溶け込もうとして、義父正義や義母千鶴子にもきちんと仕えていた。

しかし、子供たちが生まれると次第に子供中心の生活となって美知代も自分の主張を押し通すようになった。夫猛人は家のことに口出しはしなかったし、義母千鶴子もまた細かい事は言わなかった。ただ昔気質の義父正義は無口であったから面と向かって文句を言うことはなかったが、快く思っていなかった。だからと言って、美知代は自分の言動を変えようとは思わなかった。そんなことの積み重ねからであろう。同居して七年目、それは亜矢が明夫と結婚して四年目のことであったが、美知代はこれ以上は義父正義たちとの同居は嫌だと言って、家を出るとか離婚するとかを言い出したのだった。

そして、別居生活となった時には、正義の世話は絶対にしないと広言し、実際正義が亡くなった時には、葬儀など衆目の場を除いて、手を合わせることも線香を上げることもしなかった。

「私が余計なことをしたもので、お義母さんに申し訳なくて」

節子は言った。

「そんなことないわ。お義姉さんは私たちのすることは何でも嫌なのよ。昔からそうだったわ。節子さんが農作業の手伝いをすると、お父さんは喜んだけれど、お義姉さんは嫌がったわ。お義姉さんは農作業の手伝いはしないことを条件に結婚したので、節子さんに手伝われるのが嫌だったと思うの。それはお義姉さんの気持ちも分からなくはないけれど、せっかく手伝ってくれる人に文句を言うのはおかしいわ」

節子は実家が農家だったこともあり、多少の農作業はできた。それに嫌いではなかった。だから今の地所に引っ越すや早速に稲刈りの手伝いに行くと、義父正義や義母千鶴子は非常に喜んでくれた。ところが手伝いを終えて帰ろうとした節子に、「余計なことはしないで頂戴」と美知代が言ったのだ。

「今月末に地籍調査の立ち会いがあるでしょ。今回のことで、お義兄さんが何か言ってきて、克己さんと揉めたりしたら困るわ」

「大丈夫よ。お義姉さんとは違って、お兄さんは人前では何も言わないわ」

第六回調停が五月十一日に開かれた。

「前回、お母さんから猛人さんへの相続分譲渡証書を認めるか、それとも裁判所に訴えるかについて、皆さんに検討をお願いしました。早速ですが、検討結果をお聞かせ下さい」

「その前に、一つ確認させていただきたいことがあるのですが」

克己が明夫たちと打ち合わせた通りに質問した。

「何でしょうか」

「調停委員会として相続分の譲渡を認めたのかどうかをお聞かせ下さい」

「そのことは申し上げられません」

「認めたのか否かは答えられないということでしょうか」

「その通りです」

克己たちは何も言わなかった。ただ黙って男の調停委員の顔を見ていた。

「……では先ず遺産分割案を提出願います」

何事もなかったかのように調停委員が言った。

亜矢たちは遺産分割案（二十数頁）並びに添付文書（十数頁）を手渡した。

男性調停委員は提出された文書の最初の頁にしばらく目を通した。

「遺産分割案は公平を旨とし、可能な限り法律に準拠するものとする。まず相続財産を求め、その相続財産に特別受益を加え、また寄与分を差し引いて、みなし相続財産を求める。次に、みなし相続財産を法定相続分割合に従って分割するとともに、特別受益及び寄与分を反映して各相続人毎の取り分額を求める。その後に各相続人の取り分に応じた分割案を作成する」

と書かれ、次の頁より具体的な内容が記述されている。

男性調停委員は珍しく長い時間を掛けて分割案を読んでいた。

遺産は不動産がほとんどで、不動産の評価は相続税申告に準じて作成してあり、その他は猛人が調停委員会に提出した遺産内容をそのまま記載してある。

特別受益は、故晴雄が三百万円（新築時二百万円及び見舞金百万円）、克己が約六百万円（現在の地所）、亜矢が二百万円（新築時）そして猛人が約二千万円である。また猛人の寄与分は認められていない。この結果、亜矢たちの取り分は一億三千万円、猛人と母千鶴子の取り分は二億一千万円で、それぞれ約三八％、六二％であった。

不動産を分割するに当たっては、優先的に両者に配分すべき地番を最初に決めた。

猛人側には今住んでいる母屋とその地所、その近傍の土地と田畑、共有地及び土地以外の遺産全て（現金、預貯金その他）とし、亜矢たち側は克己の家の近傍の土地とした。そして、この価額を両者から差し引くと、亜矢たちは一億二千万円、猛人側は一億四千万円となった。

次いで、残る不動産全てをこの比率で分割し、また賃貸料も同じように配分し、更にはなるべく分割する土地が飛び地にならないように勘案したが、どのように分割しても最小単位が地番である以上は比率通りにはならない。そこで、差額は現金で調整することとして、分割案を二つ提示した。これは貸地の分配が異なる二案でどちらを選ぶかは猛人の選択に任せるものであった。

「……次回は、この分割案に対する回答などを申立人から提出してもらいます」

調停委員はそれだけ言うと次回日程の相談に移った。

亜矢は、調停委員が相続分譲渡の話を途中で打ち切ったのには何か理由があるのだろうと思いつつも、ハッキリとした回答を出さずに済んだことになぜか安堵した。

次回は、ひと月半後の六月二十九日と決まって、亜矢たちは裁判所を後にした。

三十日午前九時から楊島区の地籍調査が、五名ずつ二つの班に分かれて行われた。亜矢たちの班は、亜矢、克己、節子、村井伊佐夫そして猛人の五名で、先導するのは作業服を着た市関係の職員四名だ。

あらかじめ敷地は縄などで仕切られており、その仕切り線に沿って進み、ところどころで、また交点のところでは必ず、磯村と名乗った市職員が猛人に確認した。

「猛人さん、どうでしょうか？　この分割で宜しいですか？」

「そうですね、特に問題は無いでしょう」

「分かりました」

このような会話が幾度も繰り返された。市職員の磯村はいつも猛人だけに聞いていたから、これでは他の四人はまるで蚊帳の外とも言えた。

「子供の頃は、この辺りで、どんど焼きをやったものだが、亜矢ちゃん、覚えてる？」

住宅地と田圃との境界を歩いていると、村井伊佐夫が聞いた。村井は克己と同級で家も近かったから、よく一緒に遊んだものだった。

「ええ、よく覚えてるわ。お団子を刺した長い竹の先に、書き初めを飾り付けて、皆で集まったわね」

「ああ、あの頃は楽しかった。書き初めの紙が高く舞い上がると字が上手になると言うので、一生懸命に竹を高く上げるんだが、なかなか上手くいかないうちに燃えてしまってね」

「そうだったわね。でも、今は、この辺りではできないんでしょ」

「そうだね。すっかり住宅地になってしまったからね。と言っても田圃はまだまだ有るから、やろうと思えばできるのだが、面倒臭いと言うので、もう十年くらい前から、やらないようになったんだ」

「やらなくなって、寂しがる子供も多いんじゃないのか。家の息子たちも、どんど焼きを楽しみにしてたからなあ」

克己が言った。

「だが旧家は年寄りばっかりだし、新しい住人は地域のことには無関心だし、なかなか上手く行かんものさ」

「まあ、確かにな」

亜矢たちは付いて回りながら、昔のことや世間話などをしたが、猛人ひとりは黙々と歩いていた。そして、「土地が減っちゃう」と呟いているのが亜矢と節子には聞こえた。

やがて、二時間程が過ぎて元の集合場所に戻ると、市職員の磯村が言った。

「皆さん、どうもありがとうございました。猛人さん、ありがとうございました。いかがでしょう、何か疑問等ございますか？」

「いえ」

「ありがとうございます。それではこれで、本日の確認の方は終わりとさせて頂きます。次回は来月五日となりますので、地権者の方にはまた宜しくお願いします」

話が終わると猛人は、さっさと帰って行った。克己は村井伊佐夫と話しながら歩き出した。

亜矢もまた節子と並んで歩き始めようとすると、ちょうどその方向に市職員が集まって何か話していた。そのまま素通りしようと思った亜矢は、しかし、磯村と目が合った。

「ちょっと宜しいでしょうか」

亜矢は、磯村に言葉を掛けた。

「何ですか？」

「先程の確認でのことですが、どうして兄の猛人ばかりに聞かれていたのですか？　私たちも兄猛人と同じだけの権利があると思うのですが？」

「は？　いえ、これは誠に申し訳ございません。決してそのようなつもりは、ございません。すぐ傍に猛人さんが居られましたものでしたから、つい……。申し訳ございませんでした」

「私の思い違いかも知れませんが、兄猛人だけが特別に扱われていたようにも思われたもので、余計なことを申し上げました」

「決して、そのようなことはございません。皆様に権利がありますことは十分に承知致しております。誠に申し訳ございません。今後、十分に留意して参りますので、ご容赦願えますでしょうか」

「いえ、私こそ余計なことを申し上げて申し訳ありませんでした」

亜矢もまた頭を下げた。

家に戻ると亜矢は、その時のことを明夫に話した。

「出しゃばったことを言ってしまってから、急に恥ずかしくなって」

「いや、構わない。亜矢の言う通りだよ。市職員が猛人さんを特別視しているのは間違いないことさ。なにせ教育長だからね」

三十

秋の彼岸入りの日、明夫と亜矢は墓参りに出掛けた。背後に山を負う菩提寺の境内に車を停めると、雲間よりちょうど陽が射してきた。

本堂に上って参拝し、位牌堂で香を供え、住職に挨拶してから、墓地に向かった。木々の鬱蒼と茂る細い山道を上ると間もなく視野が開け、墓地用駐車場の向こうに墓が立ち並んでいた。既に車四台が停まっており、遠近に人の姿が見える。

墓の清掃は一週間前に終えているので、水を手向け、生花と線香を供えて、明夫は亜矢と墓前で両手を合わせた。

明夫の両親が亡くなって丸四年近くなる。墨河に戻って来たのはその一年前だから、東京を離れて既に五年だ。様々なことを思い出しながら、明夫は目を瞑っていた。

墓参りを終えて墓地用駐車場の辺りまで戻った時に、後ろから声が掛かった。

「やあ、明夫君」

「勝男君か。これは珍しいところで会ったね」

着いたばかりの白いワゴン車の傍に栗原勝男が立っていた。

「あっ、奥さん、こんにちは。ご無沙汰しています」

「いえ、こちらこそ。いつでもまた遊びに来て下さい」

「ありがとうございます。明夫君も遊びに来てよ」

「ありがとう。奥さんは？」

「会社だよ」

「ああ、そうだったね。自分が退職しているものだから、つい忘れてしまって。ところで、早速なんだけれど、来週、時間ないかなあ。米作りのことで教えてもらいたいことがあってね」

「米作りのこと？　珍しいなあ。ああ、大丈夫だよ。木金は出掛けるけど、それ以外なら合わせられるよ」

「確か火曜日は克己さんのところだったね」

と明夫は亜矢に確認してから、

「水曜日の午後二時頃でどうだろう」

「ああ、良いよ。楽しみに待ってるから」

栗原勝男と別れて山道を下り始めると、亜矢が明夫に聞いた。

「寄与分のことですね」

「ああ。経験者に聞くのが一番だからね」

亜矢たちが遺産分割案を提出した第六回調停委員会の約一カ月後の六月十三日に、猛人側から「遺産分割案」が送付されてきた。

だがその内容は、土地の地目（田、畑、山林など）単位の合計金額だけが記載されており、また寄与分と特別受益はこれまでの主張をダラダラと並べ上げたものとなっていた。亜矢たちが提出した遺産分割案には一切触れていなかった。

明夫は、このような不備な内容のものは分割案とは言えない。明細を全て記載し、数字の根拠をきちんと示し、また当方の遺産分割案との差異を明らかにすべしと第七回調停委員会（六月二十九日）に回答した。

するとその一カ月半を過ぎた八月二十日に、やっと猛人側から詳細を記載した遺産分割案が送付されて来た。土地遺産は課税台帳の金額であり、特別受益と寄与分は時価評価であるとの断り書きがあったが、時価評価の根拠は示されず、また亜矢たちの遺産分割案との差異には前回同様に触れていなかった。そして、亜矢たちへ分割する土地に対しては、「止む無くこれを認める」とあったから、明夫は笑いを禁じ得なかった。猛人も相続人の一人に過ぎないと言うのに、また調停中であると言うのに、まるで自分の所有物であるかのような尊大な言い方に、滑稽であると共に哀れを感じた。

また寄与分として、初めて各項目と金額が一覧表として明示されていたが、これらの内容は第二回調停委員会で受け取った寄与分申立書の内容とは大幅に異なっていた。

寄与分申立書には、㋐五木家は旧家であり、先祖が築き上げた財産を次代に渡すのが自分の使命だと思って頑張ってきたこと、㋑被相続人は機械音痴であったから、申立人猛人が全ての農作業をやるようになったこと、㋒申立人猛人は両親の面倒をずっと見てきたこと、㋓五木家は親戚付き合いが非常に多いので、冠婚葬祭などの付き合いは全て中立人猛人の給料で行ったこと、㋔中立人猛人は寺の檀家総代なので、お布施などの費用も中立人猛人の給料から出していることが、具体的な金額等の明示もなく、ただダラダラと書かれていた。

この寄与分申立書に対して亜矢たちは、猛人の主張を全く認めなかった。また、米作り期間（亡父正義と母千鶴子が母屋を出て別棟を建てて暮らすようになって以降）は認めても、収穫した米は猛人自身の収入としているのであるから、寄与分ではないとも反論した。

両親の面倒を見た例として、入院のことが書かれているが、そもそも父正義は日射病で一日だけ入院したことがあるだけであること、食事の世話は母千鶴子の物忘れが酷くなり買い物に出掛けても同じおかずしか買って来ないようになって以降の、父正義が亡くなるまでの一年半のことで、朝食のおかずを頼んだのは間違いないが、そのおかずを用意してくれたのは妻美知代であって猛人本人ではないと反論した。

次に親戚付き合いでの費用に関しては、生前は父正義がきちんと付き合ったに違いないこと、猛人本人名義の出費は自身が支払って当然であることと反論した。だが親戚付き合いが多く冠婚葬祭での出費が大変だと再三言ってきたので、親戚付き合いが多いと言うのなら、例えば猛人の長男の結婚式披露宴御席表を提出するようにと返した。これは親戚付き合いに於いて（特に墨河に於いては）、結婚式に招待することは招待されることになり、招待されることは招待することになるからである。それに猛人の長男の結婚式の親戚関係招待者は明夫の長男の場合と比べても、明らかに少なかったからだ。

寺の檀家総代のこともまた、猛人本人名義の出費は自身が支払って当然のことと反論した。

このような猛人と亜矢たちとの議論の応酬が約一年間続き、ようやく寄与分の項目と金額の一覧表が出たのであったが、猛人は最初の申し立てを忘れたかのように、左記のような新たな寄与分を提示してきた。金額は時価としてあるだけで、その根拠は示されていない。

①米作り赤字分　一千二百万円（年四十万円の三十年間）
②農事作業　六千七百五十万円（年百三十万円の四十五年間で五千八百五十万円、妻美知代分が年三十万円の三十年間で九百万円）
③農機具購入費　九百二十万円
④同居時生活支援費　八百十六万円（年九十六万円の八年六カ月）
⑤父正義食事分　百八万円（月六万円の十八カ月）
⑥隠居新築補助　八百万円
⑦持ち出し分　六百二十三万円
以上、合計一億一千二百十七万円

米作り赤字分は、猛人の農業所得が毎年約四十万円の赤字だという証拠として、直近二カ年の農業関連確定申告（所得金額以外は全て黒塗り）を提出してきた。

農事作業は、寄与分全体の六割に上る六千七百五十万円もの金額でありながら、その作業内容と作業量の説明はない。

農機具購入費は、六種の農機の購入時期、購入金額、そして時価と称して購入金額を二倍した金額の合計だ。

同居時生活支援費は、結婚後の猛人が母屋での同居期間に生活支援をしたと主張してきた。父正義食事分は、亜矢たちも認めた一年半の期間に月六万円のおかず代を要したというものだ。

隠居新築補助は、隠居（別棟）を建てる時にその半額の金四百万円を補助したと言い、その証拠として農協とのローン契約証書とその弁済証明書を出してきた。時価はその二倍とあった。持ち出し分は、父正義名義の通帳から引き出した金額以上に猛人は自分の金を使っていると言って寄越し、その差額が持ち出し分になるというものだ。

最初に申し立てた寄与分と内容が異なっていることや膨大な寄与分金額に驚き憤慨した亜矢は、互いに鬱憤を晴らすかのように百合子や節子と長電話をし合った。一方、明夫は第八回調停委員会（九月七日）に提出すべく、新たな寄与分に対する質問を纏めた。

米作り赤字分に対しては、該当する期間の農業関連確定申告書（黒塗りをしていない）を提出願いたい。

農事作業に関しては、地番単位に次の七項目の一覧表及び総計の提出を願いたい。㋐農事対象の地番㋑農事の内容（米作りなど）㋒農事作業内容（田植えなど）㋓時期（いつ頃）㋔何日間（できれば何時間）㋕日給（できれば時給）㋖金額（㋔×㋕）。

父正義食事分に関しては、月に六万円というのは父正義一人のおかず代のことであるのか、それとも父母二人分の金額なのかを明確にしてもらいたい。

隠居新築補助に関しては、中立人長男が昭和五十六年四月二十六日に二十年ローンで金四百万円を借り、二年後の昭和五十八年四月二十一日に当該金額を弁済したことが示されている。ただし、そのことと寄与分に値するかは別物である。

事の起こりは中立人長男の妻の言動から発した問題であり、中立人長男及び中立人長男夫婦のことを考えて、父正義が止む無く、別棟に住むことにしたものである。中立人長男夫婦は、父正義所有の広い家に無償で住んでいながら、そのことに対して何ら恩恵を感ぜず、別棟を建てるに当たって半分を支払ったから、その分は寄与分に当たると主張するのは道理に合わない。寄与分と主張するのならば、中立人長男が母屋に住んで居ることに対する借家料をきちんと支払ってから言うべきであろう。

別の視点から述べる。子供たち二人の父親でもある中立人長男は四百万円を借りてから丸二年で弁済しているが、契約条件で試算すると二年間で約四百七十六万円支払ったことになる。昭和五十六年当時の中学校教員の年収（四十歳として）は四百三十万円前後と思われるから（県職員の給与の概要や大卒初任給の比較などより推定）、父正義が支払ったと考えない限り、とても弁済できる金額とは思われない。

最後に、時価と称する倍率の根拠を明確に示して頂きたい。

明夫の思惑は、猛人に語らせることにあった。事実であれば、どのような切り口から質問しようが、齟齬は発生しないであろう。だが、作り事であれば答えていくうちに必ず襤褸が出る。その為には、より多くのことを語らせる必要があった。そこで、先ずは以上の質問などの文書を、二週間前の第八回調停委員会に提出したのだ。

「経験者に聞くのが一番だからね」

明夫は細い山道を下りながら亜矢に答えた。

「調停委員の人はどうして何も言わないのかしら」

「何を？」

「お兄さんの寄与分は最初の申立の時とは違っているわ。それなのに、どうして認めるのかしら」

「別に認めたわけではないさ。我々がどのように反論するかを待っているのだろう。それに猛人さんが寄与分の内容を替えてきたということに対しては、心証は良くないだろうね。まあ、我々の質問にどう答えてくるか楽しみにしていよう」

話しているうちに明夫たちは寺の境内に戻っていた。

お参りの人の姿が三々五々見えている。

三十一

次の日の午後、沢田家に亜矢の友人小岩涼子と野々口郁江、そして涼子の姉光子が遊びに来た。

明夫は書斎で『ロビンソン・クルーソー（第一部）』を読んでいた。三度目であった。難破して無人島に漂流した主人公が二十八年もの年月を独力で生活し、無事帰国するまでがこの第一部に描かれている。想像を絶する境涯に置かれた主人公が強靭な精神力と知恵と行動力で生き抜く孤島での生活は、子供向け冒険物語の形でかつて読んだことがあったが、汲めども尽きぬ生活力（生き抜く力）に驚嘆し、読む度に思いを新たにするのだった。ウイルキー・コリンズの『月長石』の中で語り手が、『ロビンソン・クルーソー』こそ人生の伴侶だと断言しているが、今になって明夫は大いに納得できるものがあった。それにまた、孤島での孤独な生活に憧れを抱く気持ちもあった。勿論、いつでも嫌になったら戻れるという安易な条件付きではあったけれど……。

三時のお茶の時間に、明夫がリビングに下りて行くと、亜矢たちは話に花が咲いていた。

「黒田兼造のコンサートを墨河で開くんですって」

お茶の支度をしていた亜矢が言った。

「未だ計画中で、はっきりと決まったわけではないんです」

涼子は、来年の春頃にコンサートを考えていることを話し、黒田兼造の写真やプロフィールなどを明夫に見せた。

「これから準備を始めてから三、四カ月以上は掛かると思うの。すると、もう来年になってしまうので、それなら四月か五月頃がどうかしらって話していたの」

光子が付け加えた。

「そうですか。それは楽しみですねえ。コンサートはいつもどのくらいの人数なんですか？」

「三十人から五十人くらいです。それで会場はリリーレインはどうかしらと郁江さんや亜矢さんに話していたところなんです」

ギャラリー「リリーレイン」は涼子の家の近くにあって、編み物教室や絵画教室などとともに、パッチワーク展や切り絵展などの作品展も頻繁に開かれている。また十五、六坪の部屋の横には三坪程の厨房が付き、利用者にはコーヒーまたは紅茶にケーキがサービスできるようになっていた。

「五十人は無理かも知れないけれど、四十人くらいまでなら何とか入ると思うの。どうかしら？　郁江さん」

「ええ、私もそう思うわ。それに、ご主人夫婦もよく知ってるし、色々と相談に乗ってくれると思うの」

「そうよね。話してみるわ」

お茶を飲み終えてからも話は続いたが、リリーレインの主人と話をしてみることと、料金設定を検討してみることなどでその日は終わった。

その夜、沢田家に長男幸一郎から女の子が生まれたとの嬉しい電話が入った。

「まあ！　おめでとう。良かったわね。春菜さんも赤ちゃんも元気でしょう？」

「ああ。生まれそうだから病院に行くと電話があったんで、午後は休んで直接病院に行ったら、もう生まれていたんだ」

「何時頃に生まれたの？」

「午後一時十五分と聞いている」

「そう、良かったわね。明日、早速に顔を見に行くわよ。時間はお父さんと相談してから電話するけど、春菜さんに宜しく言ってね」

次の日、朝八時十分の上り電車で明夫と亜矢は東京に向かった。

久し振りの青空が気持ち良く広がっている。

明夫はブレザー、亜矢はコバルトグリーンのツイード風ニットジャケットを着ている。東京駅で乗り換え、柏駅に降り立った時は未だ十一時前だった。

タクシーで産婦人科医院の前まで行くと幸一郎が待っていた。

医院内は明るく静かで、見るからに居心地の良さそうな雰囲気が漂っていた。また広い個室は明るく、春菜がソファーに座って元気そうな笑顔で赤ん坊を抱いていた。

「良かったわね。おめでとう」

「ありがとうございます」

「まあ！　可愛い。抱いても良いかしら」

亜矢は赤ん坊を抱くと春菜の横に座った。真っ白な肌着に包まれるような格好で眠っている赤ん坊が、掌に乗ってしまいそうな程に小さいことに明夫は驚いた。こんなにも小さかったんだと思うと、改めて見つめた。赤ん坊は安心し切って眠っている。見ているだけで心が和んでくるから不思議だ。明夫にも抱くようにと亜矢が言ったが、壊れそうで、また壊してしまいそうで、とても明夫はできなかった。

部屋は二つに区切られ、手前は応接間のような雰囲気でソファー、テレビなどが置かれ、奥に母子の休むベッドが見えた。

亜矢が幸一郎たちを出産した三十年ほど昔の医院では、何人もの産婦と一緒の部屋で、しかもベッドの周りを白いカーテンで仕切られていたから薄暗く、廊下を歩くとギシギシと音がした。それが今はホテルのように綺麗で明るい。

「名前は決めたの？」

「いえ、未だです。幾つか候補はあるんですが……」

「アキナかカエデにしようかと話しているところだけど、漢字を考えると色々と迷ってしまってるんだ」

幸一郎が言った。

明夫たちは幸一郎とともに一度昼食に外出したが、午後三時過ぎに医院を後にした。そのまま墨河に帰る予定であったが、新丸ビルで働く長女菊乃の顔だけでも見るべく亜矢が電話をすると、泊まっていくようにと勧められて、東京駅丸の内中央口で午後六時半に待ち合わせることになった。

「志乃も来るわ」

会うや菊乃が言った。

「ほう、それは良かった。志乃はどうだろうかと話していたところなんだ」

「どうだった、赤ちゃん。可愛かったでしょ」

「ええ、とっても。それに居る間はぐずることもなく、大人しかったわ」

そんなことを話していると次女志乃が現れた。

菊乃の案内で皇居の方へ少し歩いてから、名前にオイスターが付いた店に入った。

「お父さん、牡蠣好きでしょう。電話もらってすぐに予約したの。タイミング良くキャンセルがあってラッキーだったわ」

「確かに混んでるわね」

亜矢が店内を見回して言った。七時前だが、既に満席状態だった。

「一度お昼に牡蠣とベーコンのグラタンを食べたけど、すごく美味しかったわ。他にも色々あるから、好きなのを頼みましょう。志乃、ワインはボトルにする？　お母さんも飲むでしょう？」

「お母さんも飲むなら、ボトルがいいよね」

彩り野菜、生牡蠣、牡蠣とキノコのアヒージョ、ウインナ盛り合わせ、ざる豆腐そして白ワインのボトルと生ビールを菊乃が注文した。

乾杯を終えて、幸一郎と春菜の赤ちゃん誕生を喜び合ってから、亜矢が志乃に聞いた。

「トルコに出張があるって言ってたけど、どうなったの？」

「来月二十五日から約一週間、国際会議の事務方としてアンカラに行くことに決まったわ」

「大丈夫？　中東は色々な紛争があって危険じゃないの？」

「アンカラは人口四百万人以上もある大都市で、会場となる大学やホテルはその中心地にあるから心配要らないのよ」

志乃は都下の国立大学の事務職員だ。学内公募で今回会議の事務方の一人として選ばれたのだと言う。

「見聞を広められて良いことだよ。若い時には積極的にチャレンジして色々と経験した方が良い。ところで、菊乃はどうかな。異動が結構あると聞いたけど」

「そうなの。来年は他のところへ行くかも知れないって言われているの。そんなこともあって、転職しようかと考えているところなの」

「え!?　大丈夫なの？　辞めたりして」

亜矢が驚いたように聞いた。

「今、色々と考えているところなの。今の仕事も嫌じゃないけど、通勤場所が選べないのが一番困るの。それに他に当てもあって。だから来年の一月までには結論を出すつもり。あら、お父さん、もう空になるわ」

菊乃は志乃より七つ上で、派遣社員として新丸ビルで働いている。会社に縛られたくないと最初から派遣を選択してきたのだが、やはり職の不安定さや不自由さに不安を抱き始めたのだろう。だが、いつも前向きで焦ってはいない。

「ありがとう。後一杯だけ生ビールを貰おう。しかし、菊乃も志乃も元気に働いているようだから安心だ」

菊乃が生ビールとカキフライ、そして生牡蠣を追加した。

「生牡蠣にケチャップレモンって初めて食べたけれど、すごく美味しかったわ。あなたもどう？　牡蠣とキノコのアヒージョも美味しいわね」

秋の夜も賑やかに更けていく。

三十二

栗原勝男の家は、いかにも農家といった造りで、入ってすぐ左に倉庫とビニールハウスが並び、広い平屋の南側には客間が二間ある。

その客間から庭を眺めながら明夫は座っていた。

「家内は仕事に行っているものでね。さっそく明夫君から頂いたものを出させてもらったよ」

そう言いながら勝男はお茶と和菓子を明夫の前に置いた。

「店の前を通ったら綺麗な和菓子が並んでいたので、急に食べたくなってね」

明夫は黄身しぐれを取り、勝男は栗餅を取った。

「和菓子は綺麗で季節感があるから、良いねえ。おっと、ところで米作りで聞きたいことがあるって言ってたけど、まさか米作りを始めるわけでもないだろう？」

「実は、妻のお父さんの相続で揉めていてね。みっともない話だけれども調停になっているんだ。相手方の寄与分の中に米作りがあるんだが、こちらは米作りのことは何も知らない。そこで申し訳ないが、米作りについて勝男君に教えてもらおうと思ってね」

「なるほど、それは大変だ。一人でも反対があると話し合いが纏まらないから、最近は調停になることが多いとは聞いている。それに墨河では、未だに長男など家を継ぐ者が遺産のほとんどを受け継いで当然と思っている古い考えの人たちが多いからなあ。まあ、僕の知っていることなら、何でも聞いてくれ」

勝男は明るく言った。

「ありがとう。それでは早速だけど、米の作り方について講義してほしいんだ。農業については何も分からないものでね」

「まあ、明夫君のことだからネットなどで色々と調べていると思うから、それでは簡単に説明しよう」

勝男は、自分の米作りのやり方だけでなく、一般兼業農家での米作りなどにも触れて説明してくれた。

米作りの期間は四月から十月初めまでで、四月になると先ず種もみの準備をしてから育苗箱に種まき機で種まきをし、育苗箱をハウスで二十二日間育ててから田植えとなる。だが、この苗作りが大変なので兼業農家のほとんどは農協から苗を一箱九百円前後で買っている。

一方、苗作りと並行して、四月になると先ず田起こし、四月下旬からは、あらくれ、代かき、そして五月連休の頃に田植えとなる。これらの作業は皆トラクターや田植機など機械作業で、機械ではできない箇所（田圃の隅など）は手作業となる。

田植えからの約四カ月間は水回りと言って、成長具合や雨風の状況によって水量の調整をする為に田圃の水を毎日見て回る。そして九月下旬に稲刈りを行い、脱穀した稲を乾燥させる。昔は田圃で天日干しをしていたものだが、今は乾燥機で乾燥させる。最近は農協に持ち込んで乾燥してもらうケースが多くなったが、この場合だと他の米と混ぜ合わされることになる。最後に、十月上旬に秋の田起こしをして米作りは終了となるが、最近はこの秋起こしをやらない農家も増えている。

また、勝男自身は約一町五反（自分の田五反、他の家の田一町）の米作りをしていること、一反は三百坪で約十アールであること、一町は十反であること、一反で米は八俵とれること、一俵は六十キロであること、大人ひとりが年間に食べる米の量は約一俵であること、各機械作業（田起こし、あらくれ、代かき、田植え、稲刈り）は一反で約一時間と考えて良いこと、なども教えてくれた。

「一通りの説明としてはこんなものだが、他には何か聞きたいことがあるかね」

「おかしな質問かも知れないけれど、怪我や病気とかで自分ではできなくなってしまった時などには、どのようにするのだろう。できないから今年は止めたとはならないと思うんだが」

「そうだね。そのような場合は、同じ農業をやっている知り合いに頼むのが一般的だろうね」

「その場合の謝礼金などは或る程度決まったものがあるのかね」

「農業臨時雇標準賃金表と言うものが墨河市から出されているんだ。軽作業の場合は日給八千円、重作業の場合は一万二千円、また田起こしだと一反で八千円などと決まっているのさ。ああ、そうだ、今年度の雇標準賃金表を見せてあげよう」

勝男は部屋を出て、一枚の紙を持って来た。

「これがそうだよ。各作業毎に標準賃金が記載されている。農機での作業は十アールすなわち一反が基本となっている」

標題に農業臨時雇標準賃金表とあり、あらくれや田起こしなどが八千円、田植えは一万一千円、稲刈りコンバインは二万二千円とあり、また農雇作業軽作業は日給八千円、農雇作業重作業は一万二千円、草刈り作業は草刈り機と燃料込みで一万五千円などと載っていた。請け負うには十二分の金額と思える。見ているうちに、猛人が寄与分として出して来た農事作業の金額はこの雇標準賃金に基づいているに違いないと明夫は思った。寄与分を算出する金額等の根拠として、十分に客観性があるからだ。

「この雇標準賃金表のコピーを貰えないだろうか」

「ああ、後でコピーしよう」

「ありがとう。ところでこの表では田起こし八千円、田植え一万一千円などとあるけれど、先程の勝男君の話では田起こしも田植えも一時間もあればできる作業だと聞いている。そうだとすると高過ぎないかねえ」

「高いとも言えるが、農機を持っているとか経験者であるとかの条件が付くから、まあ、こんなものだろう。それに高い安いは一概には言えないものさ。だから雇標準賃金表があるんだよ」

「いや、確かにそうだった」

明夫は苦笑した。

「続いて別な観点からの質問だが、最近は農家も核家族が多くなっているだろうから、継ぐべき子供が居ないという場合には、どうなるのだろう。自分の代で農業をやめるのだろうか」

「家屋敷を継ぐ者が居ないとなると当然農業をやめることになるだろうね。だが、遠く離れていてすぐには帰って来れないものの定年後などに戻って来ると言うのなら、話は別で、先祖代々の田圃を維持していきたいと考える筈だよ」

「すると、その場合は、先程の雇標準賃金表に基づいた委託をすることになるのだろうね」

「いや、そんな面倒なことはしないよ」

「面倒……？」

「さっきの説明では省いたけれど、水回りだけでなく、機械植えではできない田の隅の手植えや草取り、また畦の草刈りなどなど米作りは色々と細かい作業も多い。だから、個々を委託するのではなく、米作りの一切を任せてしまうのさ」

「そんなことができるのかい」

「ああ。僕が自分の田圃だけでなく他の家の田圃もやっていると言っただろう？　まさに、それがそうさ。僕が掛かる費用の一切を自分持ちで米作りをするので、任せた方は何もする必要がない。ただ、田圃の固定資産税は支払わなければならないが、一反に付き一俵を田圃の使用料として貰える。田圃を維持できて損にはならない。だから、お互いに良い意味で納得できているのさ」

「なるほど。そういう方法があるんだね」

「ああ、最近は多くなっているよ」

「いや、色々とありがとう。米作りの実際を分かり易く説明してもらった上に、墨河市による農業臨時雇標準賃金表があるということや、米作りの一切を委託できることなどを教えてもらい、大いに勉強になったよ。ありがとう」

明夫は率直に感謝の意を告げた。

「いやいや、知っていることが役に立つのなら僕も嬉しいよ。調停のことは分からないが、明夫君が居るから奥さんも安心だろう。おっと、そうだ。この前、市役所の前で近藤君に会ってね。明夫君が帰って来ていることを話したら会いたがっていたよ。今度一緒に会おう」

勝男との話は更に一時間以上続き、明夫が勝男の家を辞去した時には早くも秋の日は暮れかかっていた。


寄与分に関する亜矢たちの質問に対して、猛人から回答があったのは晩秋の十一月二日であった。次回の第九回調停委員会は十一月九日だから、対する調停提出文書の作成には、ぴったり一週間の期間しかなかった。

翌日の午後、沢田家に克己節子夫妻が来た。

「出鱈目ばかりで、全く呆れちまうよ」

克己は開口一番に、そう言った。

「草刈りを四十五年間だと言ってきたが、とんでもない。一度もやったことなどあるものか。草刈りを手伝ってくれと親父が言ってきたことがある。分かった、非番の時なら手伝えると俺が言うと、猛人に草刈りを頼んでも忙しいといつも断られると言ってた。また、教師はそんなに忙しいものなのかとも聞かれたから、俺にはよく分からないと答えたが、実際に一度も兄貴は草刈りなどやったことはない。いや、米作り以外は何もしていないさ」

「草刈りはお父さんがやっていて、自分でできなくなってからはシルバー人材センターに頼んでいるとお父さんが言っていたわ」

「ええ、シルバー人材センターの人が毎年草刈りをしていたのを見ているわ。でも、お義兄さんが草刈りをしているのを見たことはないわ。もし本当にお義兄さんが草刈りをしていたのなら、私や克己さんが見ないことはない筈だわ」

今から約二十五年前に克己は家を建てたが、その土地は亡父正義から生前贈与されたもので、かつては田圃だったところだ。だから、克己の家の周りには亡父名義の田圃だけでなく畑や山林等が多数あったから、猛人が毎年草刈りなどをしたのであれば見逃すことはない、と節子は断言した。

「実家から北に十分ほど行ったところに梅畑があるだろう？　そう、農道に掛かる橋の横だ。あそこには最初、椿が植えられていたんだ。それを親父が梅を植えたいと言うので、椿は俺の家の前の畑に移してから、数十本の梅を植えたんだ。そんなことも兄貴は知らない筈だ」

「それはいつ頃のことです？」

明夫が聞いた。

「引っ越して来た次の年かその次の年だったと思うんだが……」

「真澄が中学校に上がった年だから、次の年よ。克己さんが椿を植え替えている時にお義母さんが来て、真澄はもう中学生か、早いものだなあと言ったのを覚えているわ」

節子が言った。

「そう言えば昔は、お袋が野菜などをよく持って来てくれたなあ」

「お母さんは梅畑の近くの畑で野菜を作っていて、私も何度か一緒に行ったことがあるわ。十年くらい前までは畑で、今は駐車場のようになっているわ」

「ああ、あそこか」

明夫は、一度入ったことのあるベーカリーカフェを思い出した。

「茶摘みの手伝いに、二回だけ帰って来たことがあるの。お母さんの知り合いの人たちが数人手伝ってくれていたけど、お義姉さんは居なかったわ。節子さんも何度か手伝ってくれたんでしょう？　お義姉さんは居た？」

「ううん。お義母さんの知り合いの人だけだったわ」

「手伝うわけなどあるものか。しかし、兄貴は嘘だとバレることを平気で言ってくる。全く何を考えているのだか」

節子が言った。

「私たちは嘘だと分かっていても、調停委員の人には分からないと思っているのよ。調停委員の人は、お義兄さんの方を信用しているって言ってたでしょ」

「最初はそうだったが、兄貴の嘘が幾つもバレた今は違うだろう。と言っても、やっと五分五分になったと考えた方が良いだろう。なにせ兄貴は教育長だし、それに実際に実家を継いでいるからな」

「実家を継いでいると、有利になるわけ？」

亜矢が怪訝そうな顔を見せた。

「いわゆる敷地内別居の形で親父たちが隠居に住み、兄貴たちが母屋に住んできている。一方、俺たちは盆や正月以外はあまり隠居に顔を出していない。ここだけを見たなら、親父たちの世話を兄貴たちに任せて、俺たちは何もしていないと誰でも取るだろう。実際は、俺たちが隠居に顔を出すのを兄貴たちが極端に嫌がったからだが、そんなことは調停委員には分かるわけがない。それに、お袋からは、兄貴を立てて波風を立てるなと言われていたから、親父たちが大事にされていないことを分かっていても、兄貴たちには何も言えなかった。ただ、親父は花が好きだったから、ツツジや水仙など花の名所へ親父たちを連れて行ったことがある。ところが兄貴たちは一度も親父たちを何度か連れて行ったことはない。今考えると、もっと色々なところに連れて行ってやれば良かったと思っている……」

明夫は克己たちの話を興味深く聞きながら、法務局で取って来た公図を脳裏に思い浮かべていた。

三十三

その夜、明夫は公図を広げると、猛人の回答に記載された農事作業の一覧表を横に置いて、地番の確認を亜矢と一つ一つ行った。

農事作業の一覧表には、表頭の左から地番、作業内容、時期、日給または時給、日数または反数、そして金額が記載され、表側は米作り、その他農事、そして妻の寄与分との三項目に分かれていた。

だが、その中身は極めて適当で、とりわけその他農事は昇順に並べられた二十三行の地番に対して、一行目に「草刈り、春から秋、一万五千円、七日×七回、七十三万五千円」、五行目に「茶剪定、春と秋、一万二千円、二日、二万四千円」、七行目に「梅剪定、春と秋、一万二千円、二日、二万四千円」とあるだけで、他の行は地番以外は空白だった。

たぶん空白の行は草刈りのつもりだろうと明夫は思った。

「楊島五六八—二は、お母さんが野菜を作っていた畑で、今は駐車場になっている場所だわ」

その他農事の四行目に記載されている地番を明夫が読み上げると、公図を見ていた亜矢が声を上げた。

「ほう、あのベーカリーカフェ横の駐車場だね。しかし、駐車場を年に七回も草刈りとはね。ということは、次の楊島五六九—三は茶剪定となっているが、地番から言うと梅畑だろうね」

「ええ、そうだわ。それに五六九—四も梅畑なの」

「とすると、地番、楊島六三四—六は茶畑ということかな」

「え？　ちょっと待って下さい。別の公図になりますから。……ええ、そうです。茶畑です」

「成る程、茶畑と梅畑を間違えているわけだ。場所も分かっていないのに、どうしてきちんとした草刈りができるのかねえ」

「でも、勘違いしていたと、きっとお兄さんは言ってくるわ」

「いや、その心配は要らない。一行目の楊島五六一—二が草刈り、五行目楊島五六九—三が茶剪定、七行目楊島六三四―六が梅剪定となっているが、空白の地番は何をしたのかと確認をするだけだからね。また、一日の作業時間は何時間であるのか、草刈りに七回とあるのは同じ場所を年七回行ったということか等も確認する。すると猛人さんは自分の主張にケチを付けられたと亜矢たちに腹を立てるだろうが、地番と現況との確認は行わず、適当に回答して寄越すだろう。そこで、その回答を待ってから茶畑と梅畑の取り違いなどを指摘すれば、今度は勘違いとは言えない筈だ。それに、もし猛人さんが取り違いに気付いて訂正してきたとしても、齟齬は他にもあるから心配は要らない」

やがて、地番と公図との確認を終えた明夫は、次の日、第九回調停委員会への提出文書を纏める作業に入った。

農事作業に関しては、亜矢に話したこと以外に、日給や時給の根拠を示すことを付け加えた。米作り赤字分に関しては該当する確定申告書の提出を要求したのであったが、猛人からは、「確定申告書は農業所得のマイナスを証明する為に提出したものであり、他を目隠ししたのは申立人猛人の給与所得が記載されているからである」とだけ書かれていた。これでは回答になっていないことは明白だが、しばらく放っておくこととした。

父正義食事分に関しては、月に六万円というのは父正義一人のおかず代のことであるのか、それとも父母二人分の金額なのかを明確にしてもらいたいと言ったことに対して、「父正義の分だけ作るわけにはいかない。二人分作るのは当たり前のことである」と回答してきた。二人分が当たり前と言ってきたということは六万円は二人分の金額と読み取れたが、今一度、父正義分のみか父母二人分なのか、ハッキリとした回答を求めることにした。

隠居新築補助に関しては、二十年ローンで借りた金四百万円を丸二年で完済できるとは思われないと言ったことに対して、「この多大な金額のローンを二年間で返済できたのは、申立人猛人の独身時代の貯金と妻美知代の持参金も充てたからである」と寄越した。そこで明夫は、そもそものような大金があるのなら、どうしてローンを借りる必要があろうか。四百万円を借りて、二年間で約四百七十六万円を支払うなど、七十六万円もの大金を捨てるに等しいことを、とりわけ金銭に執着のある申立人長男が行うとは思われない。被相続人の地代収入が充てられたと見るのが最も妥当な推測と思えると記述した。


第九回調停委員会の開催された十一月九日は朝から小雨の降る肌寒い日であった。

亜矢は克己の運転する車の助手席に乗り、フロントガラス越しに雨に煙る町を眺めながら、猛人の寄与分を調停委員はどのように見ているのだろうかと考えていた。

特別受益に関しては、とりわけ亜矢の嫁入り時の家財道具一式など五百万円と、百合子の亡夫晴雄への見舞金五百万円とについて、猛人は手を替え品を替えてしつこく追及してきたが、明夫の理路整然とした反論を受けて、どうにもできなくなったようで、このところは何も言ってこなかった。

しかし、その替わりと言って良いだろう。今度は寄与分として一億円を超える莫大な金額を主張してきた。しかもその内容は調停申立時の寄与分申立書とは大きく異なり、亜矢たちには明らかに嘘だと分かる項目ばかりだった。

けれども、実際を知らない調停委員には嘘か本当かの見極めは出来ない。それを良い事に、長兄猛人は手前勝手なことばかりを言ってくる。それが亜矢には辛かった。こんな出鱈目を言う前に、父母を見てくれていたら、少しでも気を配ってくれていたら、こんなことにはなっていない。

でも……、長兄猛人夫婦だけが悪いのではないと亜矢には分かっていた。猛人や美知代のすることに不満や反発を覚えながらも、何も言えずにいたのは亜矢自身であった。勿論、亜矢にも言い分はある。正義たちが隠居に移ってしばらくすると千鶴子から、もう五木家は猛人の代になったのだから何事も猛人を立てるようにと言われた。隠居に来る場合も先に母屋に挨拶をするように、また猛人たちの気に障るようなことはしてはいけない、兄弟は仲良くしなければいけないとも言われていたのだ。そして、千鶴子が猛人の妻美知代に酷く気を遣っているのを目の当たりにすると、千鶴子に心配を掛けてはいけないとの思いと、両親を見てくれている長兄夫婦のすることに口を出してはいけないとの思いとで、亜矢は言いたい事も言えなかった。

でも、それで本当に良かったのだろうか？　ひょっとしたら千鶴子は、克己や亜矢たちが、猛人のやり方を快く思わないだろうと分かっていたからこそ、猛人を立てるように、兄弟は仲良くしなければいけない、と言ったのではないだろうか……？

そう思った時に、節子から聞いた話が脳裏にまざまざと蘇った。

それは節子が果物を持って隠居に顔を出そうと母屋の玄関傍を通った時だという。

「ここはお父さんと私の家だ。美知代は出て行け！」

母屋の玄関内から聞こえたのは千鶴子の怒鳴る声だった。あんなお義母さんを初めて見たと節子は言った。また、よほどのことがあったに違いないとも言った。

そうなのだ。母千鶴子もまた口には出さずとも猛人たちのやり方に不満を持っていたのだ！

だからこそ、猛人たちの気に障るようなことはしてはいけない、兄弟は仲良くしなければいけないと、亜矢に何度も言ったのだ。ああ、可哀想なお母さん……！　もっと早くに、もっと早くに気付かなければいけなかったのに……との悔いが亜矢の胸を熱くした。

「次の調停は新しい年になってからになるだろう。その後で新年会をやろう」

克己が唐突に言った。

「え？　……ええ、そうしましょうよ。百合子さんも喜ぶと思うわ」

「おっと、噂をすればだ」

車は松藤駅のロータリーに入っており、正面に百合子の姿があった。


男性調停委員は克己が提出した文書にサッと目を通すと、

「申立人の主張と皆さんの主張には、これまでもそうでしたが、相当な隔たりがありますね。皆さんは妥協点については考えられていますか？」

と言って亜矢たちを見た。

「いえ、妥協点など考えたことはありませんが、それは例えば、どういうことですか？」

克己が聞いた。

「中立人の寄与分ですが、三割ではどうですか」

「本当に寄与しているのなら認めますが、何も寄与していない以上認められません」

「二割ではどうですか」

「同じです。親父の方が兄貴に寄与していました」

「うーむ。分かりました。ところで話は変わりますが、第五回調停委員会でお母さんから相続分譲渡証書が出ていますが、この譲渡証書を認めるか否かについて、文書にて次回に回答を願います。宜しいですか？　では、その次回ですが、もう年内は難しいと思いますので、来年一月末頃でどうでしょう。……、わかりました。それでは中立人と次回調停日を相談しますので、別室でお待ち下さい」

相続分譲渡証書は脱退届とともに約八カ月前の第五回調停委員会で亜矢たちは受け取っていた。そして、相続分譲渡を認めるか裁判所に訴えるかの回答を求められたが、調停委員会が譲渡を認めたかどうかを問うと、そのことは申し上げられませんと男性調停委員に言われただけで、そのままとなっていた。だが、やはり中途半端にはできない重要なことなのだと思うと、まるで次回に調停案を出すと通告されたかのように、亜矢は身が引き締まるのを感じた。

翌々日、黒田兼造コンサートのことで、小岩涼子と野々口郁江そして涼子の姉光子が、沢田家に集まった。

涼子が黒田兼造と電話で話し、ネットでスケジュールが公開されていることを知ったという。

「コンサートは来年の昭和の日で、どうかしら。黒田兼造のスケジュールも空いているし、連休の初めだからちょうど良いと思うの」

「良いと思うわ。それに今からなら皆、都合を付けられるでしょ」

亜矢が答えると、郁江もまた同意した。

「リリーレインにも相談したら喜んでくれて、三カ月前までなら、ＯＫですって。それにコーヒーとケーキは出せるそうなの」

光子が補った。

「それなら十分だわ」

「三十五人くらいを考えていて、料金は三千五百円にしようと思っているの」

「いいですね。パンフレットとかは考えているんですか？」

明夫が聞いた。

「いいえ。作れたら良いのですが、作れないので」

「では、私が作りますよ」

「え?!　本当ですか」

「あまり良いのはできないと思いますが、平均点くらいなら大丈夫でしょう」

そして、その十日後には「黒田兼造イン墨河ライブ」と名付けたＡ４一枚のパンフレット（正確にはリーフレット）とハガキサイズのチケットを作り上げて、涼子たちに見せた。

「まあ！　チケットも作って頂いてありがとうございます。どちらもとっても綺麗！」

「黒田兼造のプロフィールも載っているし、紹介文が素敵だわ」

「本当！　……黒田兼造が歌うのは時代を鋭く切り取った歌、時と場所を越えて夢を誘う温かな歌、しなやかでかつ力強い歌である……なんて、いいわ」

「急にコンサートが現実味を帯びてきたわ」

「ええ、凄く楽しみね」

まだ五カ月も先の話であったが、年末年始が来て過ぎ去ると瞬く間に当日となりそうな気がして、涼子たち同様に亜矢もまたわくわくとしてくるのだった。

三十四

平成二十四年は穏やかに明けた。

亜矢の父五木正義が亡くなって、早くも丸三年になろうとしている。

暮れの三十日には、幸一郎と春菜が長女楓を連れて帰って来た。丸三月を過ぎたばかりの楓は丸々と太って、如何にも愛らしい。

志乃は二十九日、菊乃は三十一日に来て、賑やかな元旦だ。

「いつもにこにこ笑って、とても愛嬌があるのねえ。ほら、また笑っているわ」

亜矢が抱きながら顔を寄せると、楓はにこにこ笑った。

「夜泣きは大丈夫？」

「ええ。よく寝てくれるので助かります」

「それは良かったわ」

亜矢と春菜が話している横で、明夫は猪口を口に運びながら幸一郎に聞いた。

「父親になった実感はどうかな？」

「うーん。まだピンと来ていないところもあるけど、勤めから帰って寝顔を見ていると、自分の子供なんだと感じるね」

「可愛くて堪らないんじゃない？」

志乃が熱燗をテーブルに置きながら言った。

「そうなんだろうね」

幸一郎は照れたように笑ってから、猪口の酒を飲み干した。

「明日は何時頃に帰るのかな？」

空の猪口に注ぎながら明夫が聞いた。

「夕方から混み出すので、お昼を食べたら早くに帰ろうかと思っているんだ。お姉ちゃんたちはいつ帰る？」

「私たちも明日の夕方に帰ろうかと思っているの。ねえ、志乃？」

「ええ。三月には休みが取れるから、また、ゆっくり来るわ」

「いや、若い頃は忙しいくらいが一番いいさ。今年は楓も増えて七人となったし、言うことなしだ」

翌二日の午後は、例年のように明夫の妹夫婦二組が年始の挨拶に来て、また賑やかとなった。幸一郎たちが帰ることを話してあったから、いつもより早くに来ると、皆で楓の誕生を祝ってくれて、また妹たち由美子と喜代子は楓を抱いたり、あやしたりした。

三日の午後、明夫と亜矢は克己宅へ新年の挨拶に出掛けた。


一月二十五日水曜日、第十回調停委員会の終了後に墨河駅近くの洒落た居酒屋で、克己節子夫婦と百合子そして明夫と亜矢の五人での新年会が行われた。

「親父が亡くなって以降、思いもしなかったことばかりが起きましたが、今年は決着の年になりそうな気がしています。そんな期待も込めて乾杯したいと思います。それでは皆さん、今年も宜しくお願いします！」

克己の発声で新年を祝うと、早速に場は盛り上がった。

「決着がついたら嬉しいわ。調停日が近づいてくると不安で眠れなくなるの。それに、お義兄さんからの準備書面が届いただけで動悸が早くなるの」

「私もそうなの。出鱈目ばかりと分かっていても読むのが恐くて、初めに明夫さんに読んでもらわないと、とても読めないの」

「ダメねえ、私たちは。意気地がないんだわ。その点、克己さんはそんなこと無いから羨ましいわ」

「そんなことないわよ。克己さんもお義兄さんからのものは嘘ばっかり書いてあるから読みたくないって言うの。読まなければ反論できないでしょうにと言ったら、俺にはできなくても明夫さんがきちんと反論してくれる。明夫さんを全面的に信頼しているから、何も心配していないですって」

「まあ!?」

節子の話を聞いて、亜矢と百合子が同時に驚いた声を上げた。

「でも、本当に克己さんの言われる通りだわ。何も彼にも明夫さんにやって頂いてありがとうございます。今日の調停も、我々は譲渡を認めません、また裁判所へも訴えませんと克己さんが言ったら、調停委員の人は驚いた顔をしていました。ねえ、亜矢さん」

「ええ」

「それはそうさ。調停委員の言うことを普通は誰もが信じる。増してや男の調停委員は県弁護士会会長だ。俺の教えたことと違ったことを言ってきたと驚いたに違いない」

「違うことを答えて、腹を立てたってことはないかしら」

亜矢が不安そうに言った。

「兄貴なら腹を立てるところだろうが相手は調停委員だ。調停委員は公平公正の立場だから、筋が通っているなら何も言わないさ。それに明夫さんが書いてくれた文書は、俺たちの気持ちを完全に代弁してくれている。これを読めば、兄貴たちだって、何も言えないさ」

克己たちが話題にしていたのは、この日の調停に提出した次のような回答であった。

前回の調停（第九回）に於いて、かつて申立人長男側より提出された「相続分譲渡証書」並びに「相続分譲渡届出書（脱退届）」を、当方が認めるか否かについての回答を、改めて調停委員殿より求められましたので、以下に回答させて頂きます。

一、結論
当方としては認めることはできません。

また当方からは審判申立を致しません。

二、理由（左記の通りです）
（一）申立人母五木千鶴子（以下、申立人母と言う）について
（一―一）認知症の疑いのあること
①申立人母の物忘れは、次男晴雄が亡くなる一年前より多くなり、亡くなって半年後には被相続人正義が通帳管理を申立人長男に任せるようになった。そして被相続人正義の亡くなる一年半前からは、申立人長男の妻に、おかずを毎朝作ってもらうようになった。

②中立人長男が招集した遺産分割の話し合いが不調に終わって数カ月後に、中立人母が話したいと言っているから家に来るようにと長女沢田亜矢に中立人長男から電話があった。お母さんとだけ話ができるのなら伺うと亜矢が答えると、いや、お袋は痴呆が入ってるから自分が居ないとダメだと中立人長男は言った（結局、亜矢は行かなかった）。このことは、中立人母が認知症であることを中立人長男自身がハッキリと認めていることの証左である。

③当方は、中立人母の成年後見人中立の支援を中立人長男にお願いした。中立人長男の支援がなくては申し立てられないからである。ところが、中立人長男から拒否された為に、認知症であるか否かの診断は行われていない。

（一一二）相続の権利（民法）を理解していない疑いのあること

①中立人母が生まれ育ったのは大正時代後半から昭和時代初期であり、被相続人正義と結婚したのが大東亜戦争が始まった昭和十六年である。一方、家督制度などといった古い家族法が改められ、相続における男女平等、妻の相続上の地位の向上などを謳った新民法が施行されたのは昭和二十三年一月、すなわち中立人母が結婚した約六年後のことである。また、専業農家の旧家に嫁いだことも大きく影響し、「嫁しては夫に従い、老いては子に従う」の教えや旧民法の家督制度を墨守していて、遺産相続の権利があるなどとは考えたことはなく、被相続人の遺産は長男が全て継ぐことを疑ったことがない。

②しかしながら、申立人母が長女沢田亜矢宅に泊まった日（第一回目の遺産分割協議の半月程前）、長女亜矢が遺産相続の権利（遺産の半分）があること、自分の権利分は最後まで大事に持っていた方が良いことを話すと、「遺産の半分？　そうかよォ。知らなかったよォ。それなら、そうしてくれよォ」と言った申立人母の言葉と驚いた様子を今でも忘れない。

（二）申立人長男五木猛人（以下、申立人長男と言う）について

（二―一）申立人母の権利を侵害している疑いのあること

①前述したように、申立人長男は二回の遺産分割協議に申立人母を加えなかった。これは法に反するとともに、完全に申立人母の権利を侵害していると考えられる。

②遺産分割協議に於いて、またそれ以後もそうであるが、申立人長男が申立人母の権利や取り分について話したことは一切ない。「土地は先祖代々のものだから売らないし分けないと（まるで自分のもののように）言い、預金が百二十一万円あるから、これをお前たち三人で分けろ」と申立人長男は言ったが、この時も申立人母のことについては何ら触れられていない。

③申立人長男は、市役所と被相続人正義とが賃貸借契約を行っている土地（北乃坂市営住宅）に関して、相続人代表者であることを、不法に市役所に届け出た。遺産分割協議の行われる二カ月前のことであり、当方は全く与り知らなかったことである。市役所へ申

し出た書類（添付文書を参照）には相続人代表者名と各相続人名が記載されているが、この相続人の中に、中立人母の名前は無い。

④また、中立人長男から送付された平成二十一年分賃貸料の清算が不当であったことは、これまでの調停提出文書のやりとりから明らかであるが、別の視点から考えると、中立人母の権利はどうなっているのであろうか。なんとなれば中立人長男は賃貸料を全て自分の収入として申告しているのであるから、当然、中立人母の所得を申告していないと考えられる。これは明らかに中立人母の権利の侵害である。

⑤中立人長男は当方が中立人母に会うことを拒絶している。デイサービスでは会うことができず（会わせないようにデイサービス側に依頼している）、調停委員殿からのお言葉添えで、家でならば会わせるとの回答があったが、実際に家に訪ねて行くと、何をしに来たのか等と喧嘩腰に罵倒してくる。これでは、とても中立人母に会いに行くことはできない。中立人母は、既に述べたように古い家族制度に捕らわれていることにより、自分のしたいこともできない。言いたいことも言えない。中立人長男とその嫁に気遣ってのことである。それを良いことに中立人長男は、当方と中立人母を会わせようとしない。しかしながら中立人母が、自分の子供に会うのは、母親としての当然の権利である。そして、その権利は守られなければならないと考える。

（三）申立人母に対する当方の立場について

①当方は、第一回目の遺産分割協議の時より、申立人母に代わって申立人母の権利（遺産の二分の一の相続分あり）を主張してきた。申立人母の代理人弁護士に質問したのも、申立人母の権利をないがしろにしていると思えたからである。これに対して、申立人母の代理人弁護士からは、「答弁の必要を認めない」との回答があり、「相続分譲渡証書」と「相続分譲渡届出書（脱退届）」は、その後の第五回調停委員会に於いて受け取ったものである。

②申立人母の代理人弁護士が、依頼された弁護士としての使命と役割をきちんと果たしているのかどうか、すなわち申立人母の正当な利益を実現して相続問題を解決する為に活動しているのかどうか、甚だ疑問に思わざるを得ない。申立人母の代理人弁護士が、申立人母の立場に立って、申立人母の権利などを、きちんと丁寧に説明してくれたのなら、（申立人母が認知症でないのであれば）賢い申立人母であるから、自分の権利を理解し、その権利を大事にするであろうことは想像に難くない。

終わりに

当方は、高齢であり認知症であると思われる申立人母に対して、できる限り負担を掛けないことを第一義として考えますので、この件に関して、審判申立は致しません。なお、当方は申し立てませんが、当事者である申立人長男自身が審判申立を行えば、譲渡に関する黒白はハッキリするものと考えます。

三十五

松藤駅前大通り沿いにある相川喜多村法律事務所の一室で、猛人とその妻美知代は弁護士の相川総輔及び桐島市郎と話し合っていた。

壁の時計は二月四日土曜日の午後三時を十分ばかり回っている。

「……代々五木家の財産は長男が守っていくのが五木家の家法で、お袋もそのことをよく分かっているので喜んで相続分の譲渡を認めたわけです。それをお袋の権利を侵害しているなどと言ってくるとは呆れてものも言えません」

猛人の顔は憤りで紅潮していた。

「克己さんや亜矢さんは、お義母さんのことを心配していると言ってますが、それは口先だけです」

美知代は、猛人の話が終わるのが待ち切れないといった勢いで話し出した。

「亜矢さんたちは、私たちがお義母さんを見るのは当然だと思っています。私たちは最初からお義父さんお義母さんを見るつもりでいましたから、そのことは構いません。でも、好き勝手な時に現れて、まるで自分の家のような態度を取ったり、自分勝手なことを言ったりされるのは堪りません。お義父さんが同居したいと言ってきて、業者さんに改築の設計までしてもらった時にも、そうでした。そんなことをする必要はない、隠居に住めなくなったらホームへ入れてしまえば良いと亜矢さんに言われました」

「私はその場には居なかったですが、帰って聞いた時には、震えるほど腹が立ちました。自分の親に対してあまりにも冷酷だと思ったからです。そんな亜矢たちが、お袋が可哀想だなどと思うわけがない。とにかく私の言うことすることに何でも反対したいだけなのです」

「よく分かります。しかし、譲渡に関しては意外な回答でした。これまでの主張からして当然ながら裁判所に訴えると思いましたが、認めもしない訴えもしないとは意外でした」

「どうなるのでしょうか？」

美知代が心配げに聞いた。

「保留扱いになるでしょうね。勿論、猛人さんの方から訴えることはできます」

「わざわざこちらから訴えることまでしなくて良いと思うけど、どうかしら」

「ああ。しばらくは放っておこう。それより、どうして、克己たちの了承が必要となるのですか？　手続きに従って作成した譲渡証書な筈ですが」

「執拗に認知症だと訴えている相手の意向を無視することはできないのです。ですから、認めるかそれとも裁判所に訴えるかと問うたわけですが、相手方は、はぐらかしてきちんと答えて来なかったので、調停委員も快くは思っていないでしょう」

「そうなんですか？」

猛人がチラリと目を光らせた。

「調停委員が幾ら公平公正と言っても、好悪の感情は当然あります。善かれと思って助言したことを無視されたのですから、良く思うわけはない。プライドを潰されたと考えてもおかしくはないでしょう」

「そうですね」

猛人は頷いた。男性調停委員は杉村卓二郎と言って、高校の二年後輩だ。今は県弁護士会会長の任にあることは知っていた。

「相手方は、どうも弁護士に不信感を持っているらしい。そう言えば桐島先生に、弁護士の使命とはなどと大層なことを言ってきたことがありましたね」

「ええ、そうでした」

桐島は苦笑いをした。

「お母さんが認知症だと騒ぎながら裁判所に訴えないのも、これだけの遺産分割調停を自分たちだけで対応しているのも、弁護士を信用していないからと思えますね」

「それは亜矢の夫沢田明夫です」

「え？　亜矢さんというのは一番下の妹さんでしたね。その妹さんの夫がどうかしたんですか」

「沢田明夫は疑い深い性格で誰も信用しないのですよ。それに金に細かくて弁が立つものだから、これまでも散々かき回されました。こんなことをするのは沢田以外に誰も居ません」

猛人は嫌な事を思い出すと言った顔で答えた。

「では、調停の文書などもその沢田さんが書いていると言われるのですね」

「そうに決まっています」

「亜矢さんと高校の同期だったと聞いていますが、職業は何をされていたのですか」

「うーむ。よく分からないのですが……」

猛人は美知代を見た。

「確か、ＩＴとかコンピュータとかの仕事だと亜矢さんから聞いた覚えがあります」

「そうですか……、しかし、我々弁護士を信用しないのは勝手としても、調停委員まで信用しないのでは、調停を軽んじていると見られても仕方ないでしょう。調停委員は快く思わない筈です」

「自分のことしか考えないから、いつも相手を怒らせてしまう、それが沢田ですよ。賃借人からの苦情も私のところに幾度来たか知れないほどです」

「なるほど。私たちの真の相手は沢田さんということですか。分かりました」

相川は次に話題を変えて、猛人が父正義名義の通帳から下ろした金の使い方に関して、今一度きちんと説明した方が良いとアドバイスをした。

「相手方は特別受益に当たると言って執拗に追及してきましたから、今一度、家の増改築に使った費用であることを説明した方が良いと考えますが、どうですか？」

「実は、そのことは我々も考えていたところです。通帳を預かった年月を勘違いしただけのことで、それ以外の一切が否定されては堪りません。克己たちがどう考えようが、親父のことに使っただけで、自分たちのことでは一銭も使っていませんから、経緯を含めてきちんと説明します」

「是非宜しくお願いします」


三日前に降った雪が未だ残る三月初旬の午後、沢田家の玄関先に二台の車が停まり、赤い車からは小岩涼子とその姉光子が、白い車からは野々口郁江が降りた。

「いらっしゃい」

玄関の引き戸を開けると、明るい顔の亜矢が待っていた。

二カ月後に迫った黒田兼造コンサートの最終打ち合わせに、集まったのだ。

すぐに明夫も書斎から下りて来て、打ち合わせは始まった。

三千五百円のチケットを四十人が買ってくれたので、リリーレインのママと仮に椅子を並べてみたら、思ったよりも余裕があったという涼子と光子の話から始まって、当日は墨河駅午後三時半着の黒田兼造を出迎えて、会場へ四時頃着く。それまでに会場の準備を涼子の夫武博が中心となって行い、受付は涼子と光子で、コーヒーとケーキのサービスはリリーレインのオーナー夫妻と役割分担も決まったこと。また飲み物の持ち込みは自由なこと。開場は六時からで開演が七時。ライブは約一時間半で終演予定が八時半などと一つ一つの確認が為された。

「ライブが終わってから、近くのお店で黒田兼造歓迎会もするつもりなの。私たちの慰労会も兼ねて。その後、私と武博さんでムギノハラへ兼造さんを送って行くので、お店で解散となるけど宜しくお願いします」

「当日が終わるまで大変ね」

郁江が言った。

「でも、それがまた楽しいの。それに、黒田兼造のライブを皆に見てもらうのも楽しみだわ」

「私も今からとても楽しみだけど、うちの人はクラシックとか歌謡曲ばかりなので、フォークは分からないと思うわ」

亜矢が明夫の方を見た。

「そんなことはないさ。それにライブコンサートだと一体感があって嫌いじゃないね」

「ええ、皆で手拍子したり、本当に一体感があるの。それにビールを飲みながら気楽に聞けるから、明夫さんにはピッタリだと思うわ」

「飲みながら聞いても、良いんですか。それなら最高ですね」

「まあ!?」

談笑は続いた。

その日は涼子たちが帰ると間もなく雪が降り始め、翌朝は大雪が積もっていた。

明夫は朝起きると家の前の雪かきを始めた。それは六時半頃であったが、すぐに綿入り半天やジャンパーにニット帽などを被った近所の人たちが、それぞれ雪かきスコップを持って道に出て来た。こんな大雪は二十年振りですよ、一時間やそこらでは道は通りそうにないですね、仕事が待っているので車を出さなくては、などと話しながらスコップを動かしている。

何とか車一台が通れるようにして家に入ると、もう八時近い。着替えて遅い朝食を取り、書斎に上がった時には九時を過ぎていた。

窓からは見渡す限りに銀世界が広がり、人は勿論、全く車も通らない。しばらく雪景色を楽しんでから、明夫はパソコンに向かい、五日前より作成している次回調停委員会への提出文書を開いた。

特別受益に関するやりとりは前々回で終わっていたから、次回は猛人の寄与分申立に対する反論が主であった。既に、「寄与分申立に対する反論（十五頁）」と「寄与分に関するこれまでの回答履歴（二十頁）」をほとんど完成させていた。

また、この寄与分の反論は、特別受益でのやりとりの反省を踏まえて、「勘違いしていた」とか「遺漏していた」とかの言い逃れを許さないように、疑問に思える事や不審な点などに対しては、例えば、「農事作業の作業内容に於いて、楊島五六一－二は草刈り、楊島五六九－三は茶剪定、楊島六三四－六は梅剪定となっている。しかし、その他の地番はどんな作業をしたのかの明示を求める」などと具体的な事項を示して、猛人からの確認を取った。実際には、茶剪定となっている地番は梅畑で、梅剪定となっている地番が茶畑であったが、茶畑と梅畑が逆となっているのは作業をしていない証拠だと言ったのでは、「勘違いをしていた」と回答されるだけである。だから、先のように質問を行うと案の定、猛人は地番の確認などは行わずに、「記載していない空白の地番は草刈りを行った」と回答して寄越していた。

次に寄与分に関するこれまでの回答履歴を読み直していくと、隠居新築補助のところで目が止まった。しばらく考えてから、バインダーを開き、農機具購入の項目を見た。昭和五十八年八月に百六十万円のコンバインを購入したとあった。一方、隠居新築補助では昭和五十六年四月に四百万円のローンを借りて丸二年後の昭和五十八年四月に一括返済していた。

「これだ！」

思わず明夫は口に出した。

明夫は最初から隠居新築補助など有り得ないと思っていたので、これまで執拗に疑問を投げかけていた。そのうちに、「多大な金額のローンを二年間で返済できたのは、申立人猛人の独身時代の貯金と妻美知代の持参金も充てたからである」と寄越したので、「四百万円を借りて二年間で約四百七十六万円を支払うなど、七十六万円もの大金を捨てるに等しいことを、とりわけ金銭に執着のある申立人長男が行うとは思われない」と返した。すると今度は、「一旦はローンを組んだが、二十年間も弁済し続けるのは馬鹿らしくなったから、手持ち資金をほとんど出して一括弁済したままでである」と寄越した。すなわち昭和五十八年四月時点で手持ち資金はほとんど無くなった筈である。その猛人が、その四カ月後に百六十万円もするコンバインをどうして買えるであろうか。

語るに落ちたことを明夫は確信した。

三十六

四月十八日水曜日。まさに春の陽気となる。

亜矢たち三人は、午後一時十分には家庭裁判所三階の第二待合室の長椅子に座り、呼び出されるのを待っていた。

第十一回調停委員会に提出するのは、「第十一回調停委員会への提出文書」、「寄与分申立に対する反論」、「寄与分に関するこれまでの回答履歴」、そして「亡父正義の生活について」の四文書と添付文書で総計五十頁余りである。

「亡父正義の生活について」は、正義が亡くなるまでの四十五年間（これは猛人が主張している寄与分期間）を生活の形態ごとに六つの期間に分けて一覧表として、左記のように説明してある。

一、母屋での生活1（猛人は大学生で別居）「ⓐ」

「正義は農業専業で生計を立てた。茶畑は千鶴子が管理」

（昭和三十九年一月－昭和四十一年二月、二年一カ月）

①昭和三十九年一月現在、長男猛人は大学三年生。
②次男晴雄は昨年高校を卒業後、都内就職で別居。
③三男克己は高校一年生、長女亜矢は中学二年生。

二、母屋での生活2（猛人が大学卒業後、同居）「ⓐⓑ」
「正義は農業専業で生計を立てた。茶畑は千鶴子が管理」

（昭和四十一年三月－昭和四十六年十一月、五年九カ月）
①昭和四十一年三月、長男猛人が同居。
②昭和四十一年四月、三男克己が警察学校入学し別居。
③昭和四十四年八月、母屋新築。

三、母屋での生活3（猛人が美知代と結婚、同居生活）「ⓐⓑⓒ」
「正義は農業専業で生計を立てた。茶畑は千鶴子が管理」

（昭和四十六年十二月－昭和五十六年八月、九年九カ月）
①昭和四十六年十二月、長男猛人が美知代と結婚。
②昭和四十九年十月、長女亜矢が結婚して別居。
③昭和五十年六月、三男克己が結婚。
④昭和五十四年九月、次男晴雄が結婚、長野市に家を購入。

四、隠居での生活1（正義が隠居で生活を始める）「ⓐⓑⓒⓓⓜ」
「米作りを長男猛人に任せた。草刈りなどは正義が行う」

（昭和五十六年九月－平成十三年一月、十九年五カ月）
①正義が別棟を建て、千鶴子と隠居での生活を始める。
②昭和六十年八月、長女亜矢の夫が東京で家を購入。
③昭和六十二年八月、三男克己が現地所に新築する。
④平成十一年九月、正義が千鶴子と東京での墨絵展を見に行く。

五、隠居での生活２（正義は隠居から出なくなる）「ⓐⓑⓒⓓⓜ」
「正義は農作業はしなかった。草刈りは業者に依頼する」

（平成十三年二月－平成十六年六月、三年五カ月）
①平成十三年十月、正義は長男猛人の長男の結婚式を欠席。
②平成十五年頃から、千鶴子の物忘れが顕著になる。
③平成十六年二月、次男晴雄が死亡。

六、隠居での生活３（通帳管理を猛人に任せる）「ⓐⓑⓒⓓⓔ」
「同右、茶畑管理は長男猛人の妻に任せた」
（平成十六年七月－平成二十一年一月、四年七カ月）
①平成十六年七月、通帳管理を長男猛人に任せる。
②平成十九年八月、朝のおかずを長男嫁美知代に依頼する。

右記に現れる修飾英字（ⓐなど）は、それぞれ北乃坂市営住宅（ⓐ）、北面会（ⓑ）、ムギノハラ（ⓒ）、倉竹技工（ⓜ）、楊島団地（ⓓ）、北乃坂団地（ⓔ）からの賃貸料が入ることを示している。

そしてこの根拠として、北乃坂市営住宅、北面会、ムギノハラの賃貸契約書を添付した。これらの契約書は、農地だった現地所に克己が家を建てる申請書に添付されていたものだ。その他の契約日は不明であったが、ある程度の推測が可能であった。また間違っているのであれば猛人側が賃貸契約書を明らかにすべしと補足してある。これらから、各期間に於ける年間賃貸料収入が計算できる。例えば、猛人が大学を卒業後、家に戻って来た「二」の期間は現賃貸料で四百五十万円余りとなる。固定資産税を勘案すると、所得は二百五十万円から三百万円と推測される。隠居に移ってからは現在と同じ収入（約七百数十万円）があったのだから、金銭的には、猛人を援助することはあっても猛人から援助されることは無いと充分に言えるものであった。

亜矢は、これまでもそうであったが、今回の「寄与分申立に対する反論」と「亡父正義の生活について」を読んで胸がスッキリとした。

「申立人長男は寄与した期間を四十五年間と主張しているが、これは明白な虚偽である。なんとなれば、被相続人正義の死亡日の四十五年前は昭和三十九年一月であり、申立人長男は大学三年生（浪人や留年をしなかったとして）である。大学の学生寮に入寮して、家には全く帰って来なかった申立人長男が、どうして農事従事をしたと言うのであろうか」

と「反論」は始まり、各寄与分項目一つ一つに対して、寄与分として認められないことを理路整然と説明してあった。更には、寄与分の是非を判断するに当たって、被相続人正義の生活がどうであったのか、どのように生計を立てていたのかを、三枚の表と二頁の説明文で示した「亡父正義の生活」があった。

亜矢は、この表の出来事を見て声を上げた。

「お母さんが入選した墨絵展のことも載っているのですね」

「お義父さんが最後に東京に出て来られた時だからね」

正義は明夫が家を建てた時と、この墨絵展の二回だけ東京に出て来たことがあったから、最後と言うには大袈裟であったものの、明夫はそう言った。

「この時はお義母さんと電車を乗り継いで来られた。一方、その二年後の喜久夫くんの結婚式には実家から式場までバスが出たけれど、めっきり足腰が弱ったお義父さんは出席されなかった。この二つの事実を並べることにより、お義父さんが隠居から出なくなった時期を凡そ確定できることになる」

「でもお兄さんは、自分に都合の悪いことは認めないと公言しているくらいなので、そんなことは出鱈目だ、証拠を出せと言ってくるに違いないわ」

「心配は要らない。証拠はある。結婚式の席次表もあれば写真もある。それに墨絵展の写真もあるからね」

「ええ、会場の前で三人で撮った写真があるのは覚えているけれど、それだけで証拠になるかしら」

「ちょっと待って」

明夫は二階からアルバムを持って来た。

「ほら、見てごらん」

新宿にある某ビルの会場の前で、正義と千鶴子そして亜矢が並んで微笑んでいる。その左横には平成十一年度何々秋季墨絵展との立て看板もハッキリと写っている。

「まあ！　本当」

「その他の出来事は戸籍謄本や登記簿に載っていることと、既に猛人さんが認めたものばかりだから、否定はできないと思うね」


亜矢が墨絵展での正義や千鶴子のことを思い出していると、待合室のドアが開き、

「五木さん、沢田さん、どうぞ」

と、いつもの女性調停委員が言った。

亜矢は克己や百合子に付いて調停室に入り、いつものように席に着いた。

「提出文書はありますか？」

克己は、五十頁を超える提出文書二部を女性調停委員に手渡した。

亜矢は、男性調停委員が受け取った文書を頭から読んでいくのを見ていた。女性調停委員もまた同じように読んでいる。男性調停委員は最初の数頁をじっくりと読んでいたようであった

が、やがてパラパラと捲っていったので、もう文書から顔を上げるだろうと思った。が、別の文書の標題を見てまた読み始めた。そして、数枚捲ると文書を右に半回転すなわち横にした。亜矢は、それが「亡父正義の生活」であり、四十五年間を六つの期間に分けた一覧表であることを知った。

男性調停委員はその表を詳しく読んでいるらしく、しばらく顔を上げなかった。

「これは、よく纏められています。私は何十年と調停委員をしていますが、このようにきちんと纏められている文書は初めて見ました。……ところで話は変わりますが、皆さんは妥協点であるとか譲歩とかを考えられてはいませんか？　以前にもお聞きしてはいますが」

「我々は事実であれば認めます。兄貴の言っていることは全く事実でないから認められないのであって、妥協点や譲歩とかは全く考えていません」

克己が即答した。

「他の方も同じ考えですか」

「はい」

亜矢と百合子は同時に答えた。

「うーむ、そうですか。調停で纏まらない場合は審判となりますので、そのつもりでいて下さい。それでは次回、これらの文書の回答を申立人から出してもらうとして、日程を決めましょう」

明夫はリビングのソファーに座って、お茶を飲みながらモーツァルトの初期オペラ『ポントの王ミトリダーテ』を観ていた。ある雑誌で評判の良かったコヴェント・ガーデン王立歌劇場管弦楽団のもので、つい一週間前に入手した中古のＤＶＤだが、既に二回観ていた。奇抜な衣装デザインと演出が非常に良く、どの歌手も素晴らしいが、とりわけヒロインの一人であるイズメーネを演ずるリリアン・ワトソンに惹かれていた。

ちょうどミトリダーテがイズメーネを連れて帰還して来た場面を観ている時に、携帯が鳴った。

「明夫さんですか？　百合子です。こんにちは。今、調停が終わりました。提出した文書を見て、調停委員の人が非常に褒めていました。これまで長く調停委員をしているが、こんなにきちんと纏められているのは初めて見たと言われましたから、私、もう嬉しくて、すぐに明夫さんにお知らせしようと思ったのです」

「それはわざわざありがとうございます。そうですか、褒めてくれましたか？」

「ええ。非常に分かり易く書かれているので、五十頁以上あっても私にもよく理解できました。こんなりっぱな文書をいつも作成して頂いて、本当にありがとうございます。私は何もできないもので、明夫さんにはご迷惑をお掛けするばかりで心苦しいのですが……」

「そんなことはありません。役に立つことができて、私も嬉しいですよ」

「ありがとうございます。今後とも宜しくお願いします。では、亜矢さんに替わります」

「亜矢です。今、松藤駅に着いていて、これから東京に向かいます。今日の調停は百合子さんが言われた通りで、あなたの文書を読んで調停委員の人も驚いていました。これで、お兄さんの嘘が明らかになると思うと嬉しいわ」

「どう考えるかは調停委員だから、何とも言えないが。まあ、それよりものんびり楽しんできてほしい。詳しい話は帰ってから聞かせてもらおう。皆さんに宜しく」

百合子、節子そして亜矢の三人は、これから東京小旅行だ。日の出桟橋から水上バスで浅草へ行き、浅草駅近くのホテルに泊まり、翌日は浅草寺などを見て回る予定と聞いている。来月開業の東京スカイツリーを見るのも楽しみとか。

帰って来ると、もう黒田兼造コンサートが間近い。

さて今夜は先に風呂に入り、ビールでも飲んでのんびりとしよう。

明夫は、赤志野の湯呑みをテーブルに置くと立ち上がった。

三十七

四月二十九日、昭和の日は爽やかな青空が広がっていた。

午後三時前に涼子から亜矢に、これから黒田兼造を出迎えに行くと電話が入り、その少し前には郁江から、私も出迎えに行きますとあった。

亜矢と明夫は五時を回ってから自宅を出ると、業務スーパーで差し入れのビールやワンカップを買い、開場時間の十分前にリリーレインに着いた。

「いよいよですね。楽しみにしていました。宜しくお願いします」

明夫たちが受付の涼子や光子に挨拶をしてから中に入ると、涼子の夫武博が黒田兼造コンサートと書かれた横幕を張っていた。その後ろには数十の椅子が並べられてある。

「武博さん、ご苦労さまです。今日は宜しくお願いします」

「ああ、いらっしゃい。大勢集まってもらえるので、賑やかにできますよ。ああ、黒田兼造さんを紹介します」

武博が、ほんの少し離れた所に立っていた長髪で黒い丸首シャツの男性を明夫たちに紹介した。

「亜矢さんとうちの涼子は仲の良い友達で、また明夫さんにはりっぱなパンフレットを作ってもらいました」

「パンフレットを見させて頂きました。素敵に作って頂き、ありがとうございます」

黒田兼造は気さくに話し掛けた。

やがて次第に観客が集まってくると、明夫は、郁江の夫清志と並んで一番後ろの列に座り、話をしながら早速に缶ビールを開けた。

受付の涼子と光子は一人ひとりを出迎え、歌詞集を手渡し、また缶ビールを配ったりと大忙しだが、今日の日を迎えた喜びが満面の笑みに表れている。

その頃、猛人と美知代は相川喜多村法律事務所の一室に居た。

「……寄与分の期間について、四十五年間は有り得ないと言ってきましたが、どう思われますか？」

薄い髪を七三分けにした相川弁護士が聞いた。

「四十五年間というのは、遺産分割案を出した時点までを含めた期間です。相続開始日以前が寄与分の対象とは思わずに計算をしていたことは確かです。勘違いでは通らないでしょうか？」

「相手方は執拗に期間や項目の確認をしてきましたから、今更、単に勘違いと言うわけにも行かないでしょう」

「親父が亡くなった後も、田畑の維持管理は全て私がやって、克己たちは何もしていません。考慮があって当然だと思いますが」

猛人は考えてきたことを言った。

「それは寄与分とは言いませんが、不公平であることは確かですね。それでは維持管理期間を含んで四十五年ということで通しましょう。勘違いよりは良いでしょう」

「分かりました」

「では、次にお聞きしますが、相手方が言ってきたものの中で、確実に間違っていると言えるものは有りませんか？　間違いを具体的に指摘できれば、相手方の言っていることは信用できないと調停委員に思わせることができます」

「あなた、隠居に移ってからお義父さんが東京へ行ったと書かれていたのがあったでしょ」

美知代が思い出したように言った。

「ええ、そう、ここにあるわ。平成十一年九月、お義父さんがお義母さんと東京での墨絵展を見に行くとあるけど、足腰が弱って家から出たくないって言ってたお義父さんが行くわけないわよ。だってそうでしょ、喜久夫が結婚したのはその二年後の平成十三年十月なのよ。喜久夫の結婚式にも出ないお義父さんが東京になんて行くわけないわよ。晴雄さんへの見舞金と同じで、嘘は吐かないなんて言いながら、とんでもない嘘を吐くのが亜矢さんたちのいつものやり方よ」

「うーむ。確かにそうだ。五木家の次の代を担う喜久夫の結婚式にも足腰が弱って出れない親父が、その二年前に東京へ行くなど有り得ない。きっとお袋が墨絵展に出掛けたので、一緒に行ったことにしようと企んだに違いない。それにお袋は旅行が好きで外国も何度も行っているが、親父は行ったことはない。そもそも親父は出掛けるのが嫌いだから、二人揃って東京の亜矢のところへ行ったのも家を建てた時の一度だけだ。間違いない」

猛人は大きく頷いてから、相川弁護士に向かって言った。

「聞かれた通りで、東京での墨絵展に行くなど有り得ないことです」

「なるほど、よく分かりました」

開演十分前には予約者全員が集まっていた。三割程度が男性で、後は色とりどりな服装の女性ばかり。

涼子の近所の人たちや夫婦同伴が多かったこともあって、ライブが始まる前から既に賑やかであった。

主催者の涼子と光子は黒田兼造と話しており、涼子の夫武博はリリーレインの店主夫婦と話している。

克己節子夫婦も来て、節子は前列右側に座る亜矢の隣で郁江などと話している。克己は明夫の右隣に座った。

「いや、大勢の人ですね。あっ、どうもすみません」

郁江の夫清志が克己に缶ビールを渡した。

「涼子さんが声を掛けると、すぐに大勢の人が集まってくれるから、凄いものです。郁江と二人で、いつも感心しているんですよ」

清志は明夫の左隣に腰を下ろしながら言った。

「全くですね。郁江さんや涼子さんが居てくれるので、墨河に戻ってからも、亜矢は楽しくやっています」

「いやあ、それは郁江も同じで――」

武博がマイクを持って、簡易舞台に立った。

「皆さん、今日は涼子と姉光子主催の黒田兼造ライブコンサートにお集まり頂き誠にありがとうございます。涼子の夫武博でございます。開演の前に経緯等を簡単にお話しさせて頂きます。

涼子たちは何十年も前から、黒田兼造さんのファンでして、しかも、いわゆる追っかけでして、北は北海道から南は九州……とまでは行きませんが（笑い）、東京や大阪京都へは追っかけて行きました。それが去年の春頃でしたか、突然に墨河でライブコンサートを開きたいと言い出しましたから驚きました。初めてのことですから、どうなるものやらと心配していたのですが、お陰さまで皆さんのご協力を頂き、またリリーレイン店主ご夫妻のご理解ご協力を頂き、この日を迎えることができました。勿論、涼子たちの企画を快諾して頂いた黒田兼造さん抜きには全く考えられないことではありますが。さて、では、本日の主役黒田兼造さんに登場頂きたいと思います。盛大な拍手をもってお迎え下さい」

拍手が一斉に鳴り響いた。

「今晩は、黒田兼造です。墨河は初めてで、また皆さんとも初めてですが（笑い）、電車を降りた時の空の青さを見て、今日は素晴らしい日になると実感しました。いつも楽しいライブをさせてもらっていますが、今日は皆さんと一緒に、いつもの二倍三倍の楽しさで行きたいと思っています。宜しくお願いします」

拍手と共に、フォークギターが鳴り出した。

「……では最後に前回提出した特別受益に対する相手方の反論を見ていきましょう」

相川弁護士は寄与分とは別な相手方からの文書と自分たちが作成した準備書面㈩とを並べて開いた。

準備書面㈩の当該箇所は次のような内容であった。

相手方は亡父正義名義の通帳より引き下ろした金額を、中立人猛人の特別受益だと主張しているが、既に幾度も説明しているように、父正義の為に使用した金額であり、中立人猛人が勝手に使ったものではない。このことを示すべく、相手方がとりわけ否定している同居の為の母屋リフォームについて改めて述べる。

まず父正義が別居したのは五木家の慣習からである。ある年齢（六十歳くらいから）になると長男に家督を譲り、親は隠居に移り住むものと決まっており、実際に父正義は六十五歳の時に隠居に移っている。しかし年を経て父正義の身体が弱ってきたことから、中立人猛人は妻美知代と話し合って、両親との同居を考えるようになった。これは、たまたま父正義の通帳を預かった頃でもある。一方、父正義も体調不良が多くなってきたこともあって同居を望むようになった。そこで父正義の了解を得て、少しずつ同居の為の母屋リフォームを始めたのであって、その費用を通帳より引き下ろしただけのことである。リフォームは父正義の亡くなる僅か前に終わったが、春から同居をと話していたこともあって、残念ながら同居できなかった。これが母屋リフォームの経緯と実態であり、父正義は同居できなかったが、母千鶴子は父正義が亡くなった日から同居している。

これに対して亜矢たちの反論は次の通りだった。

中立人長男は、被相続人正義との同居を前提に平成十六年頃からリフォームを始めて、平成二十年（被相続人正義の亡くなる少し前）にほぼ終わったと主張しているが、被相続人正義と中立人母とが住む部屋は、どこである（あった）のかの説明を求める。

リフォームに関係があるであろうと思える状況等について、先ず述べる。

①被相続人正義と中立人母が別棟（隠居）に移るまで住んでいた母屋での部屋は、外光が入らぬ暗い部屋である。被相続人正義が亡くなった頃に箪笥置場のように使用されていた。
②中立人長男は大学卒業後の長女を住まわせる為に北側に部屋を作った（拡張？）。平成十四年前後と思われる。
③南面には玄関の左右に応接間と客間（廊下に囲まれた二間続き）がある。
④なお、被相続人正義の死亡日（正確には、死亡日から通夜までの四日間）、当方は客間、応接間、居間、台所などに居た。また最初の三日間（四日目は通夜で、葬祭場）は、被相続人正義の安置された客間で、当方は中立人母と一緒に枕を並べて寝た。だが、どの部屋もリフォームをしている様子はなく、また既にリフォームを終えた部屋（三年程前からリフォームを始めた台所リビングは含まない）もなかったことを付け加えておく。

別の視点から述べる。同居の為の部屋を作るのであれば、被相続人正義と中立人母のこれまでの別棟での日常生活と健康を考えて、何処に部屋を作るだろうか。
ⓐ被相続人正義は、（当方が訪問した）五月や七、八月の時期は別棟の居間のガラス戸を、

たいてい開けて、テレビを見たり、外の花や木、訪れる小鳥等を見るのが好きであった。
ⓑ歩くことも少なくなった被相続人正義が一日中居る部屋であるから健康的にも日当たりと風通しが良く、また庭の見える場所が良い。
ⓒ南面には、リフォームできる部屋または場所がある。
ⓓ言うまでもないことであるが、母屋は被相続人正義が建てた家であり、リフォーム費用も、被相続人正義の通帳から出すのであるから、中立人長男は費用を負担することはない。

以上より、被相続人正義と中立人母が住むに最適な部屋は南面の応接間と考える。また応接間は無くとも客間があるので、客の応対に支障は全くないであろう。ところが、南面の部屋は従来より何も変わってはいない。では被相続人正義たちを住まわせる為にリフォームをしたという部屋は、どこにあるというのであろうか。きちんとした回答を要求する。

「沢田さんという人は確かになかなかの理論家ですな。しかし、理論や理屈を幾ら並べたところで、所詮は事実に勝てるものではありません。こちらは堂々とリフォームの場所を教えてあげましょう。なかなかに手こずりましたが、やっと馬脚を現しました。これは面白くなりますよ」

相川弁護士は笑みを浮かべながら同意を求めるかのように猛人たちを見た。だが、苦虫を噛み潰したような顔をしている猛人を見て首を傾げた。

「どうかされましたか？」

「相手の言ってくることに対して、いちいち答えなくてはなりませんかねえ。どうも相手のペースに嵌まっているようで気に喰わないんですよ」

「確かに、そう思われるのも無理はないですが、きちんと反論できるのですから、当然ながら反論すべきです」

「それは分かっていますが、何を言っても屁理屈で言い返してきますから、もう少し考えさせて下さい」


黒田兼造の８ビートストロングがアルペジオに変わると、異国情緒たっぷりな歌が始まった。

……丘を駆け下る子供たちよ
手に手に花を持ちながら
遠過ぎる声は聞こえないけれども
はしゃいだ様子の君たちと
入り日に染まるモスクの町を
僕はきっと忘れないだろう……

歌が終わると大きな拍手が起こり、それが静まる頃に黒田兼造は次の曲の説明をする。

「海外旅行でタイ・バンコクへ行かれた方も多く居られると思いますが、バンコクと言えばワットプラケオですね。皆さんの中で行かれた方は居られますか？　ああ、ありがとうございます。ワットプラケオのようにお美しい二名の方が行かれたそうです（笑い）。私の次の曲は、そのワットプラケオを見学した夜の、ナイトマーケットを見て歩いている時に、ふと頭に浮かんだものです（笑い）。では、聞いて下さい」

それは黒田兼造がタッピングやボディヒッティングを併用した歌であった。

明夫はギターのボディーを叩くような奏法を見るのは初めてであったので驚くとともに、夜のナイトマーケットをイメージするような響きが心地よかった。


「私たちが何かを隠していそうだと相川弁護士も思っているわよ。そんな顔付きをしていたわ。ねえ、本当のことを言わなくても良いかしら」

「何と言うんだ。リフォームはしたが、それは親父たちとの同居の為ではなかったとでも言うのか？　そんなことは言えるわけがない」

猛人は乗降客で賑わう松藤駅を正面に見て、ハンドルを右に切り南大通りに入った。車のヘッドライトが闇を切り裂くように、街のネオンサインと交差していく。

「刑事事件でもあるまいし、実際に同居用の部屋があるかどうかを調べはしない。屁理屈には付き合うつもりはないとでも書いて、後は放っておくさ」

「大丈夫かしら?」

「答えられないのだから、放っておくしかないだろう」

「それは、そうだけど」

「心配することはない。俺たちは同居も含めて敷地内同居を四十年以上もしてきた。米も作り、畑もやった。それに対して克己たちは何もしてこない。この事実は誰も否定できない。多少の齟齬はあっても問題は何も無い」

猛人は、美知代にと言うよりも自分自身に言い聞かせるように断言した。


リリーレインでは手拍子が始まっていた。

四十名を超える人々が曲に合わせて手拍子を打ち、ライブコンサートもいよいよラストが近づいている。

民謡風でありながらリズミカルな歌とギターを弾き鳴らす黒田兼造の額からは汗が滲んでいる。

立ち上がって両手を上げ、手拍子に合わせて左右に大きく動かしている男性がいる。足拍子を取っている人もいる。

亜矢は皆と一緒に手拍子を打ち、なんて素敵な夜だろうと思いながら、左手奥に座る明夫を見た。同じように手拍子を打ち、身体も左右に動かし、笑みを浮かべている。このようなライブなど全く興味のなかった明夫が楽しそうにしていることが一層嬉しかった。

フォークギターが掻き鳴らされ、テンポが速くなった。手拍子が速くなり、歓声が上がる。このひと時を、亜矢は心行くまで楽しんでいた。

三十八

美知代は屋敷の前の道に出るとチラッと左右を見ただけで、そのまま左手の道を慌てたように駆け出した。

お昼になって、隠居の解体作業をしている作業員四人にお茶を出し、義母千鶴子と昼食を食べてから掛かってきた電話に出た。少し長電話だったかも知れないが、それでも十分か十五分ほどの筈。その間に千鶴子は居間から自分の部屋へ入ったから特に気にもせず、電話が終わった後もテレビをしばらく観ていた。しかし、千鶴子の部屋がいやに静かなことに気付いてドアを開けると姿はなかった。家の中を一通り見て回ってから時計を見ると午後一時を五分ほど過ぎている。慌てて外に飛び出したが庭には姿が見えない。居ないとすれば行く先は義弟克己のところに違いないと思ったから、すぐに道に出たのだ。

緩やかな下り坂を下り切ると小さな十字路に出る。直進すると町中に向かい、左へ曲がると農道にぶつかり、右に曲がると克己の家に向かう。美知代は右に曲がった。二十数軒の家が並んでいるが、人影は見えない。

克己の家の傍まで行くと、庭に克己の後ろ姿が見えた。どうやら克己は花壇の手入れをしているらしく、克己の向かい側にも人が居るように思われた。

美知代が目を離さずに見ていると克己が屈んだ。克己の向こう側に居たのは節子で、その節子と目が合った。

「お義姉さん、どうかしましたか？　何か用事ですか？」

「ううん。何でもないのよ。ちょっと隣の家まで来ただけ」

それだけ言うと美知代は克己の家を後にした。

そして十字路のところまで戻った美知代は、今度は農道に続く道を進んだ。

ちょうどその頃、実家近くの農道を走っていた亜矢は、道の反対側に佇んでいる白髪の老女を見て、道脇に車を停めた。

老女は白っぽい長袖シャツに丈の長い薄茶のチョッキ、そして焦げ茶のズボンを穿き、背は昔の人にしては少し高かった。

亜矢は他に車が通らないのを確認してから、

「お母さん！　お母さん！」

と呼びながら農道を横切って反対側に立っている千鶴子に駆け寄った。

「おっ？　誰だ？　おお！　亜矢かァ！」

「やっぱりお母さんね！」

亜矢は千鶴子の手を取った。こんな所で会えるとは夢にも思っていなかったので嬉しくて堪らなかった。

「どうしたの？　こんなところで」

「……分からないんだ」

「でも良かったわ。お母さんに会えて。克ちゃんのところへ行きましょう」

亜矢は後部座席に千鶴子を乗せると、これから行くところであった涼子の家に急用ができて行けないと連絡を入れた。

美知代が農道に現れた時には、まだ亜矢の車は左手前方の道脇に停まっていたが、美知代は車に注意を向けることはなかった。だから亜矢の車がすぐに動き出したことも、近くの脇道へ左折して行ったことも目には映っていても実際に見えてはいなかったと言える。


美知代は先程とは反対方向から一筆書きのように戻ると、そのまま家の中に入った。そして居間ではなく応接間のソファーに腰を下ろすと庭を眺めた。掃き出し窓となっている南面からは心地よい日差しが差し込む。一方、東面は一間の腰高窓を挟むように本棚が並んでいて、窓からは解体の為の養生シートが見えるばかりだ。

隠居は亡義父正義と猛人とが半分ずつ出して建てたことから、遺産扱いとなって勝手には処分できないと知った日から、美知代は悶々とした日々を過ごしてきたとも言える。台所や居間の窓から何時でも隠居が見えていたから、目障りで仕方がなかったのだ。それでも調停が終われば取り壊せると思ったから我慢してきたが、一向に終わる気配がなく、いやそればかりか、ひょっとしたら審判まで行くかも知れないと思うととても辛抱ができなかった。

そこで、つい先月、隠居を取り壊してほしいと猛人に頼んだ。最初は躊躇していた猛人であったが、もし取り壊したことが分かっても弁護士に不信感を持っている亜矢たちが訴えることはない、それに訴えたら亜矢たちの金が減るから却って良いことだなどと言うと、やっと決断してくれた。本当は連休前には取り壊しを終えたかったが、業者の都合もあって昨日からの作業となっていた。

後数日で隠居は綺麗に無くなる。そう思うと嬉しかった。でも、一体どこに行ってしまったのだろうか。もう一度ぐるりと見て回った方が良いかしら。……などと考えているうちに去年も千鶴子が居なくなったことを思い出した。そしてその日もまた五月の初めだったことに気付いた。今日は五月六日。五月には一体何が有るというのだろうか。千鶴子を捜すことも忘れていた。

美知代は首を傾げた。

千鶴子と亜矢は克己の家に居た。

千鶴子はソファーに腰を掛け、その前のテーブルの左右に克己、節子そして亜矢が座っている。テーブルにはお饅頭、プリンなどが並べられている。

「でも良かったわ。お母さんに会えて。元気だった？」

「元気だよォ。亜矢たちも元気だったかい？」

「俺たちは元気さ。それよりお袋。大事にしてもらっているかい？」

克己がお茶を飲みながら千鶴子に聞いた。

「おっ？　何？」

「兄貴たちに、大事にしてもらっているかい？」

「一人で住んでるよォ」

「一人?!　そんなことないわよ、お母さん。お兄さんとお義姉さんと一緒に住んでいるのよ」

亜矢が驚いて言った。

「いいや、一人だよ」

「お袋は嫌な事は忘れちまうのさ。以前、節子がデイサービスのことを聞いた時も覚えていなかった。そうだろう」

遺産相続で揉める以前、亜矢は千鶴子を幾度か沢田家に連れて来たことがあった。克己夫婦も来て楽しい団欒のひと時を過ごしたのだが、ほぼ毎日通っている筈のデイサービスのことを千鶴子は覚えていなかったのだ。

亜矢は言葉を失った。

「お義母さん、お饅頭いかがです？」

節子が茶饅頭を皿に載せて千鶴子に手渡した。

「ああ、節子さん、ありがとう」

「柏餅はないのか」

克己が節子に言った。

「あら、克ちゃんは柏餅が好きだった？」

「ううん、違うの。去年も今頃お義母さんがひょっこり来て送って行った時に、屋敷の前の道脇に立つ大きなカシワの木を見て、いつもお義父さんがカシワの葉を採ったことや、その葉で柏餅を作って、子供達が喜んで食べたということをお義母さんが楽しそうに話してくれたの。その話を克己さんに話したら、今度お袋が来たら柏餅を食べさせてやりたいと言ってたの」

「まあ！　そうなの？」

青森の旅に亜矢たちが行っている時に、千鶴子が克己家に来たことや、その千鶴子を節子が五木家に連れて行くと美知代が千鶴子を激しく怒ったことは聞いていたが、カシワの木の話は初めてであった。

「亜矢さんにはその話もしたと思っていたけど、お義姉さんに腹を立てていたから、きっと忘れてしまったんだわ」

節子は話しながら、空になった千鶴子の茶碗にお茶を注いだ。

「あれ……？　そうだ。明夫さんはどうした？　亜矢」

「明夫さんは今日、東京に行ってるの。居たら会えたのに残念だわ」

「元気ならいいさ。菊乃ちゃんも志乃ちゃんも元気なんだろう？　そうかい、そうかい。元気で働いてるのが一番だよ」

やがて亜矢たちは千鶴子を送って行くことにした。あまり遅くなって千鶴子が美知代に怒られたのでは可哀想だと思ったからで、克己の運転で五木家本家に向かった。

屋敷に入ると三台の車がバラバラに置かれてあった。

「お義兄さんも居るらしいわ」

「居たからと言って、別に顔を合わせるわけではない」

克己は空いたスペースに自分の車を停めた。

「あら、どうしたのかしら」

千鶴子と一緒に車を降りた亜矢は、左手斜め前方の隠居の方を見て言った。小川を挟んだ向こう側に建っている筈の隠居は、灰色の養生シートで、すっぽりと囲われて、ドタンドタンと物が投げられるような音が聞こえている。南面側に入口があるらしく、トラックの前部が養生シートから見えていた。

「壊しているんだな」

克己は腹立たしげに言った。

「酷いことをするわね」

養生シートを見ながら亜矢と節子は互いに顔を曇らせた。

「おっ、あれは何だ？」

千鶴子もまた養生シートに気付いて声を上げたが、隠居を取り壊しているとは思いもしないようで不思議そうに眺めている。と、突然に亜矢の傍をするりと通り抜けた。そして母屋の玄関先を小走りに過ぎると、小川に掛けられた小橋を渡った。その動きはまるで子供のように素早かったので、亜矢が追いついた時には千鶴子は養生シートに沿って反時計回りに回って、トラックの傍まで来ていた。

「お母さん、危ないわ。大丈夫？」

亜矢は千鶴子の手を取った。

千鶴子は、雨戸などが外された南面の二部屋をぼんやり見ながら、首を傾げた。

「こんな家、あったかなあ」

一組の作業員が茶箪笥を運び出すところだった。その後から、黒くて大きな取っ手と飾り金具の付いた和箪笥が続いた。七十年以上も昔に五木家に嫁いで来た時の千鶴子の嫁入り道具の一つだと、亜矢はすぐに気付いた。

その和箪笥がトラックの荷台へと持ち上げられた時に、千鶴子が声を上げた。

「おっ⁉　あれは……、私のだ。私の和箪笥だ！」

千鶴子は作業員たちの方へと足を進めた。いや、進めようとしたが、その千鶴子の腕を誰かが背後から摑んだ。

「お義母さん、何処に居たの？　ずっと捜したのよ」

いつの間に母屋から出て来たのか、美知代だった。

「あっ……？　ああ、美知代か」

「心配してたのよ、お義母さん。でも良かったわ。さあ、戻りましょう」

美知代は千鶴子と亜矢の間に割り込んだ。

「……、ああ」

しかし、千鶴子は隠居の方を見つめていて、動こうとしなかった。

「さあ、お義母さん、戻りましょう」

美知代は千鶴子の手を引いた。だが千鶴子はその手を振り切ると、玄関の方に回った。

「お義母さん、駄目よ」

美知代が慌てて後を追った。亜矢もまた後に続いた。

千鶴子は玄関の前に立ち、中を覗き込んでいたが、玄関引き戸は外され、ぽっかりとトンネルのような穴が開いて見えたから、千鶴子には隠居だとは分からないらしかった。下駄箱も、かつては壁に飾られていた千鶴子の墨絵なども無かった。

「こんな家、あったかなあ」

千鶴子はそう呟きながら、何を思ったのか、ズック靴を脱ぐとガランとした部屋に上がった。

「ちょっと、お義母さん、埃だらけになるわよ。ああ、イヤになっちゃうなあ」

美知代はブツブツ言うだけで、部屋に上がろうとはしなかった。その様子を見て、亜矢は靴を脱いで上がると千鶴子の傍に走り寄った。

「おかしいなあ……」

隠居だとは分からないようで、千鶴子は何度かグルリと見回していたが、やがて台所に目を留めた。そして記憶を探るように見つめ続けた後で、急に目を輝かせた。

「隠居だ！　ここは、お父さんと私が住んで居た隠居だ！」

嬉しさを顔いっぱいに表しながら千鶴子が叫んだ。


「美知代、早くお袋を連れて来い！」

亜矢はビクリとして、声の主を振り返った。玄関口に立つ美知代の後方に猛人の姿があった。

「何をしているんだ。早く連れて来い！」

猛人は美知代の前まで来て、怒鳴った。

美知代はスリッパのまま、千鶴子の傍に駆け寄り、

「お義母さん、戻りましょう。猛人さんが待ってるわ」

と言うや、いきなり、千鶴子の手を取った。

「痛い！　痛い！　何するんだ！」

驚いた亜矢は、慌てて美知代の手を押さえながら言った。

「止めて。ねえ、お義姉さん、止めて」

「何言ってるのよ。こんな事になったのは、亜矢さんたちが来たからじゃないの。まるで私が悪いように言わないでほしいわ。さあ、帰って。亜矢さんたちは関係ないから、さあ、とっと帰ってよ」

「ええ、分かったわ。すぐに帰るわ。だから、止めて。お母さんの自由にさせてほしいの」

「まあ！　私が自由にさせていないって、言いたいの！」

「ううん。そういうことではなくて――」

土足のまま、ずかずかと居間に上がって来た猛人が、亜矢に罵声を浴びせた。

「いい加減にしろ！」

「亜矢たちには関係ない。とっとと帰れ！」

猛人の鬼のような形相に、亜矢は思わず半歩下がった。

「お袋！　さあ、帰ろう」

だが、千鶴子は猛人に気付いた様子もなかった。

作業員が、どうしたものかと、猛人の様子を窺っていた。

「すぐに退きますから、続けて下さい」

そう言うと猛人は、再び玄関口まで戻って行った。

作業員は奥の部屋から別な箪笥を持って来た。

「止めろ！　止めろ！　ここはお父さんと私の家だ。止めろ！」

千鶴子が作業員の方へ進もうとした。美知代がその手を引っ張った。

「お義母さんの家は、ここじゃないわ。さあ、母屋に行きましょう」

「ここは私の家だ。お父さんと私の家だ！　お父さんは何処だ？　何処だ？」

「美知代！　早く連れて来い！」

玄関口で猛人が怒鳴った。

「兄貴！　止めてくれ」

「なんだと⁉」

猛人が振り返ると、克己がすぐ後ろに来ていた。

「ここが隠居だと、思い出したんだ。しばらく待ってやれないのか」

「何だと⁈　俺たちがどれだけ苦労してお袋を見ているかも分からん癖に、利いたふうな口をきくな！　ここは俺の家だ。克己と亜矢には関係ない。とっとと出て行け！」

「兄貴たちがお袋を見てくれていることは、有り難いと思っている。だが、お袋の好きにさせてやってほしい。壊すのは、お袋の居ない時に壊せば良いだろう」

「ふざけるな！　克己たちと話すつもりはない。とっとと出て行け！」

トラックの横に立って節子は、猛人と克己とのやりとりを、おろおろしながら見ていた。また、家の中では千鶴子を挟んで美知代と亜矢が向き合い、美知代が盛んに何事か叫んでいた。

と、千鶴子が別の部屋へ行こうとしてか、歩き出した。

「お義母さん！　駄目だって言ってるでしょ！　さあ、帰りましょうよ」

美知代がすぐに手を取って止めた。

「どうして駄目なんだ。帰りたいなら、美知代が帰れば良いだろう」

「ここに居ると危険なの。だから……」

「ここは私とお父さんの家なんだ。痛い！　痛い！　引っ張るな！」

「引っ張ってなんてないわよ。お義母さんが、そっちへ行こうとするからでしょ。さあ、帰るわよ！」

「私は帰らない。ここに居るんだ」

「お義母さん！　いい加減にしてよ！　さあ、帰るわよ！」

「痛い！　引っ張るな！　止めろ！」

「お義姉さん、止めて」

「うるさいわね！　亜矢さんたちが来たから、こうなったじゃないの！」

「痛い！　痛い！　手を離せ。離せ！」

「分かったわよ。離すわよ」

美知代は不貞腐れたように手を離したから、思わず千鶴子は頭から畳の上に転がって行った。

「──あっ、あああー！」

「お母さーん！」

亜矢は、見ている前で起きていることが信じられず、しかし、バネ仕掛けの人形が飛び跳ねたように千鶴子のもとに駆け寄って行った。

三十九

六月二十日に第十二回調停委員会が開かれた。

六十代半ばの黒メガネの男性調停委員の横には、初めて見る五十代後半と思われる短髪の女性が座ったが、男性調停委員は交代のことには触れずに本題に入った。

「提出文書はありますか？」

克己が第十二回調停委員会への提出文書二部を女性調停委員に手渡した。

提出された十数頁の文書に男性調停委員はしばらく目を落としてから言った。

「お互いの主張は、今回までで、ほぼ出そろったように思われますが、ここまで食い違いがあるのも珍しいことです。皆さんに今一度確認しますが、或る程度の妥協については考えていられますか？」

「いえ、私たちは事実をそのまま主張しているだけですので、一切妥協するつもりはありません」

克己が男性調停委員に答えた。

「成る程、分かりました。実は、次回に調停案をと考えていますが、場合によっては審判員に来て頂くことになるかも知れません。その時には審判に移行するものと考えて下さい」

「また最初から、やり直すのでしょうか？」

百合子が聞いた。

「そうではありません。これまでに調停に提出された文書が審判の基礎となります。大きな違いは調停と違って話し合いではなく、職権をもって事実の調査や証拠調べを行った上で、遺産分割の審判が下されるということです」

「……」

「何か他に質問はありますか？　……では、次回を決めますので、別室でお待ち下さい」

調停室Bを出ると、女性調停委員は左斜め向かいの待合室に亜矢たちを案内した。初めて利用した待合室であった。

「どうして前回までの女の人は交代したのかしら」

長椅子に座ると百合子が、部屋の中を眺めながら亜矢に言った。

「さあ、どうしてかしら」

「次回に調停案が出るってことは、もうすぐ調停は終わるってことでしょう？」

「ええ。でも、審判になるかも知れないとも言ってたわ」

「そうだったわね。調停で終わらないかしら」

「終わってほしいと思うけど、おかしな妥協はしたくないわ」

「ええ、そうよね」

などと話していると、女性調停委員が迎えに来た。

調停室の前まで来るとドアが内側から開き、弁護士と猛人そして美知代が出て来た。亜矢は驚いて美知代を凝視したが、猛人も美知代も亜矢たちを見ようともしなかった。

「中立人長男の妻も居ましたが、どういうことですか？」

調停室の椅子に座ると克己が男性調停委員に質問した。

「今回だけです。何も言わなければ構いません」

「では、黙って居れば、私の妻を同席させても良いということですね」

「調停委員が認めなければ駄目です」

「中立人長男の妻は認めたのですか？」

「……」

男性調停委員は仏頂面をしたままで答えず、暫く沈黙が続いた後で、

「次回は八月二十二日となります」

と言った。


明夫はこの日、竹林から取って来た孟宗竹を使って縁台を作った。かねてから欲しいと思っていたもので、何とか作り終えた夕刻、のんびりとお茶を飲んでいるところに、亜矢が帰って来た。

「大変なことがあったの。お兄さんと一緒にお義姉さんも調停室から出て来たの」

亜矢は、明夫の顔を見るや座るのももどかしく話し始めた。

「次回の日取りを決めるからと言うので待合室で待っていたの。女性調停委員が迎えに来て調停室に入ろうとしたら、中から弁護士とお兄さんとそれにお義姉さんが出て来たの。もう驚いてしまったわ。中に入ると申立人長男の妻が居たのはなぜかって克ちゃんが聞いたの。すると今回だけです、何も言わなければ構いませんと男性調停委員は澄ました顔で言ったわ。黙って居れば妻を同席させても良いということですねと克ちゃんが続けて聞くと、調停委員が認めなければ駄目ですと答えたわ。それなら、申立人長男の妻は認めたのかと聞いたら、答えられずに黙ってしまったの」

「しかし、どうして亜矢たちはいつもより早く呼ばれたのだろう。何か変わったことは無かったのかい？」

「ごめんなさい。女性調停委員が新しい人に代わっていたの。そのこともあって、待合室はいつもの離れた所ではなくて、調停室のすぐ近くだったの」

「なるほど。今回は待合室が近かったから、会ってしまったということか」

「でも酷いわ。以前、あなたが聞いた時には当事者以外は調停に立ち会えないと言っていたわ。それなのにお義姉さんを立ち会わせているなんて。それに、今回だけと言ったけど、きっとこれまでもお義姉さんは出ていたに違いないわ」

「分かった。他には何か？」

明夫は話を変えた。

「調停でも大変なことがあったの。いえ、大変ではなくて重要なことです。次の調停で調停案が出されるか、そうでない場合は審判員の人が来て審判に移るそうなの」

「調停案を出せない可能性もあるということだね」

「ええ。お互いの主張が大きく食い違っているからと言ってたわ」

「大きく食い違っているとは驚くね。猛人さんの虚偽は幾つも明らかにした筈なのだが……。その他には特に無いんだね。それなら、最初の話に戻ろう」

「最初の話って、お義姉さんのこと？」

「ああ。今回のことを担当書記官に訴えよう。黙ってはおけないからね」

「そんなことをして大丈夫なんですか？」

「心配は要らない。理に適っていないのは調停委員の方だからね。これから早速に提出する文書を作る。明日、持って行こう。克己さんから提出してもらった方が良いので、そのように電話してほしい。また百合子さんにも話してほしい」

「そんなに急ぐのですか？」

「こういうことは早い方がいい」

「分かりました。すぐに電話します」

亜矢は、明夫が書斎に上がるのを見て先ず克己に電話をした。百合子との電話も終えると窓近くの籐椅子に腰を下ろして、ぼんやりと庭を眺めた。今日一日だけでも色々なことが有り過ぎて何も考えたくはなかった。だが、美知代のことや調停案のことなどが頭から離れなかった。

やがて、母千鶴子の顔が浮かんできた。車を運転していて偶然に千鶴子に出会ってから、早くもひと月半が過ぎていた。どうして居るだろうか？　優しくしてもらっているだろうか？

ひと月半前、解体中の隠居を巡って、猛人夫婦と亜矢たちとが言い争っていた時に、摑んでいた千鶴子の手を美知代が突然に離したことから、その弾みで千鶴子は頭から畳の上へと倒れて行った。幸いに外傷はなかったが猛人夫婦がすぐに病院へ連れて行き、亜矢もまた克己の車に同乗した。緊急外来で受付を済ませると猛人夫婦だけが中に入った。やがて千鶴子を抱えるようにして出て来ると、「何でもないそうだ。お袋と帰るから、お前たちも帰れ。後は俺たちが見る」と猛人は言って帰って行った。そして翌朝、千鶴子の具合を聞くべく電話をしたものの、電話口に出た美知代は、「私たちが見ているのだから余計な事はしないで。昨日だって亜矢さんたちが居たから、あんなことになったのよ」と言うなり切ってしまった。それからは再び母千鶴子と会うことも様子を聞く事もできなくなっていたのだ。

どうして居るだろうか？　優しくしてもらっているだろうか？

亜矢は考える度に心配でならなかった。


翌朝十時前には亜矢たちは裁判所に着いた。

明夫と節子を廊下に残して、克己と亜矢は三階事務室に入った。

水色の服を着た若い女性と目が合うと、克己が言った。

「小山内書記官をお願いします」

「どのようなご用でしょうか？」

「昨日、遺産分割の調停委員会を開いていただいたのですが、そのことで……」

「私が書記官の小山内ですが、何でしょうか？」

前方から小柄だが太った若い男が歩いて来た。

「あっ、どうも、いつもお世話になっています。私は五木克己と申します。実は……」

克己は一通り昨日の状況を話した。

「……当事者以外は調停室には入れないと調停が始まる前に言われましたが、申立人長男の妻が入っていました。これはどういうことでしょうか？」

「調停委員が認める場合もあります」

「認めたかどうかを質問しましたが、答えてもらえませんでした」

書記官の小山内はチラッと顔を顰めた。

「調停委員会へのお願い事項を文書に纏めましたので宜しくお願いします」

克己は手渡すと、受領書をお願いしますと付け加えた。

小山内書記官は文書のコピーを取り、受領印を押して持って来ると、

「よく読ませて頂きます」

と言って頭を下げた。

「宜しくお願いします」

克己と亜矢は深くお辞儀をした。

克己の車が裁判所を後にして走り出すと、克己と亜矢が小山内書記官との話を明夫と節子に説明した。

「……最初は適当に聞いてる感じだったが、認めたかどうかを質問したが答えなかったと言った時には、顔付きが変わったよ」

克己は同意を求めるように後部座席に座る亜矢を見返った。

「ええ。……でも、どうして調停委員の人は答えずに黙っていたのかしら」

亜矢が思い出したように聞いた。

「嘘は吐けなかったのだろう。調停委員だからな」

「でも、調停も終わりに近づいた今頃になって初めて同席を認めるなんて、考えづらいわ。最初からずっと出ていたと考える方が普通だと思うけれど」

「ええ、私もそう思うわ」

節子が亜矢に同意した。

「うーむ。確かにそうだな。お袋を連れて来た時に付き添いだとでも言って一緒に調停室に入るのは、大いにあり得る。ということは、今回だけでなく、嘘を吐いていたわけだ。……だが、そうなると、認めたかどうかと聞いた時に、どうして黙っていたんだ。認めたと言われたら、俺たちはどうしようもなかった筈だ」

「それは……、そうね。どうしてかしら」

亜矢は明夫に聞くように言った。

「女性調停委員が新しい人だったからだと思いますね」

「え？　どういうこと？」

「昨日の調停では女性調停委員が新しい人に代わったそうですね。そうしますと、新しい女性調停委員には、長男の妻美知代さんが以前にも同席していたか今回だけかは分からないはずです。しかし、同席を認めたかどうかは、その場に居たのですから間違いなく分かっています。となると、今回だけと男性調停委員は嘘を吐くことはできても、認めたかどうかについては嘘は吐けないことになります。だから、克己さんから質問されても答えようが無かったのだと思いますよ」

「なるほど、そういうことですか」

克己が言った。

亜矢もまた明夫の説明で疑問は解けた。だがその一方で、公平公正な調停なのにと思うと、今日提出した文書に対しても、きちんと回答してくれるだろうかと不安が胸を過った。流れる車窓の眺めを見ようともせず、亜矢は文書を思い出していた。

裁判所書記官　小山内　哲二殿

調停委員会の対応に関してのお願い

当方の関係します調停に於きまして大変にお世話になっております。関係者の方々のご尽力に感謝申し上げます。

さて、昨日六月二十日に第十二回調停委員会が開かれましたが、女性の調停委員殿に案内されて調停室に向かうと、調停室より当該調停を申し立てた五木猛人（以下、中立人長男と言う）と共に中立人長男の妻が出て来ました。

相続人でもない、また代理人でもない、全くの部外者である中立人長男の妻が、どうして調停の場に同席できるのでしょうか。

当方は、調停期日通知書を受け取って数日後（平成二十二年六月下旬）、小山内書記官殿に電話にて相続人の夫もしくは妻が調停に同席することは可能でしょうかとお聞きしましたところ、認められないと言われましたことを覚えております。

当方が、「どうして中立人長男の妻が調停に同席しているのか」を調停委員殿に問いますと「今回だけ。何も言わなければ良い」と答えられ、「では、黙っていれば、（三男五木克己の）妻を同席させて構わないのか」と聞くと、「調停委員が認めなければ駄目」と答えました。更に当方が、「では、認めたか」を問うと、調停委員殿は黙ってしまわれた。

裁判所並びに調停委員会は、「公平公正であり、一方の肩を持つことなどできないし、するわけがない」と信じている当方にとって、一方に加担する、あまりにも不公平な実態を目にして、ただただ驚く他はありません。

法の番人とも言われる裁判所に於いて、このようなことが、平然と行われているのでは、私たちの生活及び法の正義は、どうなってしまうのでしょうか。

今回の件に関して、「経緯と事実」をしっかりと調査していただき、その結果を踏まえての、「今回への対処と裁判所としての対処」を是非行っていただきたく、お願いする次第です。

また調停案を作成して頂ける場合には、公平公正な調停案であることを切に願っております。

宜しく、調査と対処の程を、お願い申し上げます。

以上

平成二十四年六月二十一日

東京都桜野市桜野台一－二三－一三
桜野南マンション二〇四
（亡夫晴雄の子の代理人）五木百合子
墨河市楊島六〇五の一〇
五木　克己
墨河市笹野六〇九の三
沢田　亜矢

四十

裁判所書記官は法律の専門家として、裁判所の事件に関する記録その他の書類の作成及び保管事務などを掌る。また裁判官の命を受けて、裁判官の行なう法令及び判例の調査その他必要な事項の調査を補助する等々と裁判所法第六〇条に記述されている。更には裁判が円滑に進行するように、弁護士、検察官や訴訟当事者などと打ち合わせを行うなどのコートマネージャーとしての役割もある。

書記官小山内哲二は家庭裁判所松藤支部の家事係に所属し、遺産分割などの家事調停事件を担当し、被相続人五木正義の遺産分割調停もその一つだった。この調停事件は遺産額がかなり大きいこと、しかも遺産のほとんどが不動産であること、また相続人が多いことなどから、かなり難しい調停になることが予想された。そこで小山内は相続問題が専門の弁護士杉村卓二郎に当該調停委員をお願いした経緯がある。ところが、その調停委員杉村に対する苦情の文書が、五木克己等から提出されたのだ。

小山内はその日はとりわけ忙しくて、五木克己たちから提出された文書を改めて読み返した時には、既に二十時を回っていた。

部屋に残っているのは小山内一人で、窓の外には色とりどりのネオンサインが煌めいている。

小山内は立ち上がると、誘われるように窓の傍まで行った。ネオンの街が眼下に見える。広い十字路をとりわけ右から左へと車の列が光を放射しながら続いている。小山内は車の流れを見ながら、どのように弁護士杉村に話そうかと考えていた。

調停委員杉村は県弁護士会会長であり、また大学の先輩でもあり、人当たりが柔らかで面倒見が良いとの評判も高い。小山内にとっては全幅の信頼を寄せていると言っても過言ではなかった。だから、このように杉村を名指しで非難してきた文書に対する取り扱いは慎重の上にも慎重を期す必要を感じていたのだ。

そこで小山内は、次回調停の前に開催される内部検討会の後で、さりげなく調停委員杉村からの話を聞くこととした。この内部検討会では調停案が中心議題となっており、いつもより多めの会議時間を取ってあった。会議の後にさりげなく文書の話を持ち出せば、大袈裟に問題視していないことが杉村にも伝わるであろうと考えたからだ。

ただ、文中に小山内自身の名前が挙げられていることや裁判所の良識を疑うような内容が書かれていることなどを思い浮かべると、相手方は何を考えているのだろうかと気に掛かってきた。いや、そもそも調停の後ではなく、その翌日の今日になって文書で提出してきたのは何故なのだろうか。先ずは口頭で苦情を訴えてくるのが通常では無いだろうか。口頭では不十分と考えたのだろうか……。

小山内は考えることを止めた。書記官として為すべきことをきちんとするだけだと思い定めると窓の景色から目を離した。

七月となって二週目の水曜の午後、小山内が打ち合わせを終えて三階の廊下を歩いて行くと、前方に杉村弁護士の後ろ姿が見えた。どうやら立ち話をしているらしい。次回調停の為の内部検討会は明後日であったから、別の用事で来たのであろう。これは有り難いと思いながら、小山内はゆっくりと歩いて行った。すると杉村は話を終えたようで、小山内の方に向き直った。

「ああ、これは小山内書記官」

「いつもお世話になっています。今日は、如何されたのですか？」

「本業ですよ、本業」

「それはご苦労様です。あっ、先生、少しお時間ございませんでしょうか？」

小山内は急に思い出したような顔で言った。

「うーむ？　何ですかね」

「お願いしました調停のことで、少しお知恵をお借りしたいと思いまして」

「分かりました。三十分程なら大丈夫です」

小山内は部屋に一度戻り、五木克己たちの文書を持ってくると、空いている会議室に杉村を案内した。

「早速ですが、相手方からこのような文書を受け取りました。先月二十一日のことで、十二回調停委員会の次の日です」

「先ず拝見させてもらいましょう」

Ａ４用紙二枚を手に取った杉村は平然と読んでいたが、一瞬険しい表情を見せた。

「なるほど。私の言動が誤解を生んでしまったようですな」

「先生の為されることは間違っていないと分かっております。ただ、文書で出されましたので、放っておくわけにはいかず――」

「それは当然のことです」

杉村は、小山内の言葉を軽く遮ってから続けた。

「では、簡単に説明させて頂きましょう。先日の調停委員会で中立人猛人さんの奥さんに同席を願ったのは、お母さんの様子を伺う為であって、毎回相手方からお母さんの様子を聞かれるので実際に世話をしている人に確認したというわけです。前回以外は同席させたことはありません」

小山内は黙って頷いた。

「また、私との会話が書かれていますので少し補足させて下さい。ああ、ここですね。当方が、『どうして中立人長男の妻が調停に同席しているのか』を調停委員殿に問いますと『今回だけ。何も言わなければ良い』と答えられ、『では、黙っていれば妻を同席させて構わないのか』と聞くと、『調停委員が認めなければ駄目』と答えました。更に当方が、『では、認めたか』を問うと、調停委員殿は黙ってしまわれた、とあります」

杉村は、そこで一旦言葉を切った。

「私の記憶では、今回だけと答える前に、お母さんの様子を聞く為に入ってもらったことを相手方には説明しています。ですから、認めたかと問われても、既に説明しているものを改めて答える必要はないと考えたわけです。それに、相手方は詰問するような口調でしたから、少しばかりムッとしたこともあって黙っていたわけです。既に説明済みとでも言えば良かったのでしょうが、まあ、私も大人げなかったと反省しています」

杉村は軽く笑った。

「いえ、よく分かりました。お伺いするまでもなく、先生の為されることは間違っていないと分かっておりました。私が至らないばかりに申し訳ございません」

「いえいえ。しかし、なかなかですなあ」

「はあ？　何がでしょうか？」

「相手方ですよ」

「相手方？」

「いや、正確に言うと、相手方が相談している人のことです」

「え⁉　相手方には、相談している人が居るということですか？」

「そうです」

「ではなぜ代理人としてお願いしなかったのでしょう」

「弁護士ではないからでしょう。しかし、これまでの提出文書から分かることは非常に理路整然とした思考の持ち主のようです」

「そうですか、やはり相談する相手が居たのですね」

「やはり、と言われますと？」

「文書を持って来たのは調停の翌日でした。なぜ次の日にわざわざ持って来たのだろうかと疑問に思っていたのですが、先生のお話を聞いて納得がいきました」

小山内は話をしながら、調停が始まる前に被相続人五木正義の長女沢田亜矢の夫と名乗る者より電話が入ったことを思い出した。調停の場に夫である自分が同席できるかとの問い合わせであった。その者の名前は覚えていないが、その時に答えた回答が今回の文書の中に引用されている。そうなのか、この文書を書いたのも、これまでの調停文書を作成したのも、長女沢田亜矢の夫だったのか。小山内は胸中の疑問が氷解していくのを感じた。

「私としては、これまでに提出された調停文書を基に、公正公平に判断して調停案を作成するつもりではありますが、小山内書記官からは何かございますか」

「いえ。先生にお任せいたしておりますので、明後日は宜しくお願い致します」

「こちらこそ」

杉村を見送ってから、小山内はフーと大きく息を吐いた。

梅雨も明けた七月末の午後、近くまで来たからと奈津子が珍しく一人で沢田家に現れた。奈津子は明夫方叔母の嫁で、いつも九十歳を超した叔母を連れて来ていたのだ。

「おばさんは、どうされたんです？」

亜矢が言った。

仏壇に線香を上げてからリビングソファーに腰を下ろした奈津子に、冷茶を差し出しながら

「デイサービスに行くようになったの。週二回だけど楽になったわ」

「それは良かったわ。でも嫌がることはないの？」

亜矢は、明夫の両親がデイサービスに通っていた頃を思い出しながら言った。義父栄四郎は困らせることはなかったが、義母いねはデイサービスへ行くのを嫌がって当日の朝は毎回一騒ぎになったのだ。話し相手となる人も居なければあまりにも子供じみたことをさせられるというのが行きたくない理由だと後に分かったが、その当時は知る由もない。亜矢たちにも予定があったから無理にも行ってもらったが、今は申し訳なかったとの思いがあった。

「それが大変なの。毎朝、何処へ行くんだ、何しに行くんだ、と何度も聞いてくるの。編み物のお仕事に行くのよ、おばあちゃん、編み物が得意でしょ、おばあちゃんの編み物を皆が喜んでくれているわよと言ったら、やっと納得して出掛けるの」

奈津子の義母は手先が器用で、認知症気味ではあったが、可愛いアクリル雑巾やアクリルたわしを作って、沢田家にも持って来てくれたことが何度もあった。

「まあ!?　そうなの？」

「それは良かったの。でも、この前は、私は仕事に行ってるんだろ、それなら給金が貰える筈だが貰ったかなあ、なんて言って首を捻ってるの」

「よく分かってるのね」

「でも、財布が無くなったとかお金を盗られたとか騒ぐ時の方が多くて、それがまた大変なの。幾ら説明しても分からない時には、私もイライラしてきて二階の自分の部屋に上がっちゃうの。

するとそのうちに子供みたいに部屋中を歩きながら私の名前を呼んでいるの。しばらくして下に行くと、私の顔を見て、居なくなったのかと思って心配したよと嬉しそうに言うから、やっぱり放ってはおけなくなるの」

「おばさんは幸せだわ、奈津子さんが居てくれるから」

「そんなことないわよ。適当に相手にしないと私の方がおかしくなるので、結構息抜きしているのよ。あら、亜矢さん、何も要らないから座っていて」

「ちょうど今朝作ったばかりのケーキがあるの。食べてみて」

亜矢はレモンの細い輪切りを添えたヨーグルトケーキを小皿に載せてきた。

「まあ、美味しそうなケーキ。いただくわ。美味しい。凄く美味しいわ。レモンもちょうど合うわ」

「明夫さんもこのケーキだけは好きなの」

「あら、明夫さんは？」

「東京に出掛けたの。会社時代の友達と飲むんですって」

喜んで出掛けた明夫を目に思い浮かべながら亜矢は答えた。明夫は神田古本街を見て回ると言って十時には家を出た。飲み会は十八時半からで帰宅は深夜となることを聞いていた。

その夜、明夫の帰りを待ちながら亜矢は、録画したドラマを観ていたが、それも終わってしまうと後は時間を持て余した。ぼんやりと壁時計を見たり読みかけの雑誌を広げたりしているうちに、墨河に戻って来てからのこの五年余りの生活がモノクロフィルムの映画のように脳裏に浮かんできた。

最初の一年間は義父母との四人で、嵐の中に居るかのような生活で始まった。しかし義父義母ともに認知症だということが分かってからは視界が突然に開けたように肩の力も抜けて、向き合えるようになった。すると世話をすることが苦でないばかりか、親孝行の真似事かも知れないけれど色々としてあげられることが嬉しくさえあった。春から初夏の穏やかな季節には、満開の桜をムギノハラや古城公園で見たり、義母いねを車椅子に乗せてチューリップの咲く丘、ショウブの咲く植物園を歩いたりと、四人での穏やかな日々を楽しんだ。

しかし、秋の訪れとともに相次いで病院に入院すると十月六日に義母いねが、翌年一月六日には義父栄四郎が他界した。もう少し長生きをしてもらえるものと思っていたから、大変だったことよりも、もっと色々としてあげたかったとの思いばかりが残った。それでも新盆を済ませた頃からは近所の人たちとの付き合いも始まり、近くに親戚も多かったこともあって、墨河での生活にも慣れ親しんできた。また中学高校時代の友人との団欒も増えて、夫明夫の友人菊池源三夫妻との青森の旅も始まった。

ところが、その翌年の一月十五日、今度は父五木正義が突然他界した。相次ぐ葬儀と法事には悲しみと驚きとが深く混じり合い、心休まる暇はなかった。そして、亡父正義の遺産分割の話し合いに於いて、長兄猛人の理不尽な話に、それ以外の兄弟姉妹（次兄故晴雄の妻百合子、三兄克己そして長女亜矢）は首を縦に振る事はなかった。亜矢たちは母千鶴子に遺産の半分を分けることに主眼を置いたが、猛人は遺産の全ては五木家を継いだ自分のものだと主張したのだ。

話し合いが纏まることはなく、亜矢たちが母千鶴子に会うことさえ許されないまま一年半が過ぎて、調停となった。申し立てたのは猛人だった。

――と、玄関が開けられる音がした。

ハッと気付くと亜矢は慌ててリビングを出た。

「お帰りなさい」

玄関をロックしているらしく、明夫は背中を見せていた。

「ああ、起きていてくれたんだ」

振り返った明夫の白い歯が、亜矢には目映かった。

四十一

幸一郎と春菜が娘楓を連れてやって来たのは、八月十一日土曜日の午後であった。十カ月になった楓は髪の毛を短く切り、袖なしの白いベビー服を着て、見るからに涼しそうだった。

亜矢が名前を呼ぶとニコニコと笑い、手を伸ばすと這って来ようとした。

「まあ！　かわいい」

沢田家は、みどりご一色になった。

幸一郎たちが四泊して帰ると、一週間後には第十三回調停委員会が待っていた。


八月二十二日水曜日の午後一時、亜矢と克己そして百合子の三人は裁判所に着くと三階まで上り、最初に受付の隣の事務室に入った。

前日、克己の家に書記官小山内から電話が入ったのだ。

調査をしたが、申立人長男の妻を同席させたのはその日だけであって、それ以外は同席させたことはない。同席させた理由は申立人母の状況を実際に世話をしている長男の妻から聞く為である、とのことだった。

亜矢たちが事務室に入るや、すぐに気付いたようで小山内書記官が三人の前に来た。

「昨日はお電話をありがとうございました」

克己が会釈をしながら礼を述べた。

「いえいえ、こちらこそ」

「素人なもので生意気なことをしたかも知れませんが……」

「いえいえ、疑問を抱かれたのですから当然のことです。ただ、お電話でお話ししましたように、回答の文書は出すことが出来ません。必要であれば、いつでも同様の証言をする用意はあります」

「承知しています」

「今後とも宜しくお願いします」

小山内は非常に感じが良かった。


待合室は亜矢たちだけであった。だが、珍しく誰も話すことなく静かに座っていた。話す事がないわけではない。ここに来るまでの車の中では調停案について色々と話し合いながら来たのだ。しかし、いくら話し合ったところで、自分たちではどうしようもないことであったから、話は途切れた。そして今も気にはなってても話し合おうとは思わなかったのだ。

やがて、待合室のドアが開かれ、前回の女性調停委員が現れた。

亜矢たちは、その女性調停委員の後に続いて調停室に入った。

中央に座っている男性調停委員は、いつもとなんら変わらずに、机の上に置かれた書類を見ていた。

「皆さん、お集まりですね」

やがて、男性調停委員は、亜矢たちの顔を一人ひとり確認するように見ながら言った。前回の調停時に長兄猛人の妻美知代を同席させたことに対して釈明の話をするのではないかと亜矢は思ったが、男性調停委員はそのことには触れなかった。

「これまでに調停委員会は十二回開催されました。そこでの申立人並びに相手方の皆さんの要望や意見、並びに提出いただいた文書に基づきまして、検討しました結果、調停委員会としての調停案を用意させていただきました。これから、その内容を申し上げますので、よく検討されて、次回に調停案を受け入れるか否かの回答を願います」

男性調停委員は、一旦言葉を切った。

「先ず、お母さんの譲渡については相手方の皆さんは異議を唱えないこと。また、寄与分及び特別受益については共に主張し合わず、すなわち、どちらにも寄与分及び特別受益は無いものとして、法定相続割合に従って分割すること。これが、私たちの調停案です」

「譲渡を認めない場合は、どうなりますか？」

克己が聞いた。

「その場合は、調停案を受け入れられないということになりますから、審判で決めてもらうことになります」

「我々は、審判で決めてもらって何ら問題ありません」

「私も克己さんと同じです。きちんとしてもらった方が、後々良いと思います」

百合子が言った。

「次回まで時間があります。いつも相談している人に相談してみて下さい」

亜矢は思わず、男性調停委員の顔を見つめた。


猛人と美知代は裁判所を出ると、相川弁護士の車に続いて相川喜多村法律事務所に向かった。

「寄与分が無いというのは、どういうことですか？」

事務所の一室に入り、ソファーに腰を下ろすや猛人が憮然とした面持ちで言った。

「今回の調停案は寄与分を十分に考慮したものと思われます。ですから、表面上は特別受益も寄与分も除外されていますが、お母さんの譲渡はハッキリと認められています」

相川弁護士は言い聞かせるように、ゆっくりと答えた。

「お袋は最初から遺産は長男の私のものと言っている。譲渡が認められるのは当然なことです。一方、寄与分は三十数年の間、教師の他に農業など親父の手伝いをし、家を守り、親父たちを見てきたことに対するもの。そのことをゼロと評価されたのでは、到底納得できません」

「私も本当にそう思います。ほとんど休む間もないくらいに家のことをやってきた猛人さんの主張が認められず、何もしていない克己さんや亜矢さんたちの言い分が通るなんて、絶対におかしいと思います」

「ウーム」

弁護士相川は顎を右手で撫でながら、しばらく天井を見ていたが、やがて向き直ると二人を見て、

「調停案は受け入れられないということですか？」

と言った。

「調停案を受け入れなかった場合は、どうなりますか？」

美知代が聞いた。

「審判となるでしょうね」

「審判となった場合、どうなりますか？」

「なかなか難しいと思われます」

「難しいというのは……？　どういうことですか？」

「今回の調停案より良くなることはあまり期待できません」

「え?!」

猛人と美知代が同時に声を上げた。

「そんなバカな！　どうして、そうなるのですか？」

「審判となった場合には、先ず、お母さんが認知症であるか否かについて専門医の診断を受けることになるでしょう。ここが、この調停に於いての一番のポイントですから」

「……お袋が認知症でないことは私たちがよく知っていますから、全く心配はしていません」

「五木さんご夫婦は専門医ではありません。お母さんが認知症であるか否かは専門医の診断を待つより他にありません」

「……」

「しかし、専門医の診断を受けるのであれば、調停の段階での方が良かったと思いますよ。審判に於いて、お母さんが認知症と診断された場合には、大変なことになる可能性があります」

「大変なこと、とは？」

「譲渡証書だけでなく、お母さんの遺言書も、奥さんがお母さんの養女となられたことも、無効となる可能性があります」

「あなた！」

美知代が驚いた表情で猛人を見た。

猛人はしばらく何も言わずに、じっと何事かを思案している様子であったが、やっと口を開いた。

「認知症ではないと診断されたら譲渡は勿論のこと、寄与分も認められる。そうですよね」

「いや、そうとも言い切れません。調停は飽くまでも話し合いによる合意を図ることにありますが、審判は違います。どちらの主張に正当性があるかを裁判官が判断し決定します。この場合、判断の基になるのは当事者双方から提出した文書ですが、どうも我々が有利とは言えません」

「そんなバカな！　克己たちは何もしてません。それに、そもそも克己たちには弁護士が付いていない。それなのに、どうして克己たちが有利になるのです。弁護士が付いていて何もできないなど、そんなバカなことがありますか」

弁護士相川は一瞬顔色を変えた。だが、猛人はそれに気付く事もなく声を荒げた。

「我々弁護士にもできることとできないことがあります」

弁護士相川がキッパリと言った。

「例えば、起こってしまった出来事自体を変えることはできません。ですが、その出来事に対する関与の仕方などであれば、様々な対応が可能です。……はっきり言いますと、今回の調停の場合、想定外のことが二つありました。一つは、相手方が調停委員会に提出した文書です。私も色々な調停に携わってきましたが、これほど理路整然としているものは見たことがありません。しかも、主張が最初から最後まで首尾一貫していて、矛盾がありません」

「あんなものは出鱈目です。自分たちに都合の良いように書くのであれば、誰でもできます」

「それと今一つは」

弁護士相川は、猛人の言葉を無視した。

「五木さんに私が信頼されていなかったということです」

「は？　そんなことがあるものですか。勿論、私は先生を信頼しています」

「ここで一つ一つの事例を申し上げませんが、実際にあったことを、それがどのようなことであれ、正直に話して頂きたかった。そう思っています」


弁護士事務所を後にした猛人は、ずっと無言であった。

助手席に座る美知代は、車に乗るや否や、弁護士に対する鬱憤を幾度も口にした。

「正直に言わなかったから上手くいかなかったなんて、責任逃れ以外の何物でもないわよ。何でもかんでも弁護士に話す人がいるものですか。そんなこと当たり前じゃないの。それをまるで、あなたが悪いように言うなんて、とんでもないわ」

「……」

「克己さんや亜矢さんたちが出した文書が素晴らしいだなんて、何を考えてるのかしら。ああ、私たち、失敗したわよ。あんな能力の無い弁護士だったなんて。あなたが可哀想だわ。何十年も家のことをやってきたのに、こんなことになるなんて。でも、審判なんて絶対にできないわ。

ねえ、そうでしょう、あなた？　審判はダメよ。絶対にダメよ」

「調停委員の男の人が、いつも相談している人に相談して下さいと言ったでしょう。私、びっくりしてしまって」

百合子がリビングのソファーに座ると、開口一番に言った。

「でも、考えてみれば、私たちではないことは分かっていたと思うわ。だって、いつもとんちんかんな質問ばかりをしていたんですもの」

「本当。私も驚いて、調停委員の顔を見つめたの」

冷たい青しそジュースを出しながら、亜矢が答えた。

戸外では夏の陽が燦々と照っている。

明夫が青しそジュースを三口ほど飲んだ時に、克己節子夫婦が到着した。

再び、今日の調停の様子と調停案の説明が為され、調停案を受け入れるか否かを次回十月二十四日の調停委員会で回答することなどが報告された。

明夫はしばらく亜矢たちの会話を黙って聞いていた。

亜矢たちは、猛人の寄与分が無いのは当然のことと喜んだ。だが、譲渡の件では迷っていた。遺言書であれば認めることに何の支障もないが、譲渡を認めてしまったら、母千鶴子の将来が心配だと口々に言った。そしてまた、この調停案を蹴ったとしたら、どうなるのだろうかと考えて、結論が出ないのだった。

「明夫さんは、調停案について、どのように思われますか」

一通りの考えが出終わったと思える頃、百合子が聞いた。

「我々側の主張を十分に認めてくれた調停案だと思います」

明夫は率直に言った。

「皆さんが自己申告された特別受益も、一億円を超える猛人さんの寄与分も、どちらも無かったことにすると言うのですから、これ以上はない調停案とも思えます。猛人さんが何もしてこなかったのが事実としても、敷地内同居を何十年もしていることもまた事実ですから、ある程度の寄与分は認められるのではと考えていました。一方、譲渡を認めるとする、猛人さんに有利な条件ですが、これに関して皆さんは遺言書であれば認めるとハッキリと言っていることもあって、ある意味で仕方のないことだと思います。調停は飽くまでも話し合いですから、両者が納得でき得る調停案となります」

「ええ、私もそう思いますが、ただ、お義母さんのことを考えますとやはり心配でなりません」

「そうよね。私も心配でならないの。悪い方に考えると、お母さんの面倒を見ないで放り出すこともあり得るわけですもの」

「兄貴たちは世間体を気にするから、放り出すことはしないと思う。だが、今でさえお袋を粗末にしている兄貴たちだ。今後の事を考えると心配なことは確かだ。お袋が俺たちのところへ来てくれたら一番良いんだが」

「本当ねえ……」

「もし、猛人さんたちがお義母さんの世話をしないと分かったら、どうでしょう、克己さん。我が家か克己さんの家に来てもらうというのは」

明夫が言った。

「え？　来てもらう……？　いや、それが一番良くても、あの兄貴たちがそんなことを許す訳が……、あっ……、ああ、そうか。なるほど。兄貴たちはお袋の金があるから一緒に居るんで、金がなくなったお袋を俺たちが引き取ると言えば、喜ぶことはあっても反対するわけはない。いや、そのことは全く頭になかった。だが、言われてみると正に名案だ。分かりました。私はお袋と一緒に暮らすことは大歓迎です。なあ、節子、構わんだろう？」

「ええ、勿論です」

「私もよく分かりました。調停案に賛成です。それと、私にもお義母さんのお世話をさせて下さい」

百合子もすぐさま同意した。

亜矢は、克己や明夫の言葉を聞いて嬉しかった。これまではただ心配するばかりで何もできなかったが、これでやっと安心できるとの思いが胸に広がった。また百合子も節子も賛成してくれた。全員の気持ちが決まったと思うと嬉しくて堪らなかった。

「余計なことを聞いても良いでしょうか。これで調停も終えることができると思ったら急に心配になったのですが、お義兄さんは調停案を受け入れるでしょうか？」

百合子が少し顔を曇らせながら聞いた。

「猛人さんが調停案を受け入れるかどうかということですね。受け入れない可能性もゼロとは言えないと思います。何しろ遺産の全ては自分のものだと決めつけている猛人さんですから、とりわけ寄与分がゼロということには腹を立てているに違いありません」

「それでは、私たちが調停案を受け入れたとしても、審判になるということですか？」

「いえ、実際には猛人さんも受け入れるでしょう。と言いますのも審判に移行した場合には、先ずお義母さんが認知症かどうかの診断を行うことになりますが、この診断を猛人さんが受けさせるとは到底思われません。猛人さん自身がお義母さんが認知症であることを一番知っているからです。それにまた審判で争っても猛人さんの言い分が認められるかどうかも甚だ疑問です。これらのことは勿論、弁護士が一番分かっています。ですから、幾ら猛人さんが自分の勝手な主張を言い続けても、調停や審判を決めるのは裁判所であることや、調停案の得失を弁護士は噛んで含めるように説明し、猛人さんを説得すると思われます」

「なるほど。幾ら兄貴たちが騒いだところで、どうしようもないということか。そうなると、やっとこれで決まることになるわけだ」

克己が断定するように言った。

「良かったわ。本当に、これで」

亜矢も百合子もまた節子も、お互いの手を取り合うようにして喜んだ。

四十二

穏やかな日々が続いた。

夏は過ぎ去り、明夫と克己は克己家近くの亡義父正義名義の土地の維持管理を九月の中旬から再開した。昨年春から始めたもので、茶畑は綺麗に剪定し終わり、杉林の倒れ掛かった大木と最後の格闘を始めた。

高さは十数メートルで、幹の太さは四十センチメートル近いものもあったから、鋸だけでの作業は想像以上に大変で、どの木から切り倒していったら良いかを考えつつ、また切り倒す時には細心の注意が必要であった。

切り倒すと小休憩をとり、切り株に腰を下ろし、汗を拭き、ペットボトルのお茶を飲む。次いで全ての枝を切り落とし、枝を長くとも三メートル以内に切り、決めた場所に山積みにしていく。その後に一番疲れる原木の輪切りが待っている。長さ約二メートルの丸太にして枝木とは別の場所に二人で運ぶ。鬱蒼とした杉林が次第に綺麗になってゆく様を見るだけでも気分は良く、正に達成感は汗の量に比例していると思えるのだ。

十月四日の作業をもって、何とか杉林の整備を終えることができると、明夫と亜矢の青森旅行もあって、竹林など次の作業は次回調停の後まで延ばすことになった。

その二日後の十月六日土曜日は、明夫の母いねの立ち日であった。爽やかな青空が広がり、青い朝顔は今朝も清々しい色を見せている。

亜矢は玄関の掃除を終えると庭に回ろうとして、玄関脇のツワブキの花茎がだいぶ伸びてきたのに気付いた。未だ固いツボミは咲く日を如何にも待ち遠しくさせる。

南面の庭では庭石の横で四季咲きの赤いバラが見事に咲いており、庭の東側ではキンモクセイがオレンジ色の花を纏い、甘い香りを漂わせている。

赤いバラを数本切ってから、里芋やジャガイモなどを植えた畑を一回りして、室内に戻った。リビングの窓辺に切ったばかりのバラを飾り終えると、シフォンケーキを作り始めた。


午後一時半に明夫の妹夫婦が揃った。上の妹由美子とその夫佐藤慎一、下の妹喜代子とその夫谷中敦司である。

墓参りの帰りに顔を出すと言うので、それならばと時間を合わせてもらったのだった。

「バラが綺麗ですねえ」

慎一がリビングの広い掃き出し窓の前に立って、庭石の横で咲き誇るバラを愛でていると、

「ああ、本当に綺麗だ」

と敦司もその横に立って同じように眺めた。

「お義姉さん、いつものことだけど、お墓は綺麗になってたわ」

テーブルの前に座った喜代子が亜矢に話していると、

「お兄ちゃんが行くんでしょ。ふた月に一度とか行ってるって聞いてるけど」

少し遅れて座った由美子が答えた。

「歩くのが趣味なので、よく行ってるの。でも、このところは週に一度、楊島の方へも行ってるの」

台所に立つ亜矢は、茶畑や竹林などの維持管理に、毎週一回の割合で歩いて出掛けていることなどを話した。

女性にはシフォンケーキと紅茶が出され、明夫たちは勿論ビールだ。乾杯を終えると、早速に話に花が咲く。

「お父さんはお変わりないですか？」

明夫がビールを注ぎながら慎一に聞いた。

「ありがとうございます。口は悪いですが、まだまだ元気で毎晩晩酌をやってますよ」

「それはそれは。宜しく言って下さい。あっ、そう言えば、稲刈りは終わりましたか？」

「ええ、先週終えました。その前の週の予定だったんですが、雨だったもので」

「稲刈りは十月だと思っていたけど、そんなに早いものなんですか。でも、慎一さんは偉いですよ。勤めている上に、米作りもきちんとするんだから」

敦司が言った。

「何処の家でも、長男は皆そんなものですよ。それに、やる以上は地域で一番美味い米を作ろうと思って色々と研究しながらやってるので、結構楽しいですよ。そうそう、敦司さん、今月末にアメリカに行くとか聞きましたが」

「行くことは行きますが、若い技術員を連れての引率班長みたいなものです」

敦司は自動車業界大手の技術員として働いている。

「偉いわよ。何回も行ってるんでしょ」

由美子が聞いた。

「これで三回目なの」

喜代子が答えた。

「日本酒にするんで、コップを用意してくれる？」

明夫はコップを空にしてから、亜矢に言った。そして立ち上がると、床の間に置かれた日本酒を取って来た。

「これは美味い酒でね。やっと手に入ったから一緒に飲もうと思ってね」

明夫は慎一と敦司に青森の銘柄を見せた。

乾き物と野菜サラダなどが並ぶテーブルに、身欠きにしんの甘露煮とマグロの刺身が運ばれた。

「でも、いいわね。三人が三人ともお酒が好きで」

亜矢は、空のコップと氷水を入れたコップをそれぞれ三つずつ持って来ながら言った。

「お義姉さん、その通りです。こうやって年に何回か集まって、お義兄さんや敦司さんと楽しく飲めるというのが最高です。ねえ、敦司さん」

「ええ、全く同感です。特に僕は親戚が遠いもので、こうやって沢田家の一員として賑やかに楽しい時を持てるのが何と言っても嬉しいですねえ」

「亡くなったお父さんもお母さんも、こうやって兄弟仲良くやっているのを見て、きっと喜んでくれていると思うわ」

由美子が仏壇の方を見ながら言った。

「本当。でも、敦司さん、あまり調子に乗って飲み過ぎないでね」

「いや、大丈夫だよ。しかし、今日のこの酒はまた格別美味いですねえ」

敦司が喜代子の声に被せるように答えた。

「お義姉さん、夏には幸一郎くんたちも楓ちゃんを連れて来たんでしょう?」

由美子が聞いた。

「ええ。夏なので髪の毛を短く切って、とっても可愛いかったわ。そうだわ、春菜さんが送ってくれた写真があるの」

亜矢はｉＰａｄを開いた。

「早いものね、もう一歳だなんて」

「私たちにもこんな時があったなんて、嘘みたいに思えるわ」

「でも、みんなそうだと思うわ。毎日が成長で、でもいつからか気付かないうちに年を取っているんですもの」

「そうね、本当だわ」

亜矢は、頂いた葡萄があることを思い出して、台所に立った。柿と一緒に大皿に盛っていくと、場は更に盛り上がっていた。

このようなひと時を、幸せと言うのではないかしら。平凡な生活、平凡な一日、でも、その中に掬っても尽きない幸せがある。亜矢はそう思いながら話の輪に加わっていった。


一週間後の十月十三日、明夫と亜矢は青森の旅に出発した。

夜八時半過ぎに家を出て、菊池源三家に十一時頃に着いた。

そして、源三の運転でその妻祥子そしてバーニーズマウンテンのケリーと共に深更の街を走り出すと、早くも旅行気分となる。

小休憩を取りながら、午前二時半過ぎに国見ＳＡで仮眠を取った。

「今回の観光旅行だけど、岳温泉はどうだろう？」

再び走り出すと、源三が明夫に言った。

「ダケオンセン……？」

「岩木山の麓にあるんだ。そこから岩木山の八合目まで津軽岩木スカイラインで行けるとあった。いつも眺めるばかりだから行ってみたいと思ってね」

「ああ、それは良いねえ。是非、行こうよ」

「よおし、決まった。寅さんたち撮影一行が泊まった宿があるそうだから、そこへ泊まろう」

「ほお？　何作目だろうね」

明夫は首を傾げながら聞いた。

「うーむ、初期の作品だったと記憶しているが……」

「初期の……？　ああ、分かった。七作目の奮闘篇だ。津軽から出て来た若い女の子の面倒を、寅さんが甲斐甲斐しく見ているのだが、故郷津軽から先生が迎えに来て帰ってしまう、確かそんな内容だった」

「ああ、そうそう。何かこれまでの失恋パターンとは違っていて、弱い者を守ろうとする騎士道精神のようなもので、或る意味、寅さんの純真さが前面に出た感じがしたねえ。これは、益々楽しみになってきた」

トラックばかりが多いものの、概して空いている。闇の中をオレンジ色のナトリウム灯が次々に後方へと流れ去っていく。

後部座席の亜矢と祥子は未だ白河夜船らしい。

一関を過ぎた辺りで、東の空がうっすらと明るくなり始めた。

それから十分程走っただろうか。突然、前方に真っ赤な朝焼けが飛び込んできた。

「おおー！」

「素晴らしい！」

明夫と源三の歓声に、亜矢は目を覚ました。そして、ゆっくりと体を起こして前方を見ると、思わず声を上げた。

「まあ！　素敵！」

闇の黒い緞帳が静かに上がり、山々の稜線が薄いオレンジ色に滲んでいる。その上空にはブルーローズ色の空が刻々と明るさを増して輝いている。

その美しくも神秘的な光景に、亜矢は目を奪われた。

「綺麗だわァ！　まるで私たちの旅立ちを祝ってくれているみたい」

いつ起きたのか、祥子もまた朝焼けに興奮している。

新しい一日が始まると亜矢は思った。しかし、なんと素晴らしい夜明けだろうとも思った。心の中の一切のものが洗い流されていくように思えて、亜矢は大きく深呼吸をした。一日とは一日という時間があること。その一日をどのように生きるかは人それぞれに違う。また感じ方も違うだろう。でも、大切なことは前を向いて生きること、感謝すること、そして一日一日を大切にすること……。亜矢はなぜかそんなことを思いながら、美しい朝焼けを見つめていた。

「これは良いことが待っていそうだ」

「待っているさ。ケリーには大草原、我々には青森の家が」

「いや、全くだ。楽しい労働と温泉、それに美味い酒が待っている」

「おお、その通り、その通り。よおーし、行くぞォ！」

明夫と源三の声が明るく響いた。

亜矢たちを乗せた車は朝焼けの空に吸い込まれるかのように一直線に進んで行った。


（完）

本作品はフィクションです。現実の出来事や状況等とは関係ないことをお断りしておきます

須田　秀生（すだ　ひでお）

『相続の瓦』（東京図書出版）

相続の石

2016年12月11日　初版発行

著　者　須田秀生
発行者　中田典昭
発行所　東京図書出版
発売元　株式会社 リフレ出版
〒113-0021　東京都文京区本駒込 3-10-4
電話（03）3823-9171　FAX 0120-41-8080
印　刷　株式会社 ブレイン

ISBN978-4-86641-015-9 C0093
Printed in Japan 2016
落丁・乱丁はお取替えいたします。

ご意見、ご感想をお寄せ下さい。

［宛先］〒113-0021　東京都文京区本駒込 3-10-4
東京図書出版